KB269507

이다의 도시관찰일기

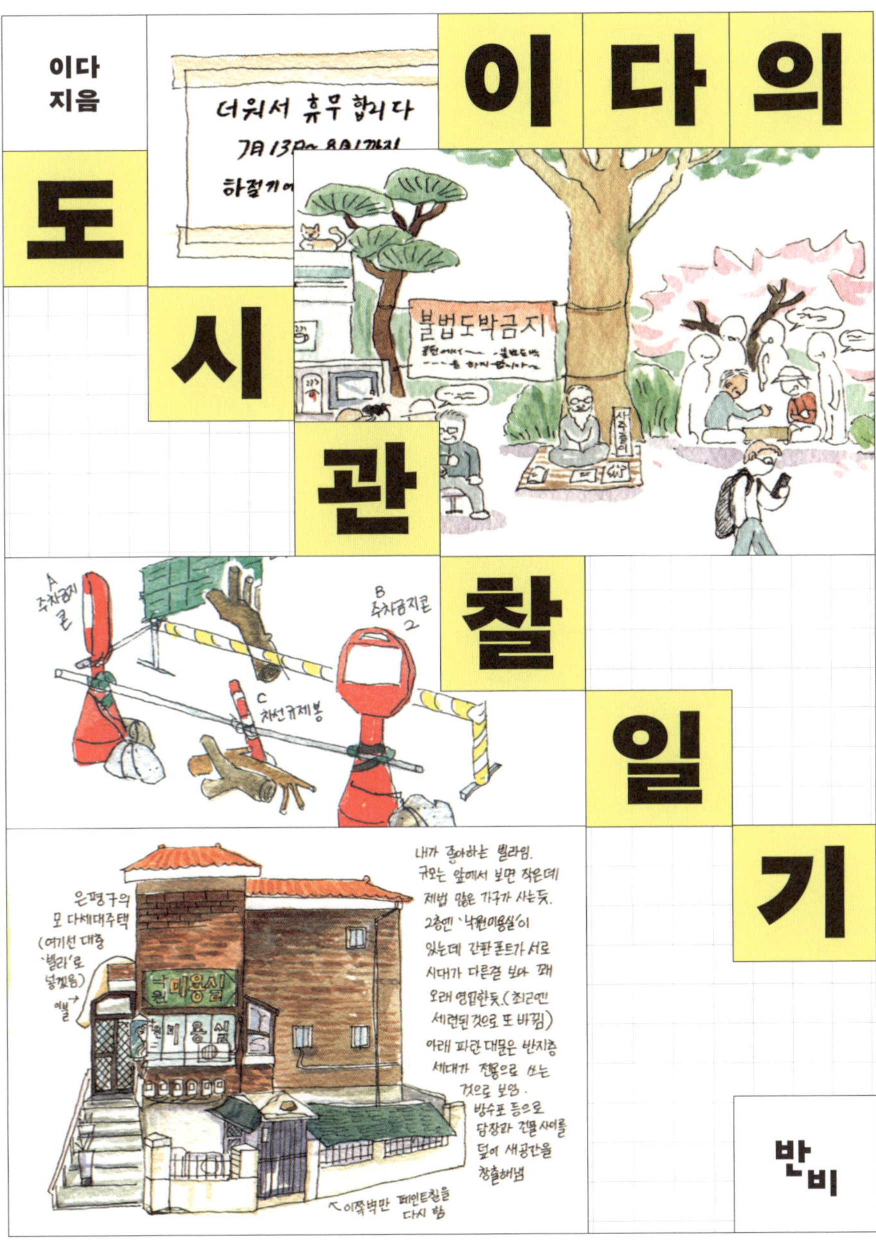

이다
지음

이 다 의
도
시
관
찰
일
기

반비

일러두기

일부 표현은 표준어를 따르는 대신 작가 특유의 말맛을 살려 표기했습니다.

1부 신발을 신고 밖으로

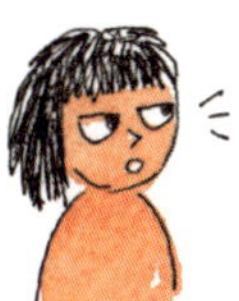

2부 오늘도 동네는 제멋대로 살아 있다

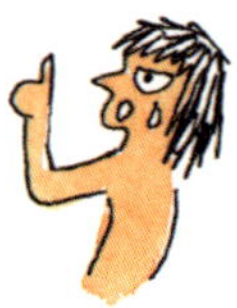

3부 버스와 지하철로 조금 더 멀리까지

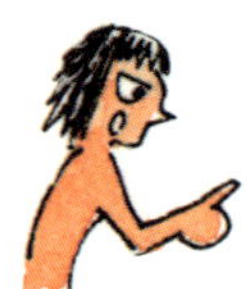

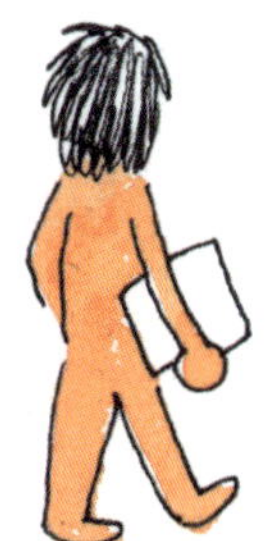

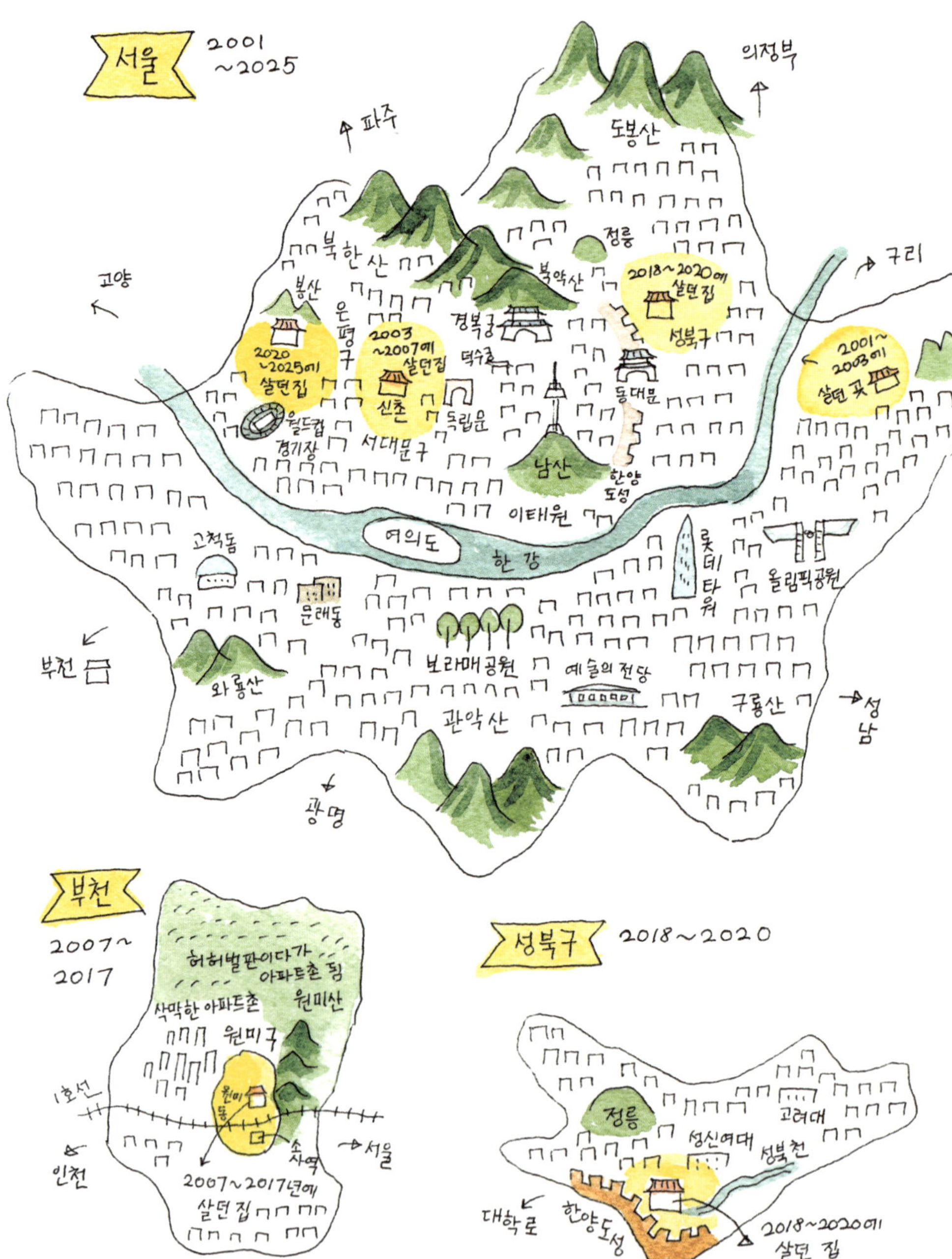
주관찰지 지도
서울
2001~2025
↑ 파주
↑ 의정부
도봉산
→ 구리
고양 →
북한산
정릉
봉산
북악산
은평구
2018~2020에
살던집
경복궁
성북구
2020~2025에
살던집
2003~2007에
살던집
덕수궁
동대문
2001~2003에
살던 곳
월드컵
경기장
신촌
독립문
서대문구
남산
한양
도성
이태원
고척돔
여의도
한 강
롯데타워
올림픽공원
문래동
보라매공원
예술의 전당
구룡산
부천 ←
와룡산
관악산
→ 성남
↓ 광명
부천
2007~2017
허허벌판이다가
아파트촌 됨
원미산
삭막한 아파트촌
원미구
1호선
원미동
소사역
→ 서울
⇐ 인천
2007~2017년에
살던집
성북구
2018~2020
정릉
고려대
성신여대
성북천
대학로 ←
한양도성
2018~2020에
살던 집

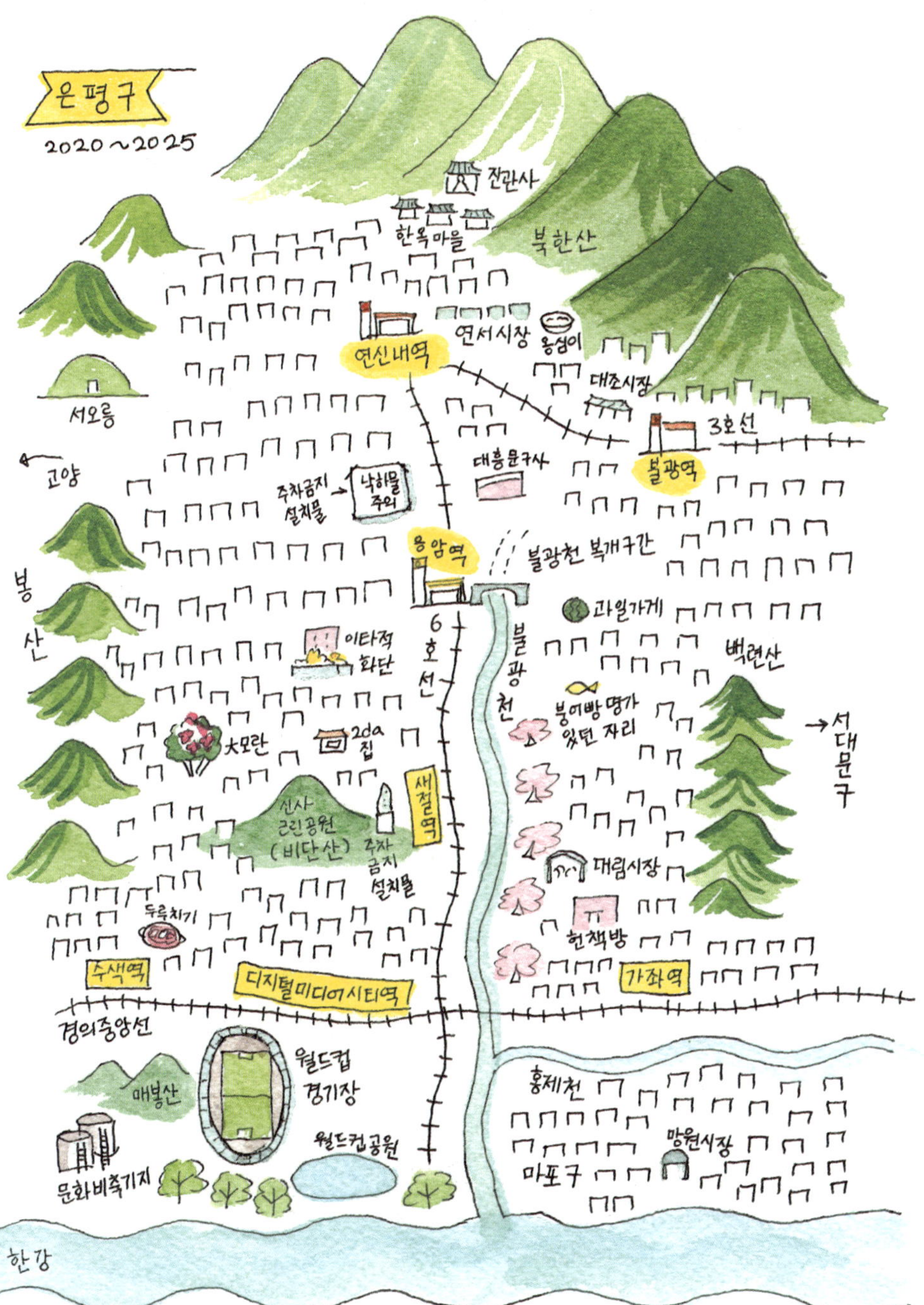
은평구
2020 ~ 2025
진관사
한옥마을
북한산
서오릉
연신내역
연서시장
용섬이
대조시장
고양
3호선
대흥문구사
불광역
주차금지 설치물
낙하물 주의
봉
산
응암역
불광천 복개구간
과일가게
불광천
이타적 화단
벽련산
서대문구
大모란
2da집
붕어빵 명가 있던 자리
신사 근린공원
(비단산)
새절역
주차금지 설치물
대림시장
두룩치기
헌책방
수색역
디지털미디어시티역
가좌역
경의중앙선
홍제천
매봉산
월드컵 경기장
문화비축기지
월드컵공원
망원시장
마포구
한강

나는 왜 도시관찰일기를 쓰는가

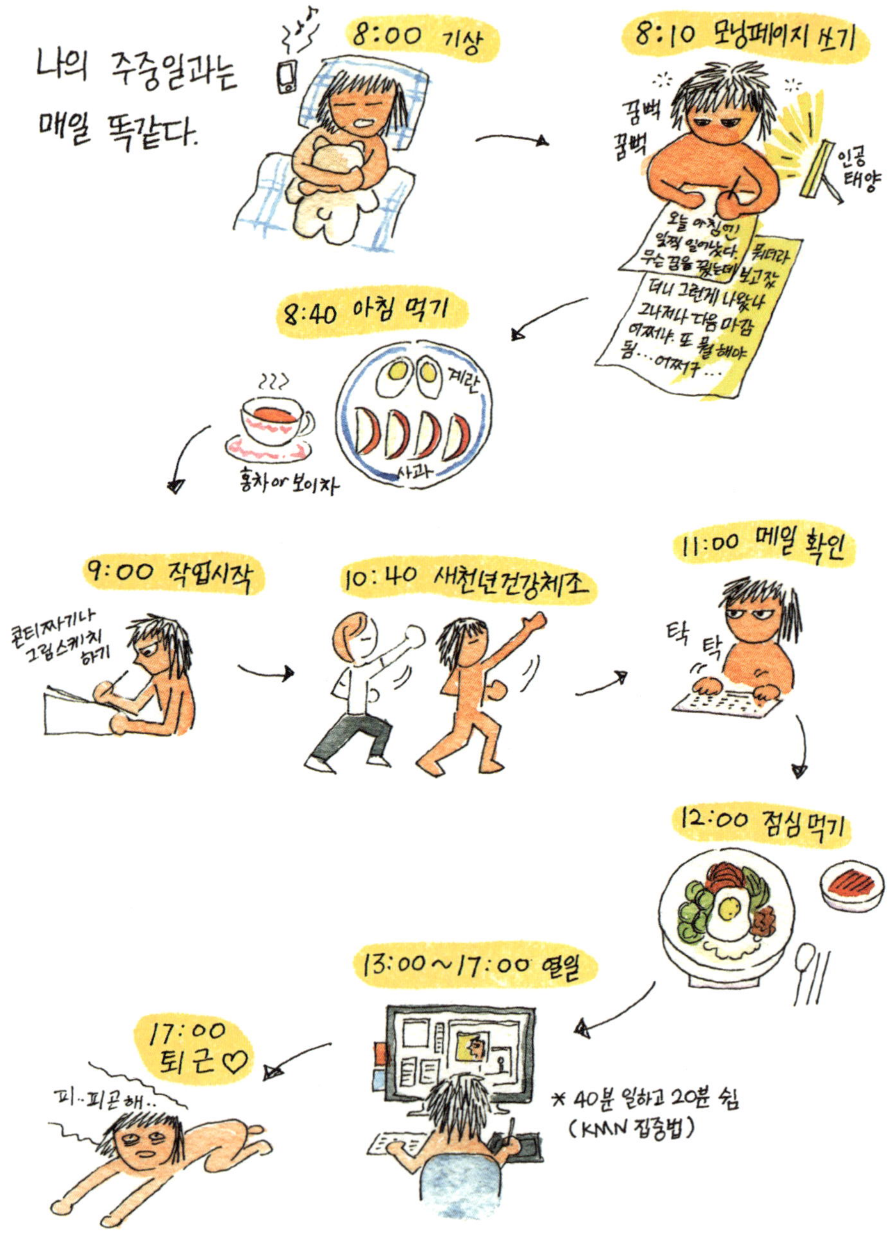

일이 끝나면 밖에 나가 1시간 정도
산책을 하는 걸로 정해져있다.

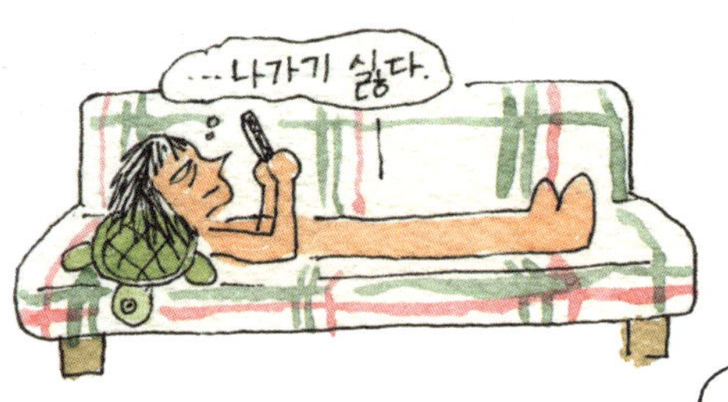

손가락 까딱할 힘도
없는데 무슨 산책이냐
싫고 그냥 자고싶다.

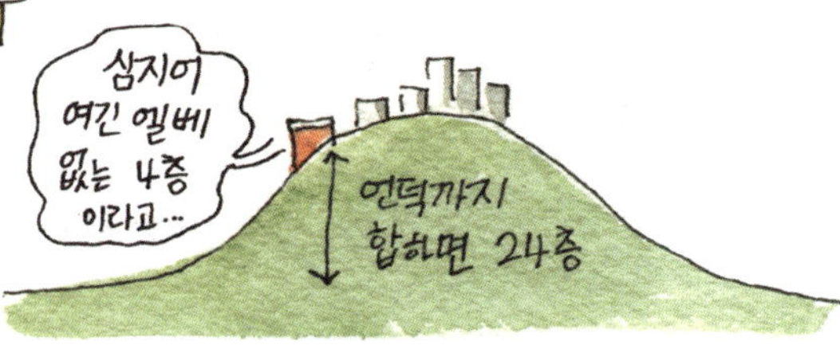

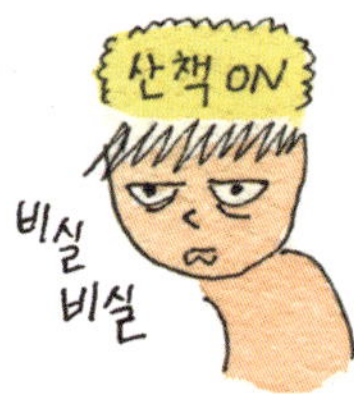

그래도 그동안 들인 (강제)습관이 무섭다.
때가 되면 그냥 '산책' 버튼이 켜진다.
(실외 배변하는 개라고 보면 됨)

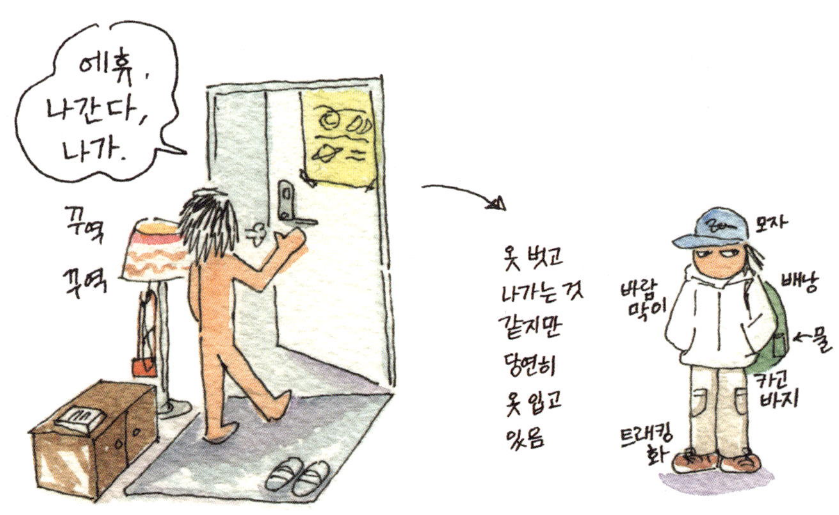

나가기 싫다고 징징거린 거 치고는
나오자 마자 약간 재밌다

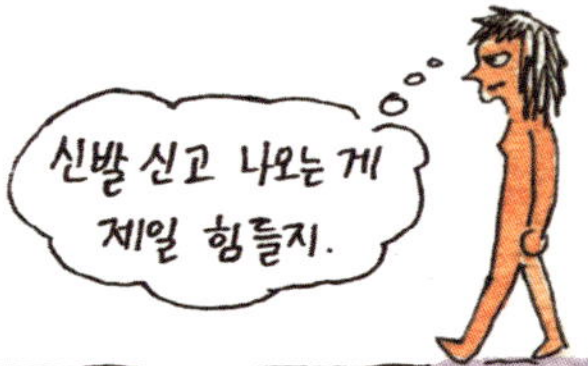

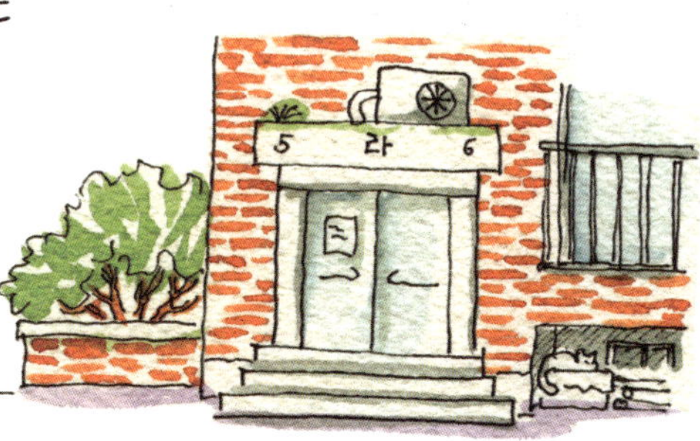

어딜 갈지 뭘 할지는 나도 모른다.
그때 그때 다르다.

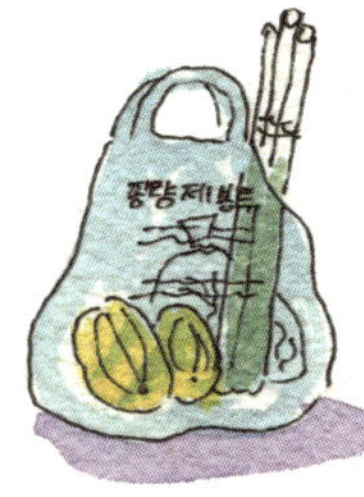

살게 있으면 핑계 삼아
마트나 시장에 가고 ,

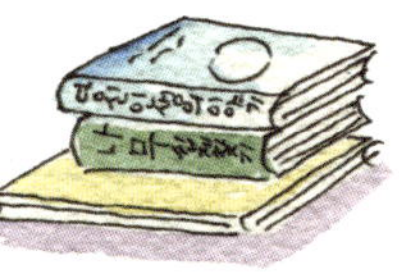

반납할 책이
있으면 도서관에
간다.

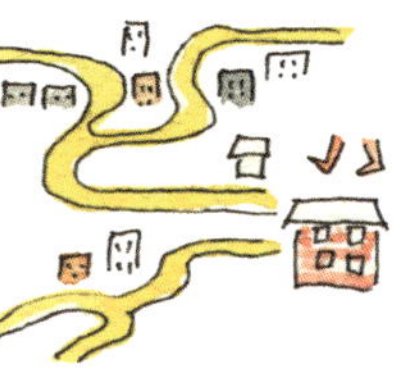

그게 아니면
그냥 동네를
배회한다.

매일 나오다보니 작은 변화도 눈에 잘 보인다.

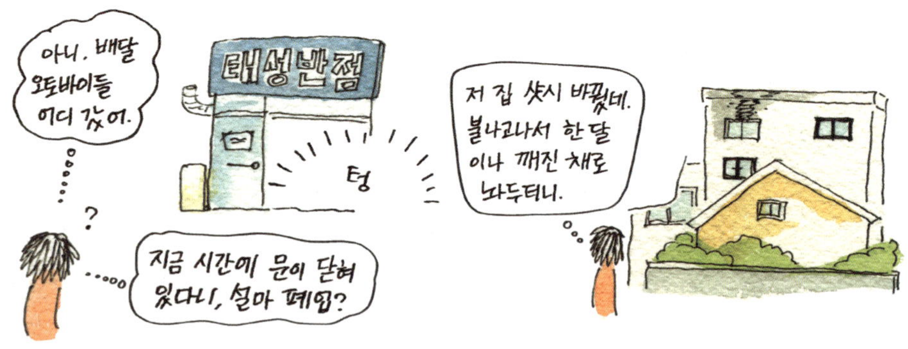

이런 알아도 그만,
몰라도 그만인 것을
열심히 본다.

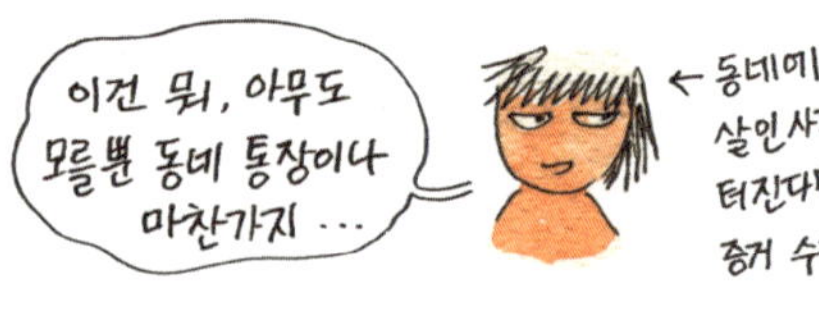

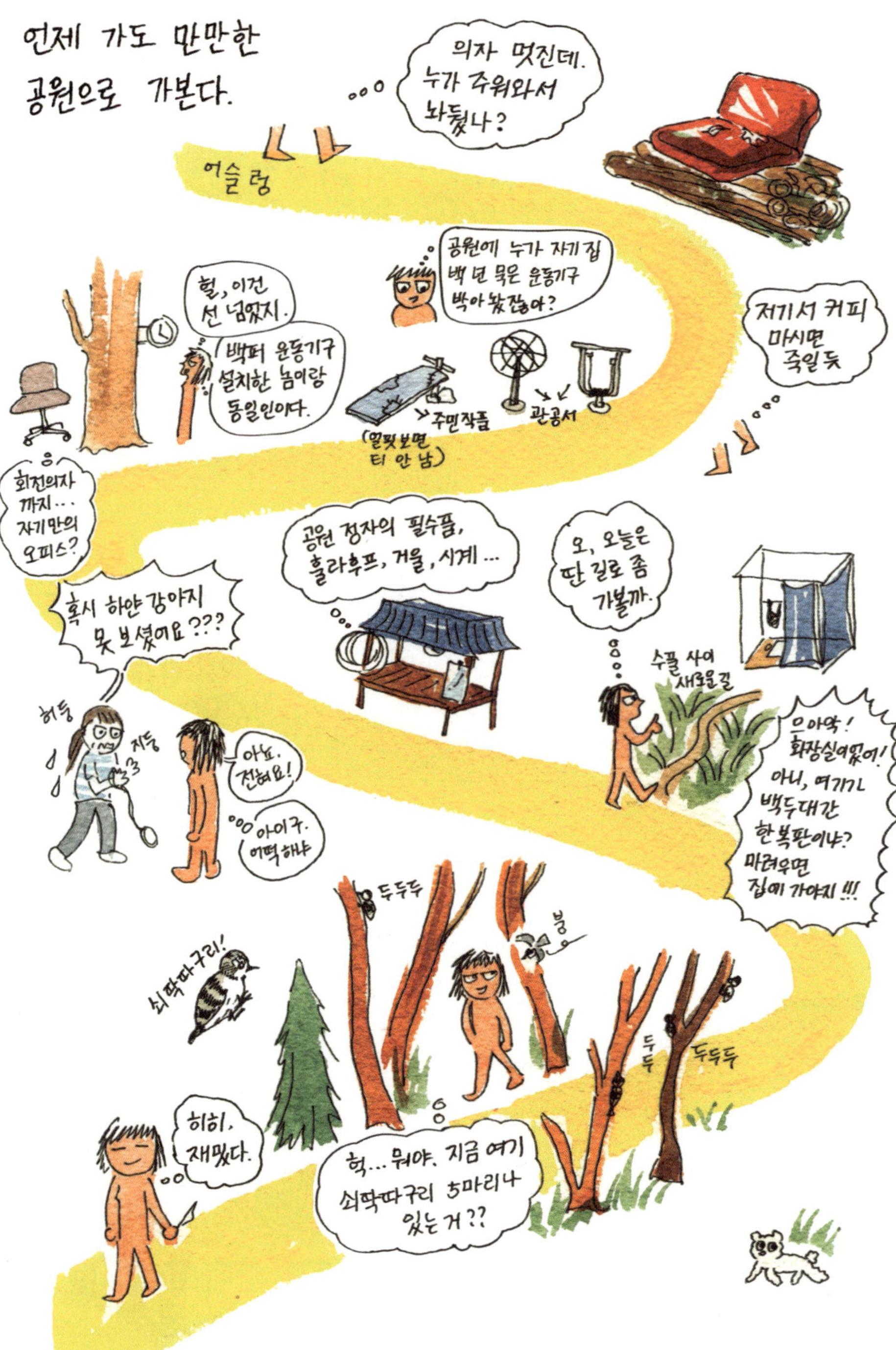

언제 가도 만만한
공원으로 가본다.

어슬렁

의자 멋진데.
누가 주워와서
놔뒀나?

공원에 누가 자기집
백 년 묵은 운동기구
박아 놨잖아?

헐, 이건
선 넘었지.
백퍼 운동기구
설치한 놈이랑
동일인이다.

주민작품
(얼핏보면
티 안 남)

관공서

저기서 커피
마시면
죽일듯

회전의자
까지...
자기만의
오피스?

공원 정자의 필수품,
훌라후프, 거울, 시계...

오, 오늘은
딴 길로 좀
가볼까.

수풀 사이
새로운 길

혹시 하얀 강아지
못 보셨어요 ???

헉틈

차틈

아뇨.
전혀요!

아이구.
어떡해나

으아약!
화장실 어딨어!
아니, 여기가
백두대간
한복판이냐?
마려우면
집에 가야지 !!!

두둑두

붕

쇠딱다구리!

히히,
재밌다.

두둑

두둑두

헉... 뭐야. 지금 여기
쇠딱따구리 5마리나
있는 거 ??

이런 일화들을
나는 매일
관찰일기장에
기록한다.

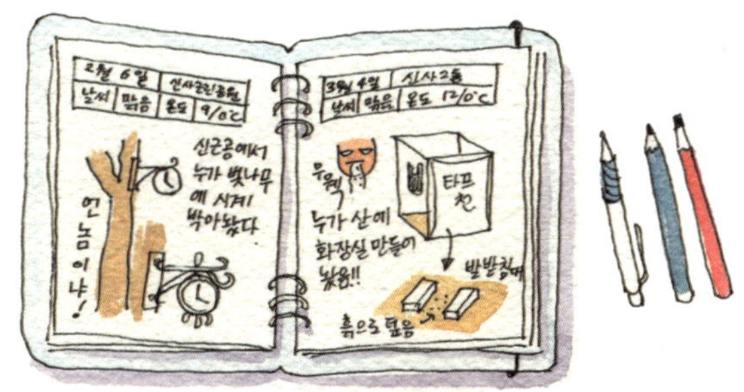

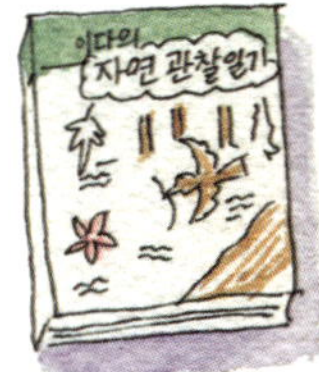

2022년 한 해의
자연관찰기록을 모아
책으로도 만들었다.

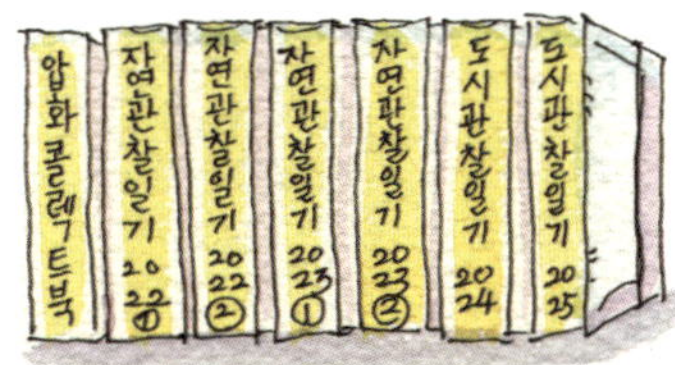

이젠 이 시선을 도시 전체로 넓혀보려한다.
동물과 식물에서 도시와 사람으로 관찰대상을 옮기는 거다.

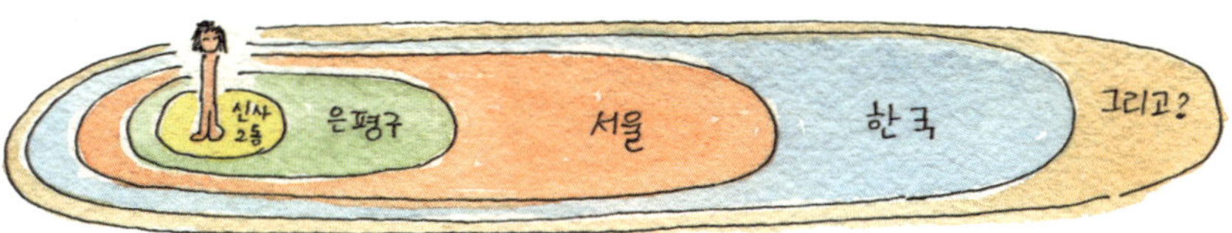

난 나에게 주어진 환경에서 살아가야 한다.
뉴스를 볼 때마다 세상이 싫어진다.

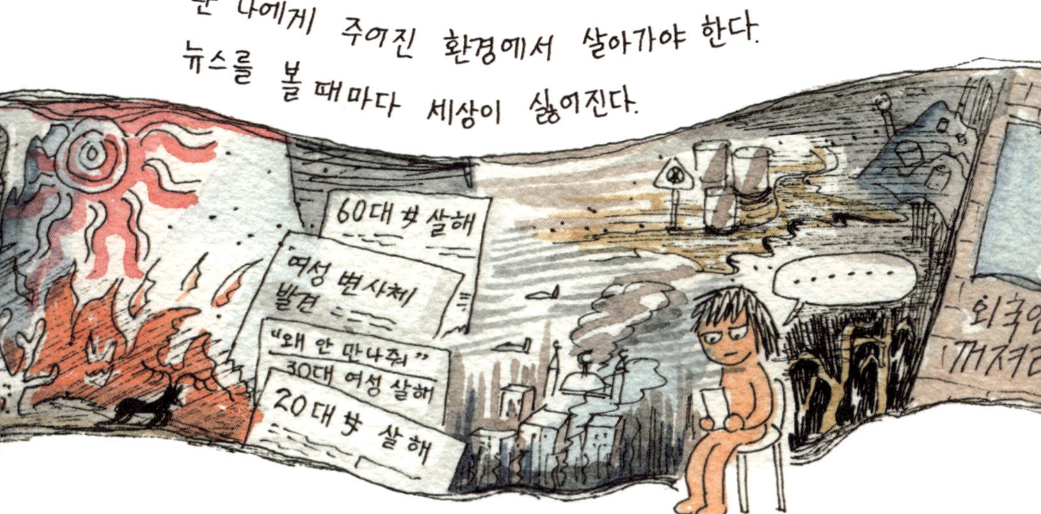

세상에는 온갖 혐오와 이기심만 판치는 것 같다.
기후 위기로 세상은 곧 망해버릴 것만 같고,
나란 존재는 금방 사라질 것 같다.

이런 상황에서 나는 아무 것도 할 수 없을 것 같고
무력하게 느껴진다.

하지만
밖으로 나와 걸으며
주변을 관찰하면
이런 무력감이
조금 옅어진다.

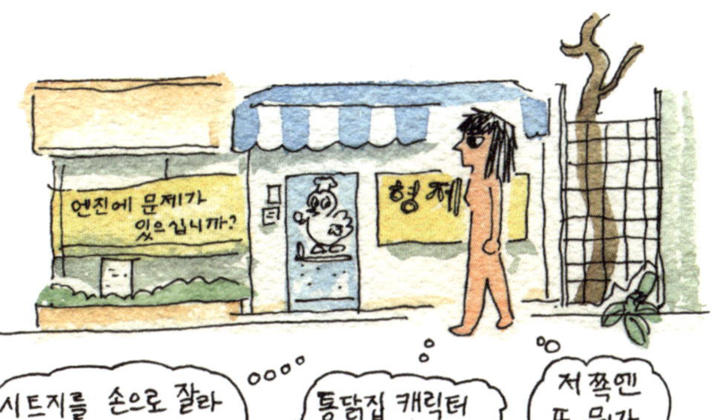

'관찰'의 효능은 대단하다.

관찰하면
관심이 생긴다.

관심이 생기면
이해하고 싶어진다.

그렇게 내가 존재하는 이 세상을
조금씩 알아가고 싶다.

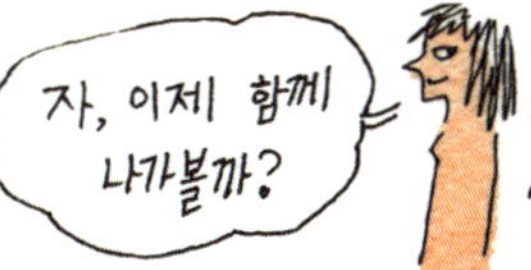

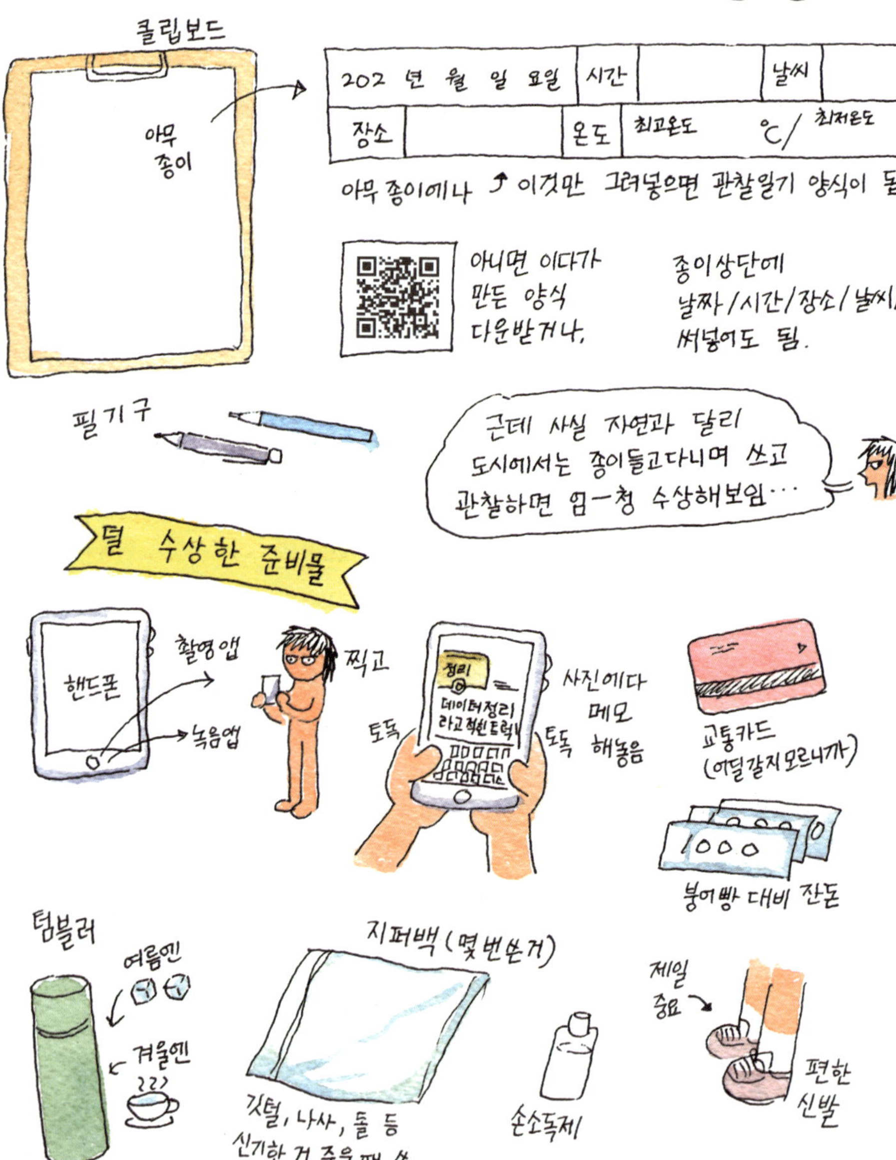

도시 관찰 준비물
집중하는 눈
클립보드
아무 종이
202 년 월 일 요일 | 시간 | 날씨
장소 | 온도 | 최고온도 ℃ / 최저온도 ℃
아무 종이에나 ↑ 이것만 그려넣으면 관찰일기 양식이 됨!
아니면 이다가 만든 양식 다운받거나,
종이상단에 날짜/시간/장소/날씨/온도 써넣어도 됨.
필기구
근데 사실 자연과 달리 도시에서는 종이들고다니며 쓰고 관찰하면 엄ㅡ청 수상해보임…
덜 수상한 준비물
핸드폰
촬영앱
녹음앱
찍고
토독
정리
데이터정리라고 적힌 토록
사진에다 메모 해놓음
토독
교통카드 (어딜갈지 모르니까)
1000
붕어빵 대비 잔돈
텀블러
여름엔
겨울엔
지퍼백 (몇 번쓴거)
깃털, 나사, 돌 등 신기한 거 주울 때 씀
손소독제
제일 중요
편한 신발

도시관찰 방법

① 일단 밖으로 나간다.

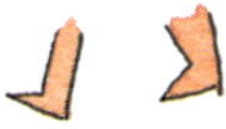

② 이 질문을 떠올린다.

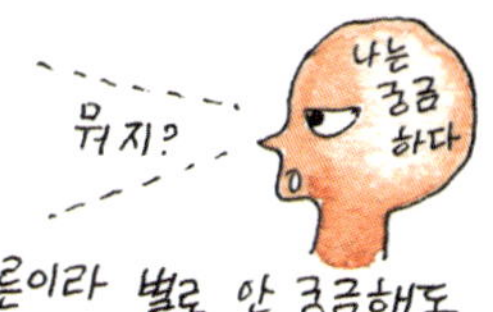

↳ 클레어 워커 레슬리의 『자연관찰일기』 P.25

③ 호기심을 가지고 보이는 것을 관찰한다!

어른이라 별로 안 궁금해도 궁금한 척 하다보면 익숙해짐

④ 글과 그림, 사진으로 기록한다.

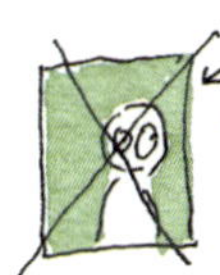

↖ 되도록 특정 인물의 신원이 드러나는 기록은 삼간다.

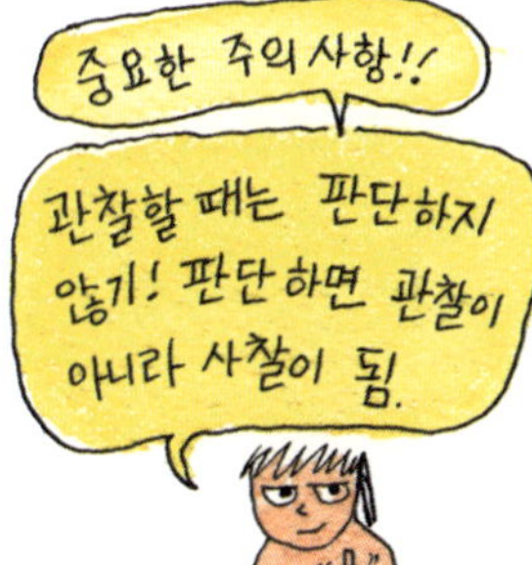

⑤ 집에 돌아와 일지를 쓴다.

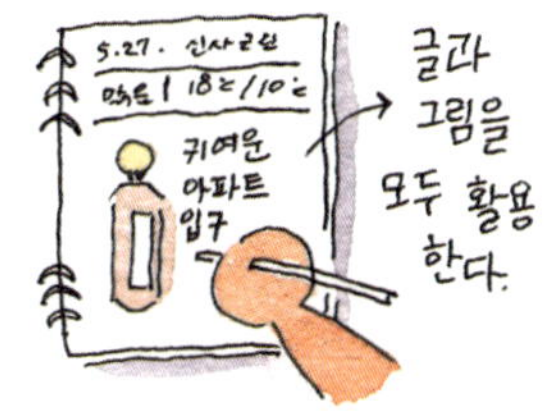

↗ 글과 그림을 모두 활용한다.

그림을 못 그려도 상관없다! 그림은 어디까지나 관찰하기 위한 수단이다. 찍찍 그은 선 몇개라도 내 기억을 보조하기엔 충분하다!

↳ 여기부턴 안 해도 됨 (이따가 하는것)

⑥ 주제에 따라 관찰한 것을 분류한다.

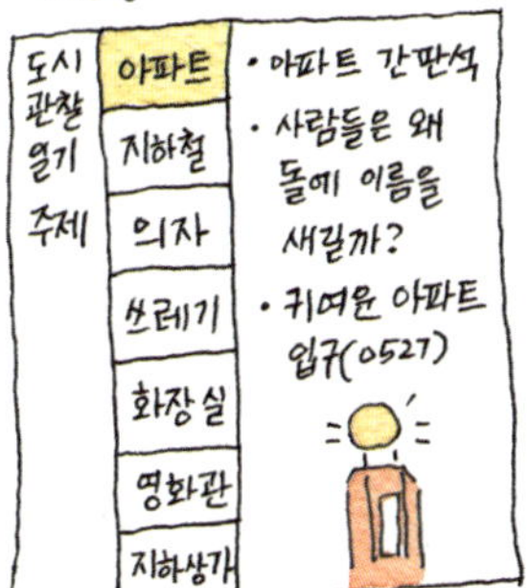

⑦ 사진 기록을 분류해서 모은다.

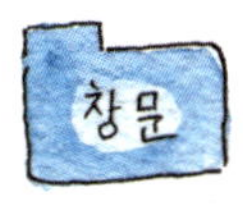

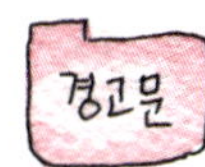

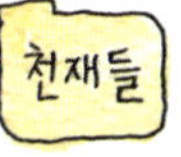

⑧ 나갈 때마다 꾸준히 관찰해 기록을 계속 업데이트 한다.

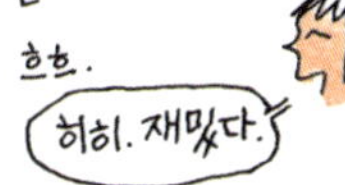

오늘 불광천 갔더니 뭔가 온갖 공사를 하고 있었다.
특히 물 중간에 선을 만드는 것이 인상적이었다.

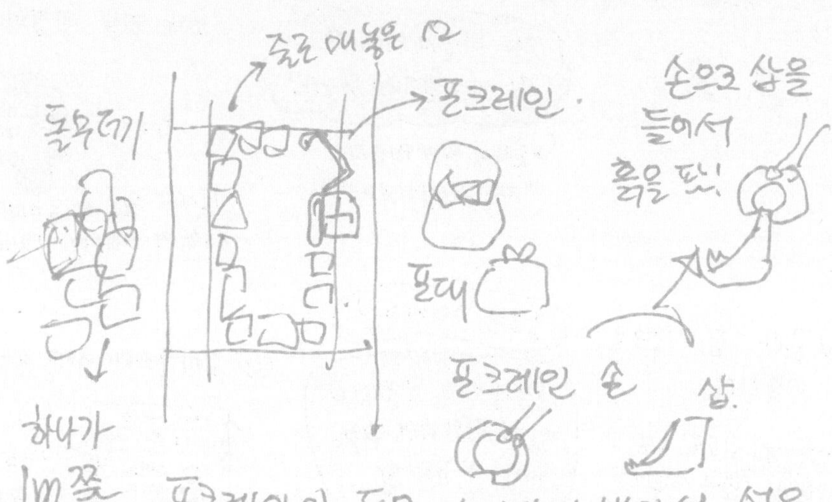

포크레인이 돌을 강바닥에 박아서 선을
만드는데, 그 움직임이 대우 섯세했다.

삽으로 땅을 파고, 돌을 들어 옮기고. 자세를 바르게
잡고, 손을 오므려 돌을 쳐 단단하게 박는다.
그리고 다시 흙을 따서 돌들이 잘 고정되게 한.
갔탄스러웠다! 잘 하는 사람이란 저런거구나.

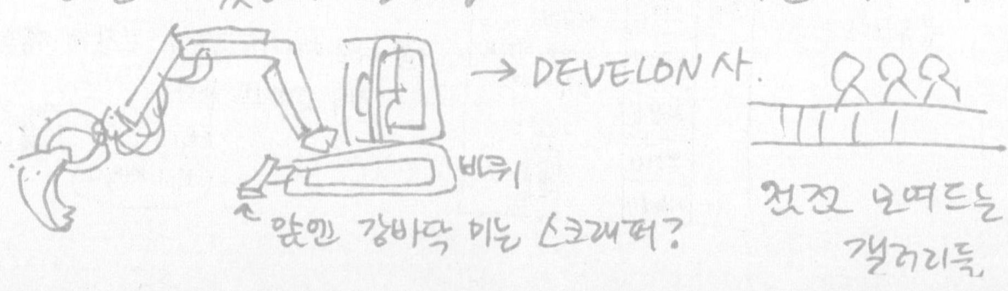

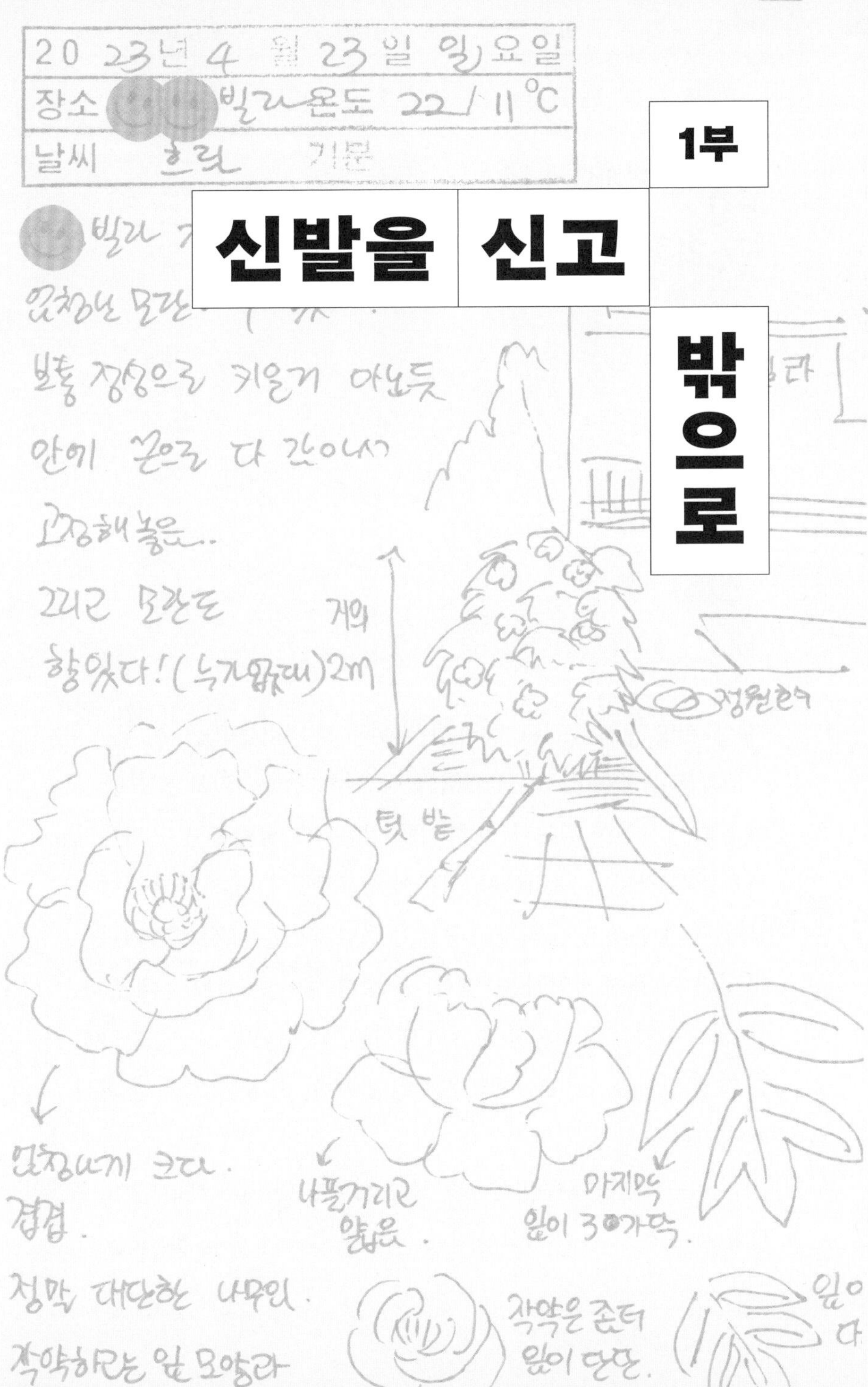

20 23년 4 월 23일 일 요일
장소 빌라 온도 22/11 ℃
날씨 흐림 기름
1부
신발을 신고
밖으로
빌라
엄청난 모란
보통 장성으로 키우지 않도록
안의 끈으로 다 간이서
고정해놓음..
꾸러 모란도
항있다! (누가 많대) 2m
거의
텃밭
정원리그
엄청나게 크다.
겹겹.
정말 대단한 나무인
작약하고는 잎 모양라
나풀거리지 않음.
마지막 잎이 3○가득.
작약은 좀더 잎이 단단 싶고
잎이 다

골목의 경고문에서
목소리를 훔쳐듣다

"양심! 하늘이 보고 있다. 남의 집 담 너머 왜 버리는고……."

오늘도 새로운 경고문을 발견했다. 마치 보물이라도 발견한 듯이 찰칵— 사진을 찍는다. 흔히 하듯 컴퓨터로 출력한 것도 아니고 손으로 쓴 것이니 더 귀하다. 심지어 경고문을 쓴 곳조차도 범상치 않다. 누가 몰래 버린 의자의 등받이 뒷면에 빨간 매직으로 커다랗게 썼다. 처음에 시작하는 "양심!"을 정성 들여 쓴 것이 눈에 띈다. 또 '쓰레기'라는 목적어를 과감히 생략해 "왜 버리는고……."를 강조한 것도 재미있다. 이런 경고문은 일 년에 한 번 볼까 말까 한 희귀한 것이다.

도시든 자연이든 주변을 관찰하는 게 취미인 내가 제일 많이 수집한 것이 바로 이런 경고문이다. 후미진 골목에 붙은 것, 고층 아

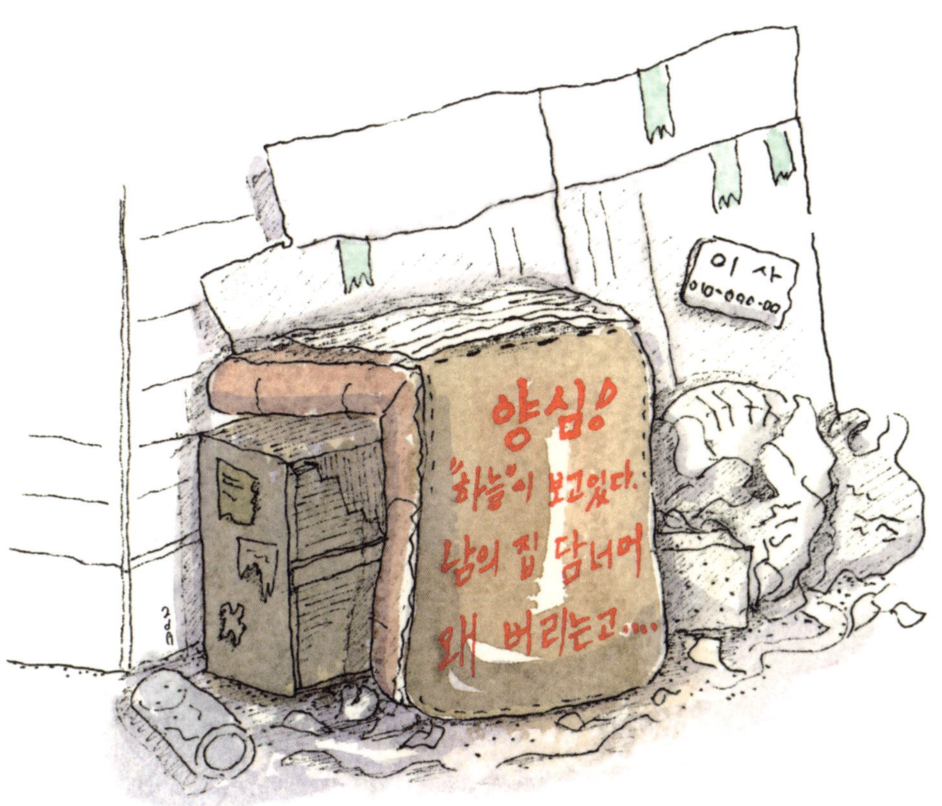
양심!
"하늘"이 보고있다.
남의 집 담너머
왜 버리는고....
이 사
010-000-00

파트 엘리베이터에 붙은 것, 쓰레기봉투에 붙은 것, 전봇대에 붙은 것 등등 지금까지 100여 개는 모은 것 같다. 이걸 인터넷에 올리는 것도 아니고 모아서 전시를 하거나 책을 내는 것도 아니다.

도시의 큰길에서는 경고문을 발견하기 쉽지 않다. 어쩌다 발견한다고 해도 컴퓨터로 써서 잘 정돈된 것들이라 별로 재미가 없다. 그러다 골목으로 들어오면 사람들이 손으로 직접 쓴 경고문들이 서로 경쟁하듯 나타난다.

경고문 중 가장 많은 것은 역시 담배에 관련된 내용이다. 여기서 담배를 피우지 말라는 것과 꽁초를 버리지 말라는 경고가 제일 많다. 흡연 문제는 보통 하루이틀 계속된 것이 아니다보니 메시지가 거친 경우가 대부분이다. 아마 처음엔 "여기서 담배 피우지 마세요" 정도로 시작했을 것이다. 그러다 "여기서 제발 담배 좀 피우지 마세요"가 된다. 그 정도로 효과가 없으면 "여기서 담배 피우면 신고합니다. CCTV 촬영 중"이라고 협박도 해본다. 그러다 결국 분노가 폭발한다. "미친 ×. 담 넘어 꽁초 버리면?!! 뒤짐 주의보!!!"

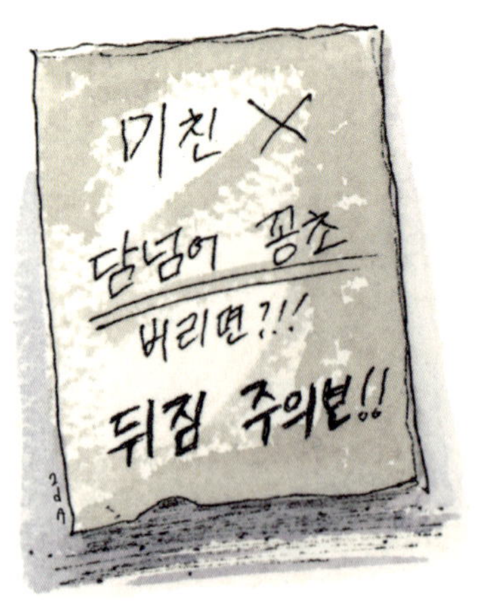

두 번째로 많은 것은 여기에 쓰레기를 버리지 말라는 경고문이다. 주로 전봇대 아랫부분이나 주택 담장 옆에 붙어 있다. "이곳에 쓰레기를 절!대!로! 버리지 마세요!" 화단도 예외는 없다. "남의 화단에 쓰레기 버리지 마세요." 아파트라고 다르지 않다. "음식물 쓰레기를 정해진 장소에 버리지 않고 검정 비닐봉지에 담아서 버리시면 가져가지 않습니다. 또한 경비 직원이 일일이 음식물을 찾아내야 하고…… 주민 여러분!! 내가 사는 아파트 주변에 악취가 진동하는 음식물을 아무렇게나 버리신다면…… 어느 분이 그러시는지 추적하여 잡을 수도 있습니다." 흡연 관련 경고문이 주로 분노에 찬 내용이라면, 쓰레기 관련 경고문은 고통과 호소가 섞여 있는 것이 특징이다.

그 외에는 개똥을 안 치우는 사람에 대한 엄중한 경고가 있다. "이런 식으로 개똥 처리 안 하시려면 반려견 키우지 마세요." 화분을 훔쳐가지 말라는 경고문도 있다. "선인장 가져간 사람 도로 갖다 놓으세요. CCTV 보고 신고하기 전에 갖다놓으세요!" 요즘은 흔치 않지만, 술집 근처에는 소변 금지 경고문도 있다. 꼭 가위가 같이 그려져 있는 것이 특징이다. "여기 오줌 금지!"

최근에 제일 재미있었던 것은 모 아파트에 붙어 있던 경고문이다. 나는 어디에든 경고문이 있으면 무조건 진지하게 읽어본다. 대부분 비슷비슷해서 읽고 나서 실망하는 경우가 많다. 하지만 이 경고문은 달랐다. 무려 차에 침 뱉는 행위를 중단해달라는, 아파트 관리사무소의 공적 경고문이었다!

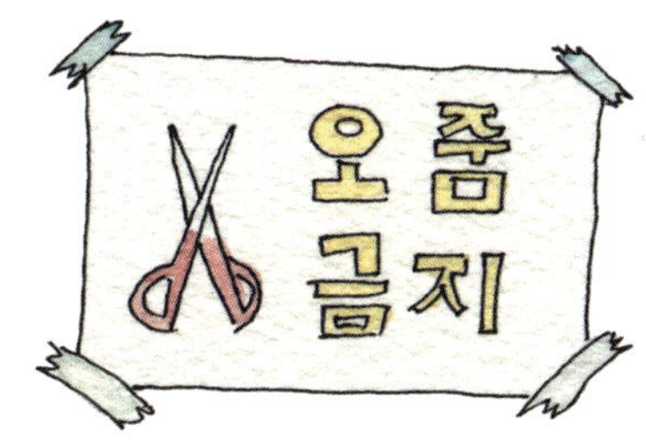

"우리 아파트는 주차 공간이 적어 저녁 일찍 주차할 공간이 없어집니다. 어쩔 수 없이 불법주차하는 차량이 있을 수는 있지만 그렇다고 해서 차량에 침을 뱉는 행위는 차주의 입장에서 모욕적으로 느낄 수 있으며, 한 번도 아니고 여러 번이면 분노로 바뀔 수 있습니다. 이를 참고하시어 침 뱉는 행위를 삼가주시길 바랍니다."

보는 순간 불법주차된 차량과 거기에 누군가가 단전에서부터 가래를 모아 침을 퉤 뱉는 장면이 생생하게 떠오른다. 마치 「공공의 적」이나 「범죄도시」 같은 한국 영화의 한 장면을 보는 것 같다. "어이, 아저씨! 일루 와봐! 지금 여기 뭐 하셨어?" 험상궂은 인상의 배우를 마음대로 섭외해본다. 나만의 단막극 한 편이 뚝딱이다.

그러고 보니 나도 경고문을 쓴 적이 있다. 몇 년 전 서울 성북구 동소문동의 한 주택에 살던 때다. 어느 날 맞은편 빌라의 옥상에 뜬금없이 워터파크가 생겼다. 젊은 아빠가 아이들을 위해 옥상에 커다란 간이수영장을 차려 물을 가득 채워놓은 것이다. 파라솔과 의자까지 갖다 놓으니 옥상이 바로 괌이고 발리였다. 아이들을 즐겁게 해주려는 마음이 갸륵해 보였다. 매일매일 아이들이 괴성을 지르며 옥상 워터파크를 이용하기 전까지 말이다.

그래도 아이들이 노는 소리까지는 참았다. 마음대로 뛰어놀 골목길도 없고 놀이터도 없으니 이해할 수 있다. 덥지만 창문을 꽉 닫는 것으로 해결하려 했다. 하지만 젊은 아빠가 자기 친구들을 불러 주말 내내 밤새워 술을 마시고 파티를 하자 나의 인내심도 폭발하고

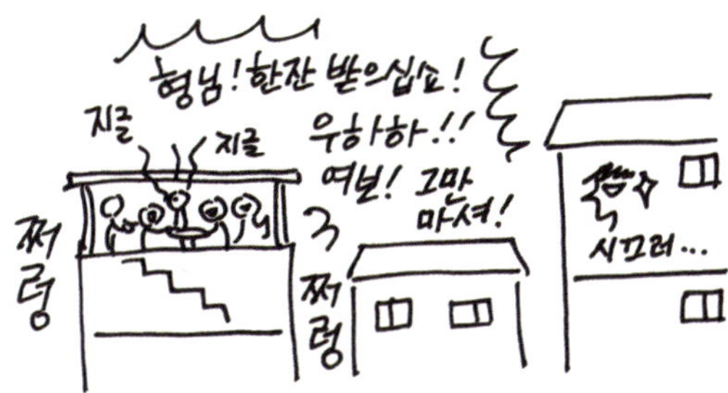

말았다. 당장 컴퓨터를 켜서 궁서체로 엄중한 경고문을 작성했다.

"옥상에서 큰 소리로 이야기하면 그 세세한 내용까지 온 동네에 다 들립니다. 아이들이 노는 소리까지는 괜찮습니다. 어른들의 대화 소리를 조금만 낮춰주십시오. 부탁드립니다."

속마음으로는 "어른들이 너무 시끄럽네요. 작작 좀 하세요."라고 하고 싶었지만 반발심을 자극하지 않도록 최대한 점잖게 쓰려고 노력했다. 그냥 시끄럽다고만 하면 화만 돋우고 효과는 없을 것 같아서 대화 내용이 다 들린다고 프라이버시를 자극하는 말을 일부러 덧붙였다. 그동안 각종 경고문을 보며 습득한 요소를 몸소 써먹은 것이다.

그리고 경고문을 A4 용지에 출력해 그 빌라 현관에 테이프로 붙였다. 신기하게도 경고문을 붙이고 오는 것만으로도 화가 풀렸다. 집으로 돌아오는 발걸음이 날아갈 듯 가벼웠다. 복받쳤던 감정을 쏟아낸 것이 후련하기까지 했다. 다행히 경고문이 효과가

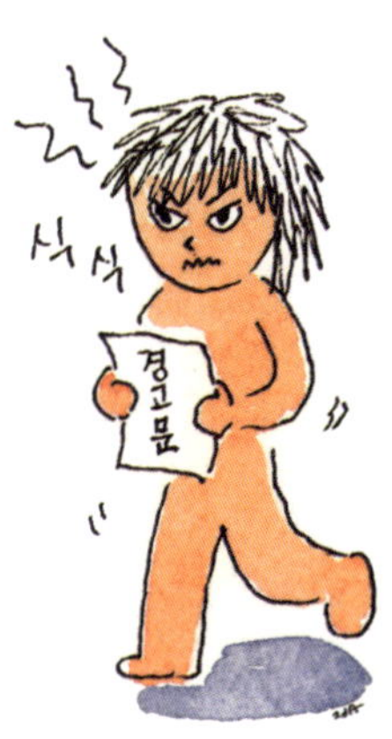

매섭게 경고를 하고 있으나 글씨체가
너무 귀여워서 별로 무섭지가 않음. 역시 →두팔체'라고 함
경고문은 궁서 X 고딕 X 막 출소한 사람의 거친 손글씨가
최고인가...

견우빌라 사유지임으로
앉아서 커피나 음식먹고
쓰레기 배출. 담배 피우다
적발되면 바로 사진찍어
고발 조치함. 경고!!

있었는지 그 후로는 사람들의 말소리가 한결 줄어들어 창문을 열고 지낼 수 있게 되었다. 내가 쓴 경고문이 이룩한 성취였다!

그러고 보니 나는 왜 경고문을 보고 재미있어 하는 것일까? 경고문은 대개 글쓴이의 입장에서 읽게 된다. 경고문을 쓰기까지 참고 고민했던 사람의 마음을 짐작할 수 있다. "그러게, 여기서 담배를 피우면 안 되지!" 특별한 사안일 경우에는 사건의 무게와 잘잘못을 따지는 재미도 있다. "화낼 만하네, 화낼 만해." 경고문은 그 장소에서 어떤 일이 있었는지를 생생하게 보여준다. 나는 시차를 두고 그 이야기 속으로 들어가볼 수 있다. 한편으로 나는 욕먹을 짓을 하지 않았다는 안도감을 느끼기도 한다. "나는 저런 개념 없는 짓 안 하지!"

몰랐던 사실을 경고문으로 배울 때도 있다. "분리배출은 검은 봉투 말고 비치는 봉투에 담아서 내놓으세요. 안 그러면 정상 수거가 되지 않습니다." 이걸 보고 뜨끔해서 그 후로 나도 꼭 투명한 비닐봉지에 재활용품을 담아서 내놓는다.

도시는 의외로 조용하다. 동네에서도 타인과 이야기할 일은 그렇게 많지 않다. 외출을 하고 돌아와도 사람 목소리 한 번 못 듣는 날도 있다. 그런 날에는 왠지 조금 재미가 없다. 하지만 골목에 붙어 있는 경고문은 언제나 말을 한다. 여기서 이런 일이 있었고 나는 너무 화가 난다고, 내가 화내는 게 당연하지 않냐고, 내 마음을 이해해달라고, 정의를 구현하고 싶다고.

어쩌면 나는 경고문 그 자체가 아니라 사람들의 목소리와 이야기를 수집하는 걸지도 모르겠다. 도시의 닫힌 문 밖으로 터져나오는 절절한 호소와 감정들을 말이다.

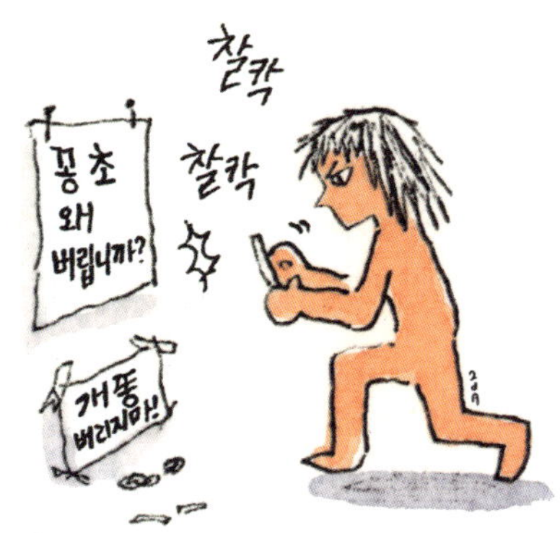

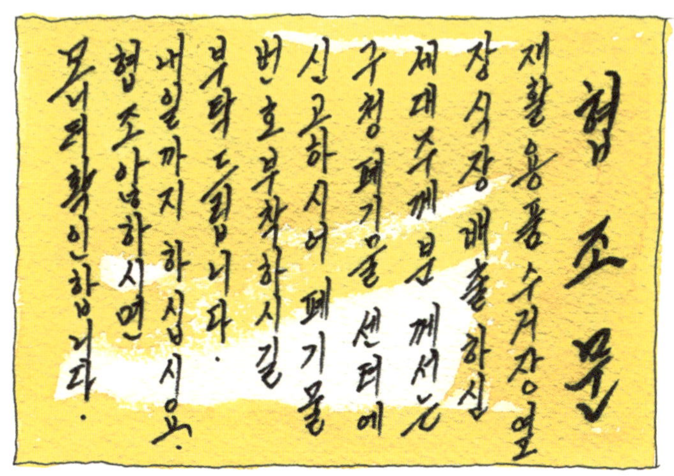

어느 아파트 엘베에
붙은 엄청난 명필.
교장선생님들이 은퇴하고
경비원으로 근무 많이
하신다던데 그런거
아냐? 하는 생각이
들게함. 그러나 너무
명필이라 시각적
아름다움은 극대화 되었는데
가독성이 극히 떨어짐. (심지어 오른쪽부터 읽어야됨)

이거 진짜 아무도 열심히 안봤을거
같은데 나라도 수거해서 집에 장식
해놓고싶음. 아니, 미래에 민속박물관
으로 가야됨 (大 주접)

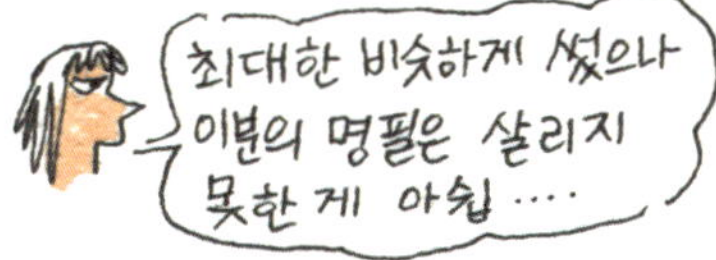

단호하고 심플하게 대상을
꾸짖는 경고문. 생각보다
화단에서 꽃이나 나무를
파가는 사람이 많다고 함.
같이 쓰여있는 일자는 경고문을
쓴 날짜인지 꽃을 도둑맞은
날짜인지는 알 수 없음.

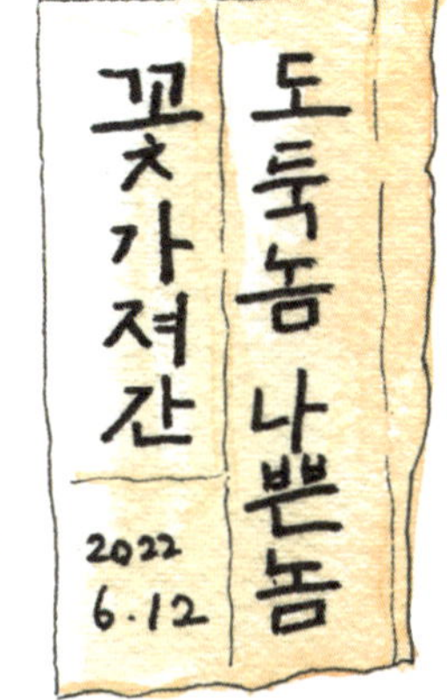

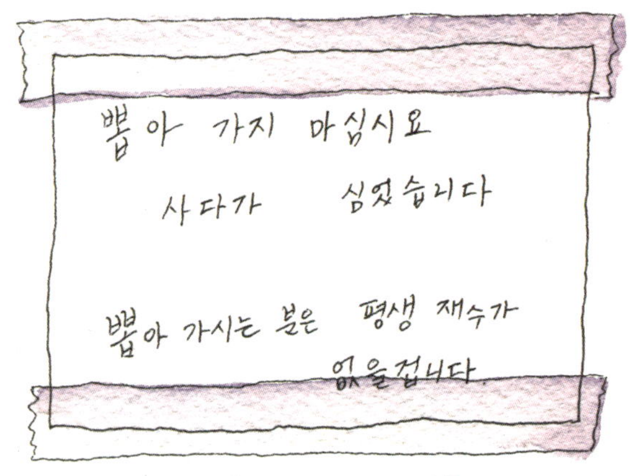

↳ 간결하고 박력이 넘치는 경고문.
누가 이걸 보고도 장미를 뽑아갈 수 있으리.

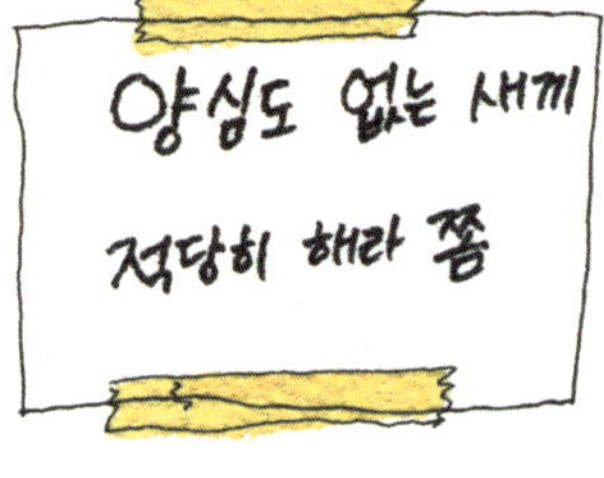

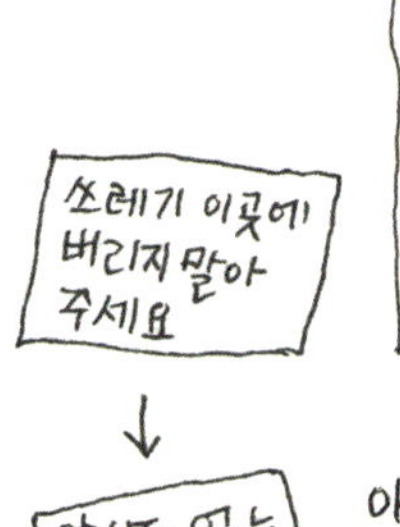

↓

양심도 없는
새끼

골목 담에서 발견.
뭘 하지 말라는
말도 없음.
전해지는 것은
이것을 쓴 사람의
엄청난 분노뿐.

아마 '네놈도 양심이 있다면 니 얘기라는 걸
알 거다'하는 느낌으로 보아 이미 한번 파이트를
뜬 걸지도 모름.

버스정류장
에서 발견한
경고문. 아무리 봐도
똥을 쌀 곳이 아닌데
정말 조상이 개인
사람인가 봄.

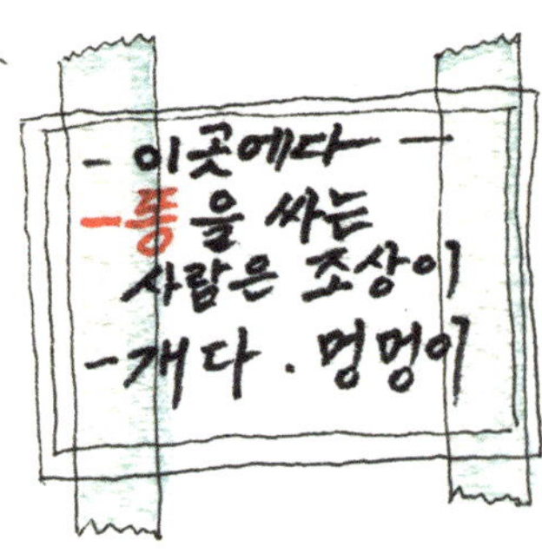

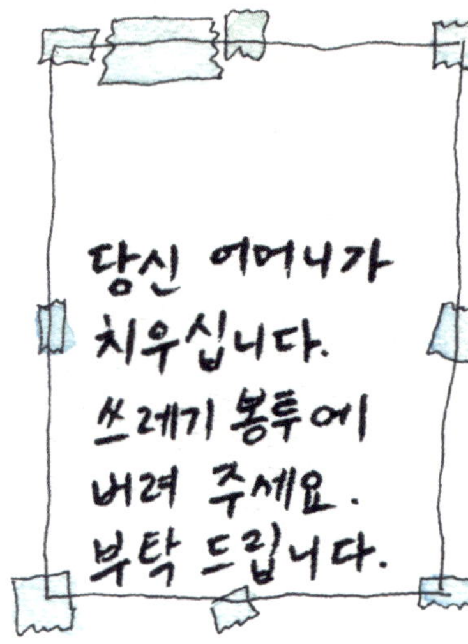

→당신 어머니뻘
아주머니가 치운
다는 것인지,
아님 '너희엄마
한테 치워달라고
해라'인지
쓴 사람의 마음을
잘 모르겠는
경고문.

대체 무슨 짓을 했길래 이런
경고를 … 이건 경주 금장대에서
본 경고문임. 이 앞에 있는 호수가 '예기소'
라고 김동리 소설 「무녀도」에서 모화가
빠져죽은 곳임. 매년 사람죽는다는
괴담도 있음.

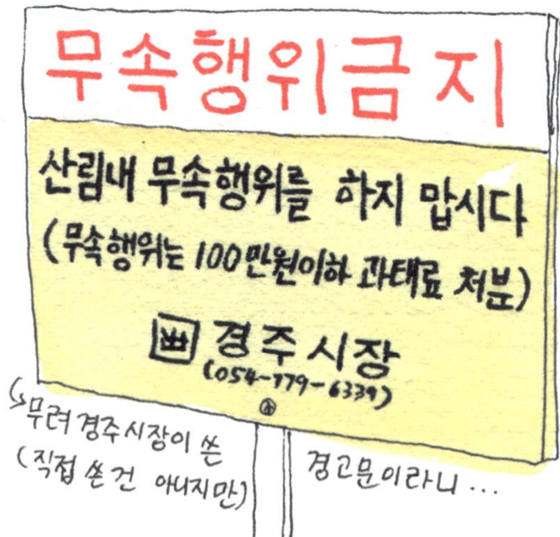

↳무려 경주시장이 쓴
(직접 쓴 건 아니지만)   경고문이라니 …

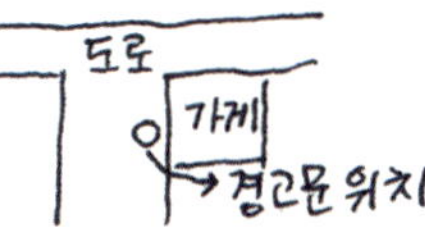

성북구의 어느 가게 옆
전봇대에 걸려있던 것.

하필 사람들이 빵빵댈만한
위치에 가게를 꾸린 주인이
안 됐음. 차들이 이걸
본다면 조금은 조심할지도.

"주 의"
옆 에 "심장병
환자" 있으니 제발
조금만 참고 "빵빵"
대지 마시요 →

부산에서 본 예술적
경고문. '간판도감'의
페인트칠 가게와 가까운
곳에 있음. 어쩌면 같은
사람이 썼을지도?
담배그림까지도 완벽함.

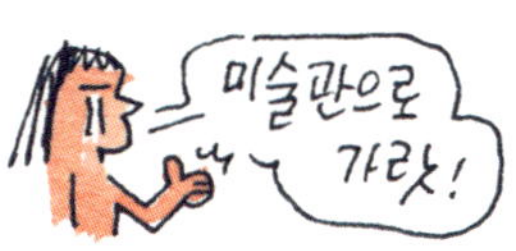

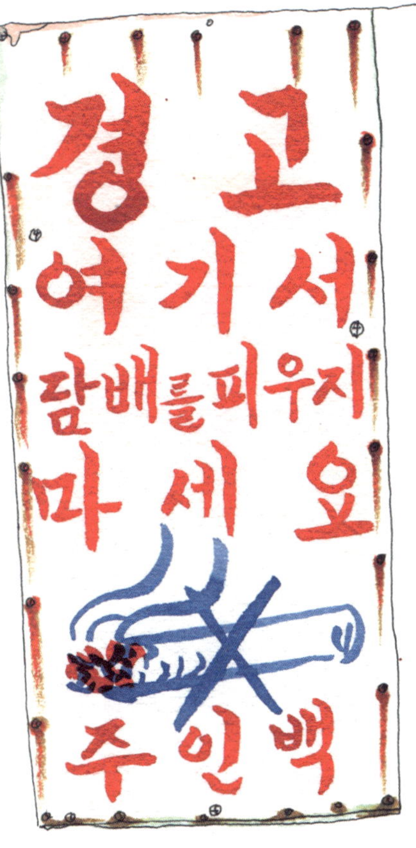

도시에서 이타적 화단을
가꾸는 사람들

"오늘은 어디로 가지?"

매일 똑같은 동네에서 똑같은 고민을 한다. 어디로 갈지는 내 맘이다. 지나가는 어르신이 나를 힐끔 본다. '저 처자는 벌건 대낮에 일도 안 하나?' 하는 눈빛이다. '나는 프리랜서라고요!' 속으로 항변해봤자 소용없다. 한낮에 추리닝을 입고 어디 뭐 재밌는 거 없나 휘적휘적 돌아다니는 모습이 누가 봐도 100퍼센트 동네 백수다.

오르막길을 올라 동네 뒷산 입구 쪽으로 가본다. 이곳에는 5층짜리 나지막한 빌라들이 여러 동 있다. 빨간 벽돌을 쓴 것이 90년대 이전에 지어진 것 같다. 담장에 걸린 알록달록한 빨래, 개똥을 버리지 말라는 분노의 경고문을 눈으로 빠르게 훑고 지나간다.

"응?"

뭔가 대단한 붉은 것이 시야에 살짝 스쳤다. 지나가다 갑자기 걸음을 멈추고 몸을 획 돌렸다. 이럴 수가. 모란이다. 그것도 엄청나게 큰 모란이다.

홀린 듯이 가까이 가보았다. 빌라와 빌라 사이의 작은 공간, 한 평도 안 될 공간에 모란이, 아

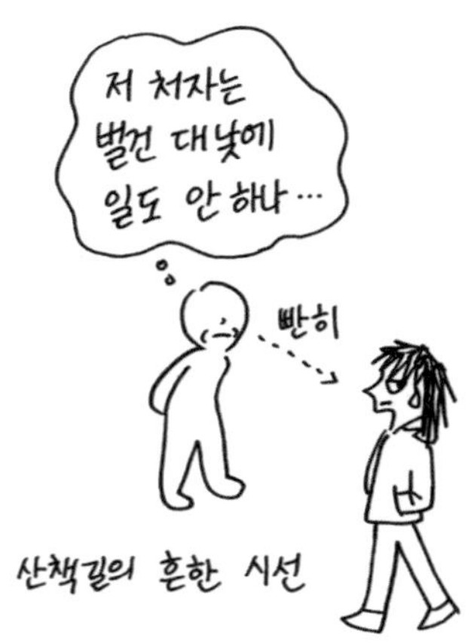

니 모란들이 활짝 피어 있었다. 하나, 둘, 셋……. 만개한 모란이 족히 마흔 송이도 넘는다. 키는 덕수궁에서 본 것보다 크다. 158센티미터인 내 키를 훌쩍 뛰어넘는다. 보통은 기껏해야 80센티미터 정도의 나지막한 것만 봤는데 이건 내가 모란을 보는 것이 아니라 모란이 나를 내려다보는 것 같다. 압도적이다. 자주색에 가까운 붉은색의 모란 꽃잎은 마치 벨벳처럼 부드러운 윤기가 흐른다. 가운데 펼쳐진 노란 수술은 마치 왕족이나 달았을 법한 화려한 브로치 같다. 그리고 어떤 놈이 모란이 향기 없는 꽃이라고 했나? 바람이 불 때마다 진하고 시원한 향기가 코에 가득 들어온다. 나는 벌써 십 분 동안 이 앞을 떠나지 못하고 있다. 이런 모란을 이 동네 사람만 봐도 되나? 관광지가 되어야 하는 것은 아닌가?

옆을 보니 긴 호스가 말려 있다. 물이 가득 담긴 대야도 보이는데 아마 빗물일 것이다.(정원사들의 말에 따르면 식물에 제일 좋은 물은 빗물이라고.) 모란나무 아랫부분을 자세히 살펴보니 대가 제법

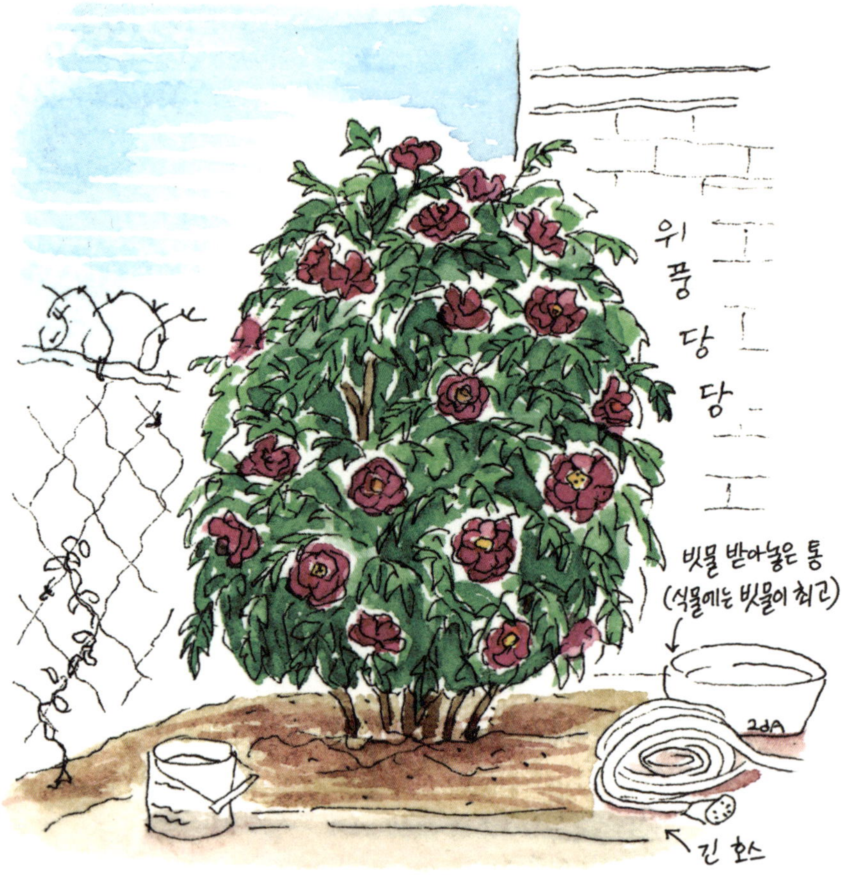

위풍당당
빗물 받아놓은 통
(식물에는 빗물이 최고)
긴 호스

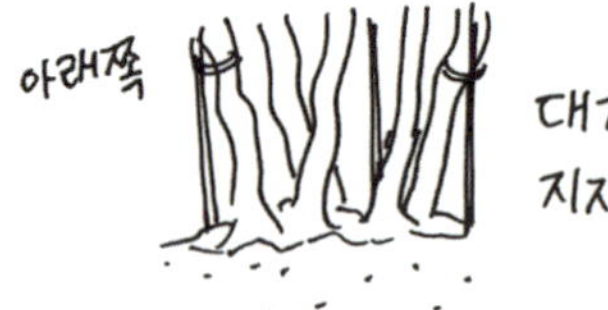

아래쪽
대가 굵고 실함
지지대도 세워놓음

굵고 단단하다. 멋지게 가지치기가 되어 있고, 지지대로 단단히 묶어 수형을 잘 살렸다. 멋지기로 유명한 덕수궁 모란나무 못지않게 사랑과 관리를 받는 녀석인 것 같다. 모란은 꽃이 정말 잠시 핀다고 한다. 일주일도 채 꽃을 못 본다고 하는데 그 잠깐을 위해 누군가는 일 년간 공을 들였다. 자기만 보려고 울타리를 치지도 않았다.

이번엔 언덕 아래로 내려가본다. 한참을 내려가 지하철역으로 가는 골목에 또 모란이 보인다. 아까 본 압도적인 모란과 달리 쓰레기가 잔뜩 쌓인 골목길 철창 너머 낡은 플라스틱 통에 피어 있다. 주변 환경은 아름답지 않지만, 모란의 자태를 보면 황송하다. 그냥 봐도 되는 걸까? 무릎이라도 꿇고 봐야 하는 것은 아닌가?

동네를 관찰하며 돌아다니다보니 어느새 어디에 무슨 화단이 있는지 빠삭해졌다. 새절역 근처의 한 교회 앞에는 아치로 만든 장미 화단이 있다. 여름엔 꽈리같이 생긴 풍선덩굴 열매도 열린다. 그 근처 어느 왕의 이름을 딴 부동산 앞에는 벼를 키우고 있다. 최근에 새로 도색을 한 나홀로 아파트와 붉은 벽돌의 빌라 사이에는 하얀 백일홍이 피는 한 평짜리 정원이 있다. 이 모든 화단은 관공서에서 만든 것이 아니다. 그곳에 사는 사람이 아무도 신경 쓰지 않는 땅 한 뙈기를 내버려두지 못해 가꾸는 것이다. 이걸 뭐라고 불러야 할까, 민간 정원? 셀프화단? 주민 자율화단? 갑자기 '이타적 화단'이라는 말이 떠오른다.

내가 사는 새절역과 응암역 사이는 빌라가 빼곡히 차 있다. 예전

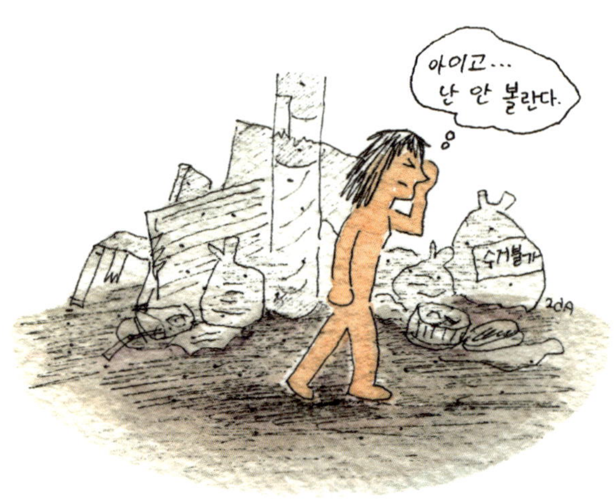

에는 주택이 많았던 곳인데 점차 다세대와 빌라가 늘어나고 있다. ○○빌, ○○맨션, ○○하우스, ○○빌리지, ○○빌라, ○○주택, ○○파크맨션……. 빌라촌은 삭막하다. 빌라 입구에 심은 나무는 십중팔구 말라 죽어 있고, 그게 아니면 모가지가 싹둑 가지치기되어 있기 일쑤다. 간신히 살아남아 있는 나무 밑에 담배꽁초가 수북한 걸 보면 인류애가 사라진다. 좁은 골목에는 배달 오토바이가 굉음을 내며 지나가고 집 앞마다 먹다 남은 음식이 그대로인 배달용기며 부서진 가구 같은 쓰레기가 대충 버려져 있다. 아름다움이라고는 찾아볼 수 없다.

하지만 S빌이라는 이름을 가진 한 빌라 앞은 다르다. 이 동네에서 가장 대단한 화단이 그곳에 있다. 식물 한 가지만 빼곡하게 심는 다든지 일렬로 팬지나 꽃양배추 같은 것을 배치하는 흔한 관공서표 화단과는 차원이 다르다. 2미터가 넘는 새하얀 산수국나무와 싱싱한 동백나무, 그보다는 작지만 제법 큰 철쭉나무와 단풍나무가 중심을 단단히 잡아주는 가운데 화단은 완벽한 색상의 균형을 이룬다. 중간 부분은 장미와 수국과 철쭉이, 아랫부분엔 샐비어, 매발톱꽃 등 작은 꽃들이 자리한다. 빈 곳은 족두리꽃과 접시꽃, 남천이 메꾸고 있다. 화단에 심은 꽃 종류만 해도 족히 서른 가지가 넘는

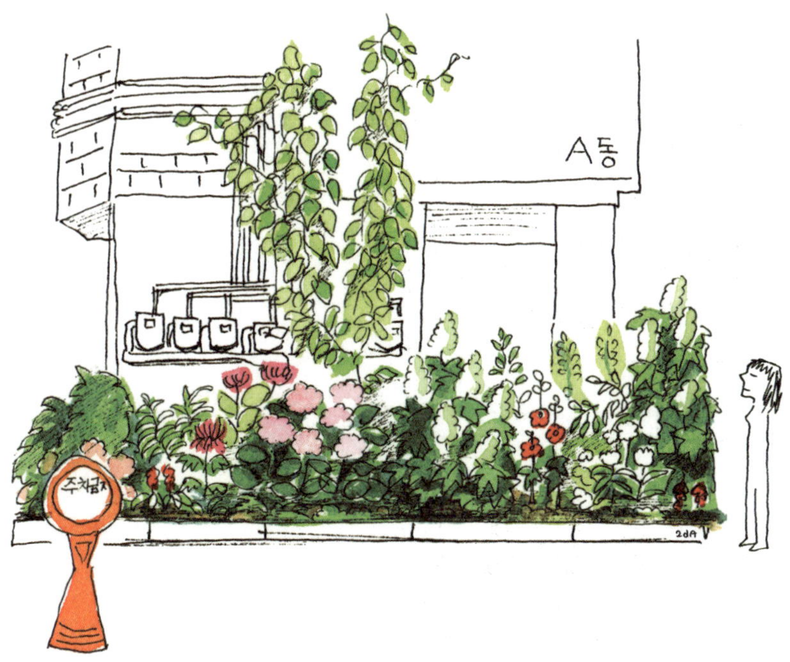

다. 봄에서 가을까지 번갈아가며 꽃을 피운다. 시들시들한 꽃은 하나도 없다. 다들 완벽히 케어받은 상태다. 매일 꼼꼼히 관리하지 않으면 이런 상태는 절대 될 수 없다.

궁금해서 인터넷 지도로 거리뷰를 찾아보았다. 2010년 중반까지도 이곳은 주택이었다. 그러다 2013년 후반 빌라 분양이 시작되었다. 이때는 건설사에서 대충 만들어놓은 허접한 철쭉 화단이 있었다. 그것도 반쯤 말라 죽어 있다. 그러다 2017년의 거리뷰를 보니 내가 아는 그 화단이 시작되고 있다. 삼 년 동안 무슨 일이 일어난 걸까? 대체 누가 허접한 화단을 보다못해 팔을 걷어붙인 걸까? 2017년 거리뷰에서 보이는 철쭉, 접시꽃, 장미, 산수국은 지금은 두 배 이상 커졌다.

S빌 화단이 있어 이 길을 지날 용기가 난다. 누군가가 뱉은 가래침과 음료가 반쯤 남은 채 버려진 테이크아웃 컵, 찢어진 과자 봉지와 그걸 먹겠다고 달려드는 새까만 비둘기들을 볼 때 나는 이 화단을 생각한다. "조금만 더 가면 S빌 화단 나오니까 참고 가자." 그리고 S빌 화단에 도

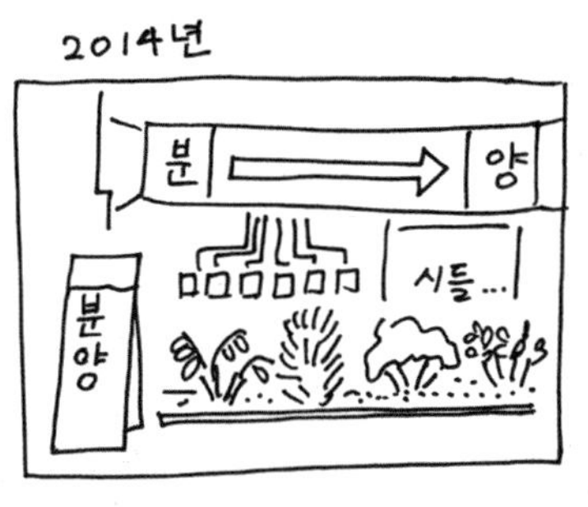

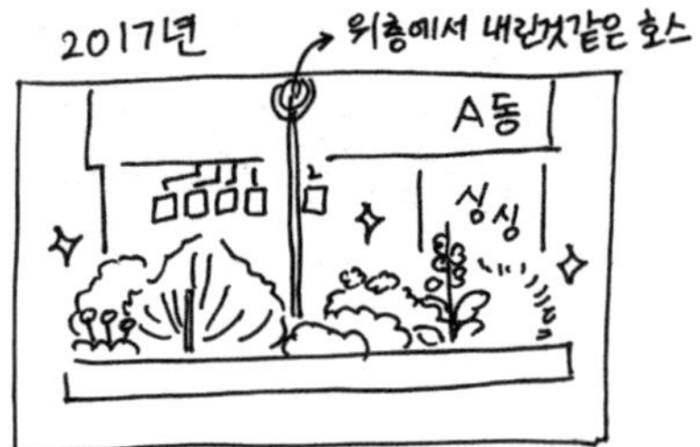

착하면 그 모든 것을 잊을 수 있다. 마치 꽉 막힌 고속도로에서 시달리다 휴게소에 들른 것처럼 마음이 편안해진다. 누군가가 온 정성을 다해 만들어놓은 최고의 아름다움을 공짜로 눈에 담고, 마음에 채우고 다시 출발한다. 오토바이가 굉음을 내며 내 바로 옆으로 스쳐가도 오늘은 화내지 않을 수 있다.

어떤 사람들은 도시의 비좁은 틈에 꽃을 기른다. 먹을 수도 없고 돈이 되지도 않는 꽃을 정성스레 기른다. 혼자만 보는 것이 아니라 지나는 사람들이 모두 볼 수 있게 공유하기까지 한다. 나는 그 앞을 지나가기만 해도 그 계절의 꽃을 볼 수 있다. 누군가가 마음을 쏟은 화단을 보면 '아, 세상에 아직 이렇게 이타적인 사람들이 있다니.' 하며 이 사회에 대한 믿음마저 샘솟는다. (오버라고? 진짜다.)

한때 지자체들이 쓰레기 무단투기를 막기 위해 골목 중간중간 화분을 놔두곤 했다. 화분이 있으면 사람들이 거기에 쓰레기를 버리지 않을 거라 기대했다. 펙이나. 사람들은 화분에 담배꽁초를 눌러 끄고, 꽃을 파서 훔쳐가고, 먹다 남은 커피를 버렸다. 곧 화분까지 쓰레기통이 되어버렸다. 화분만 덜렁 놔두고 관리를 하지 않으니 유지될 리가 없다. 그런데 아주 낮은 확률로 성공한 곳도 있다. 그 앞에 사는 사람이 직접 돌본 곳이다. 꽃이 죽으면 새로 심고, 꽁초를 버리면 하나하나 치우면서 자신만의 화단으로 만들었다. 이런 화단은 쓰레기가 범접하지 못할 아우라를 내뿜는다. 쓰레기를 들고 갔다가도 화단의 기세에 밀려 '죄송합니다.' 하고 물러날지도 모른다.

한참 동안 동네의 이타적 화단을 돌아보다가 집으로 돌아왔다. 현관에 들어서는데 건물 앞에 활짝 핀 노란 꽃 화분이 있다. 아래엔 메모도 붙어 있다. "꽃이 피었어요. 같이 보고 싶어 잠시 여기에 둡니다." 천사가 다녀갔나? "같이 보고 싶어서"라는 말이 머리를 때린다. 이런 생각은 해본 적이 없다.

집 안으로 들어와 베란다에 놓인 수국 화분을 본다. 종로 꽃시장에서 사온 지 한 달째 파란색 수국이 피어 있다. 내일은 나도 현관에 화분을 내려놓아볼까?

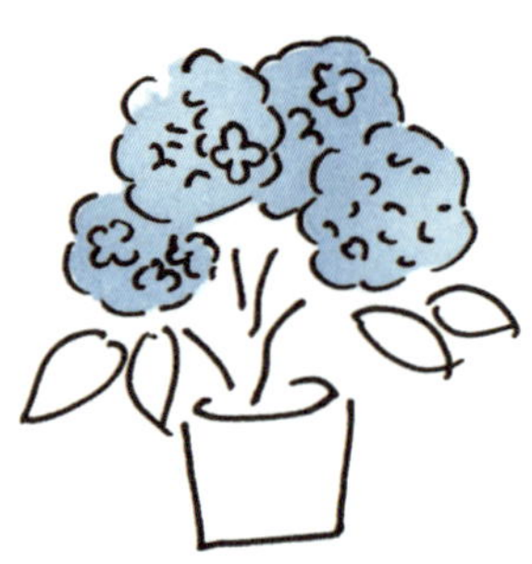

😊 빌라에 모란 보러갔다. 다행히 아직도 피어있었다! 상당히 시들었지만 그래도 아름답다.

작년보다 →
더 커짐

내려오는 길에 내가 바닥에 있는 겹벚꽃을 줍고 있자 지나가던 할머니가

"나무에 달린꽃 따지 그래요" 했다. 어떻게 따냐(못딴다) 했더니 어차피 시들어서 괜찮다고 하심.

내가 계속 줍고 있었더니 "이끼도 가져가요" 하연서 멀쩡한 겹벚꽃을 주워서 주셨다.

할머니의 말투는 드라마같은 서울 사투리였다. 외할머니가 생각났다.

빌라도감

은평구의 모 빌라.
얼핏 보면 특별하지 않지만
자세히 보면 마치 성처럼 보이는 빌라.
특히 양쪽으로 굴뚝이 있는게 멋짐.
완벽한 좌우대칭을 이루고 있음.

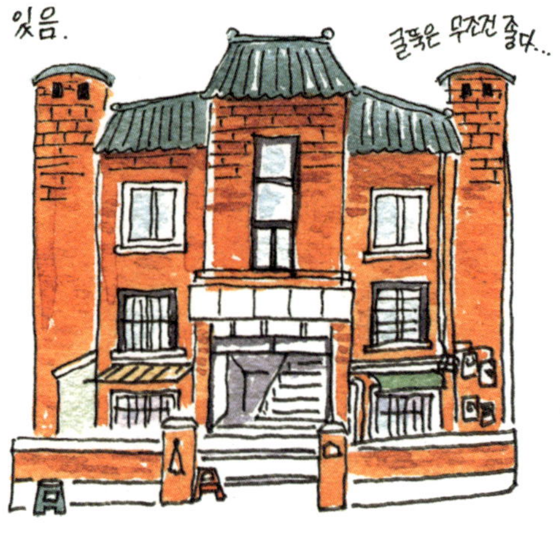

굴뚝은 무조건 좋다..

은평구의
모 다세대주택
(여기선 대충
'빌라'로
넣겠음)
이별 →

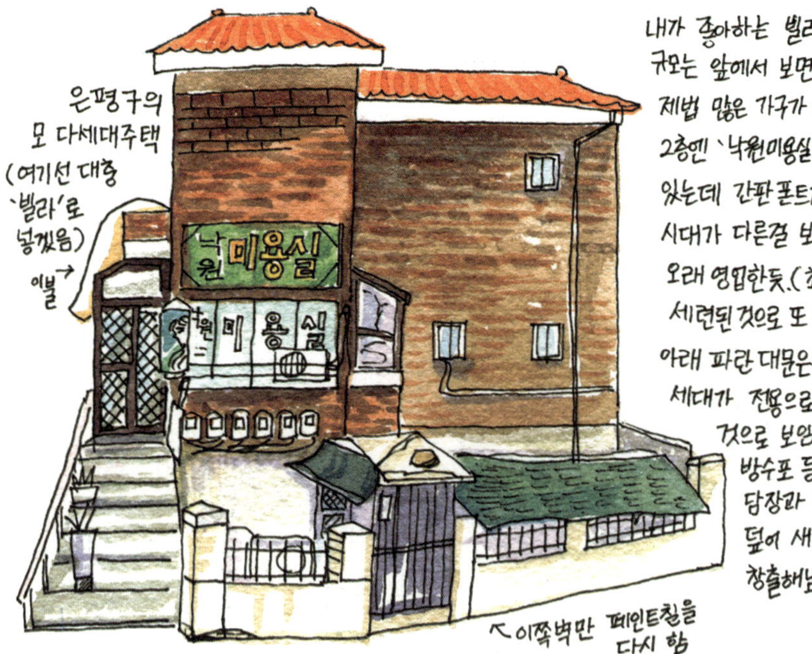

내가 좋아하는 빌라임.
규모는 앞에서 보면 작은데
제법 많은 가구가 사는듯.
2층엔 '낙원미용실'이
있는데 간판 폰트가 서로
시대가 다른걸 보아 꽤
오래 영업한듯.(최근엔
세련된 것으로 또 바뀜)
아래 파란 대문은 반지층
세대가 전용으로 쓰는
것으로 보임.
방수포 등으로
담장과 건물 사이를
덮어 새공간을
창출해냄

↖이쪽벽만 페인트칠을
다시 함

중구의 모 빌라.

보는 순간 웃음이 터짐. 보통 외부발코니를
확장할때 기존 발코니에 샷시와 지붕을 씌우는데
이 빌라는 허공에서 발코니를 창조해냄.

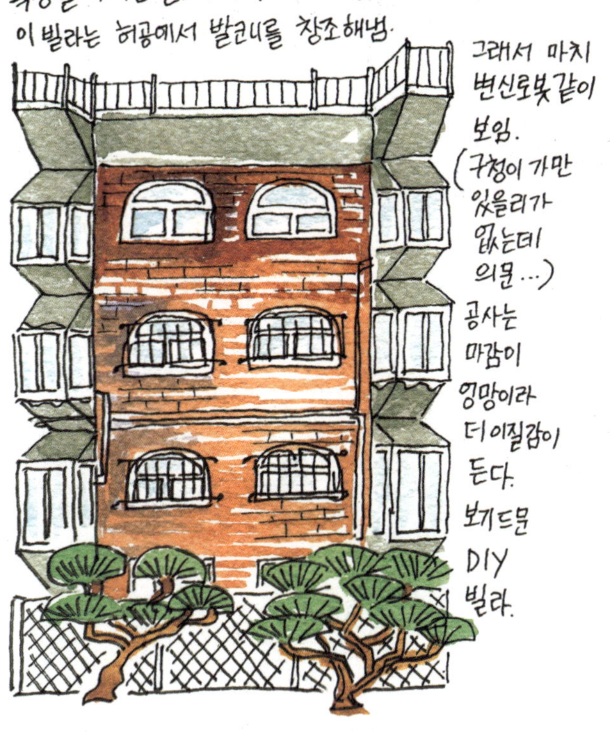

그래서 마치
변신로봇같이
보임.
(구청이 가만
있을리가
없는데
의문…)
공사는
마감이
엉망이라
더 이질감이
든다.
보기드문
DIY
빌라.

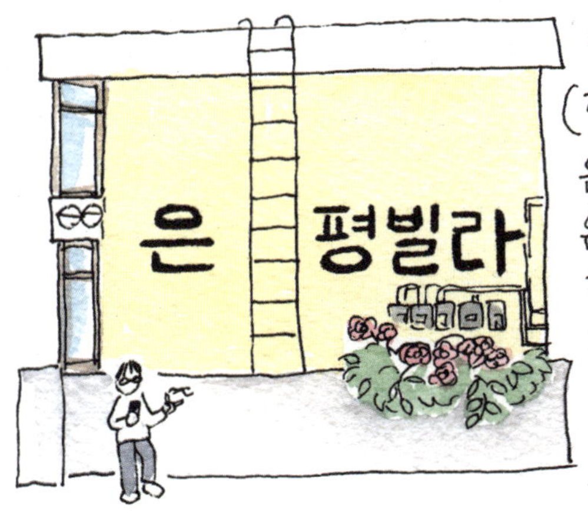

은평구의 은평빌라.
(지역명을 붙인 빌라는 흔하다)
은 뒤에 사다리가 위치해
은-평빌라가 된 게
재미요소.
옥상에 올라가는 방법은
사다리뿐인 것 같음

은평구의 모 빌라.
분홍색 타일이 너무 예쁜 빌라다.
모서리를 굳이 한 번 꺾어 장식을 줬다. 위는 가정집이고 아래는 상가인것 같다.
자기가 갖고 있는 땅에 맞춰 건축한 건지 오른쪽에 아주 좁고 긴 부분이 있다.

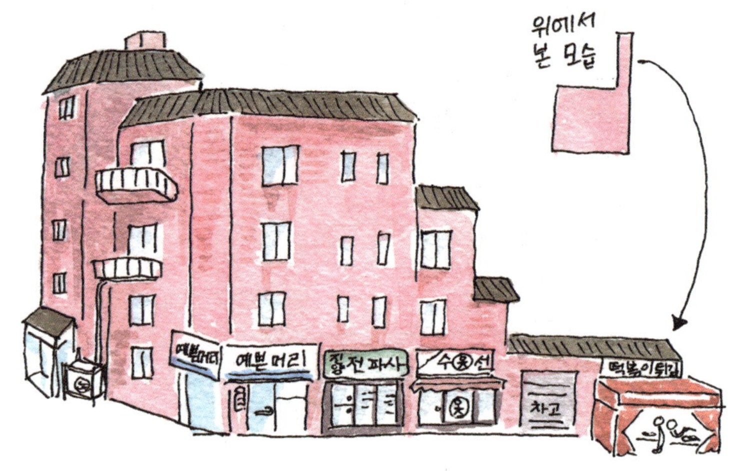

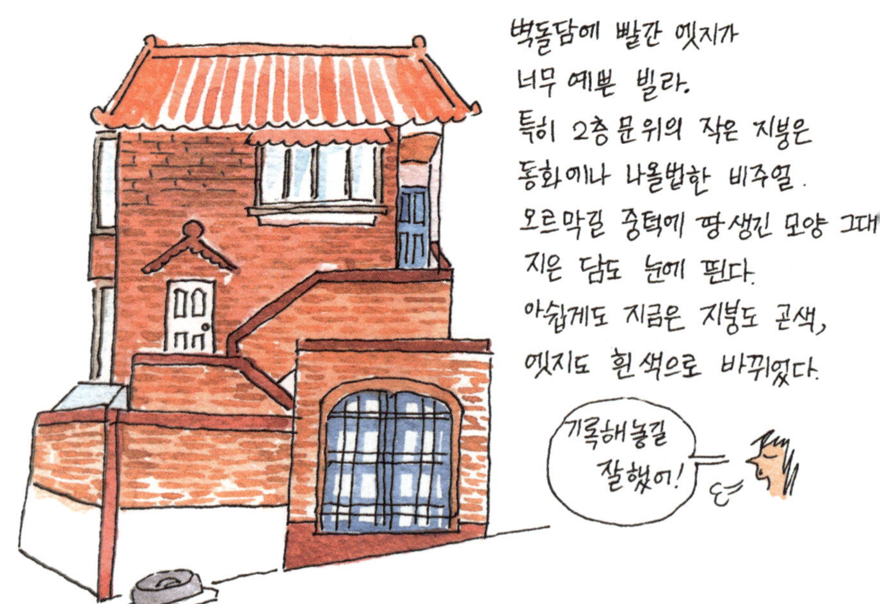

벽돌담에 빨간 엣지가
너무 예쁜 빌라.
특히 2층 문 위의 작은 지붕은
동화에나 나올법한 비주얼.
오르막길 중턱에 땅 생긴 모양 그대
지은 담도 눈에 띈다.
아쉽게도 지금은 지붕도 곤색,
엣지도 흰 색으로 바뀌었다.

2024. 3.5. 火. 14:00. 디미씨 근처. 흐림. 11/4℃

디미씨 근처에서
전깃줄에 뭔가
공사하는 거 봤다

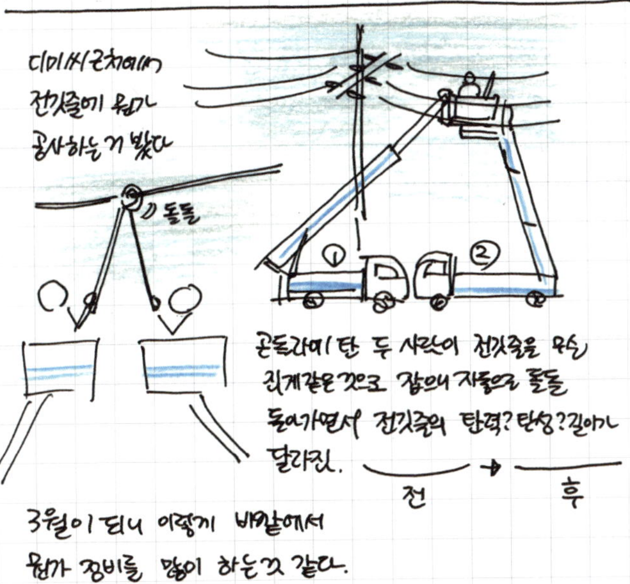

곤돌라에 탄 두 사람이 전깃줄을 무슨
집게같은 것으로 잡아 자동으로 돌돌
들어가면서 전깃줄의 탄력? 탄성? 같이
달라짐.

3월이 되니 이렇게 바깥에서
뭔가 정비를 많이 하는 것 같다.

월드컵 경기장에 또 새로운 가게 생김
(이렇게 흥하는 것인가?) 원래 이거
저기 텅빈 공간 + 슬라인샵에 '제주스'
라는 쥬스·브런치 카페 들어옴. H이라
시켜먹었는데 나쁘지 않음. 근데 라면
장사가 될 것인가...? 직원 10명쯤 있는데
손님은 우리뿐. (검색해보니 바이럴 열심히
하고 있는듯)

+1

컨셉 애매한 거 같은데..
(새로운 가게에
또 금 흥미)

오래된 가게에서
나는 고고학자가 된다

코팅이 다 벗겨진 간판, 녹슨 셔터, 덕지덕지 붙은 안내문, 안이 잘 들여다보이지 않는 뿌연 유리창, 가게 밖에 쌓여 있는 노랗게 색이 바랜 물건들, 수많은 사람이 밟아 무늬조차 없어져버린 입구 발매트.

나는 오래된 가게를 좋아한다. 그중에서도 제일 좋아하는 것은 오래된 문구점이다. 언제 어디서든 오래된 문구점을 보면 당장에라도 뛰쳐들어가고 싶은 충동을 느낀다. 아니면 어릴 때처럼 창문에 찰싹 달라붙어 뭐가 있는지 구경이라도 하고 싶다. 오늘도 은평구에 있는 한 문구점 앞에서 본능적으로 발을 멈췄다.

하지만 오래된 가게에 들어가는 것은 다소 마음의 준비가 필요하다. 시간도 충분해야 하고, 현금도 있으면 좋다. 던전을 공략하는

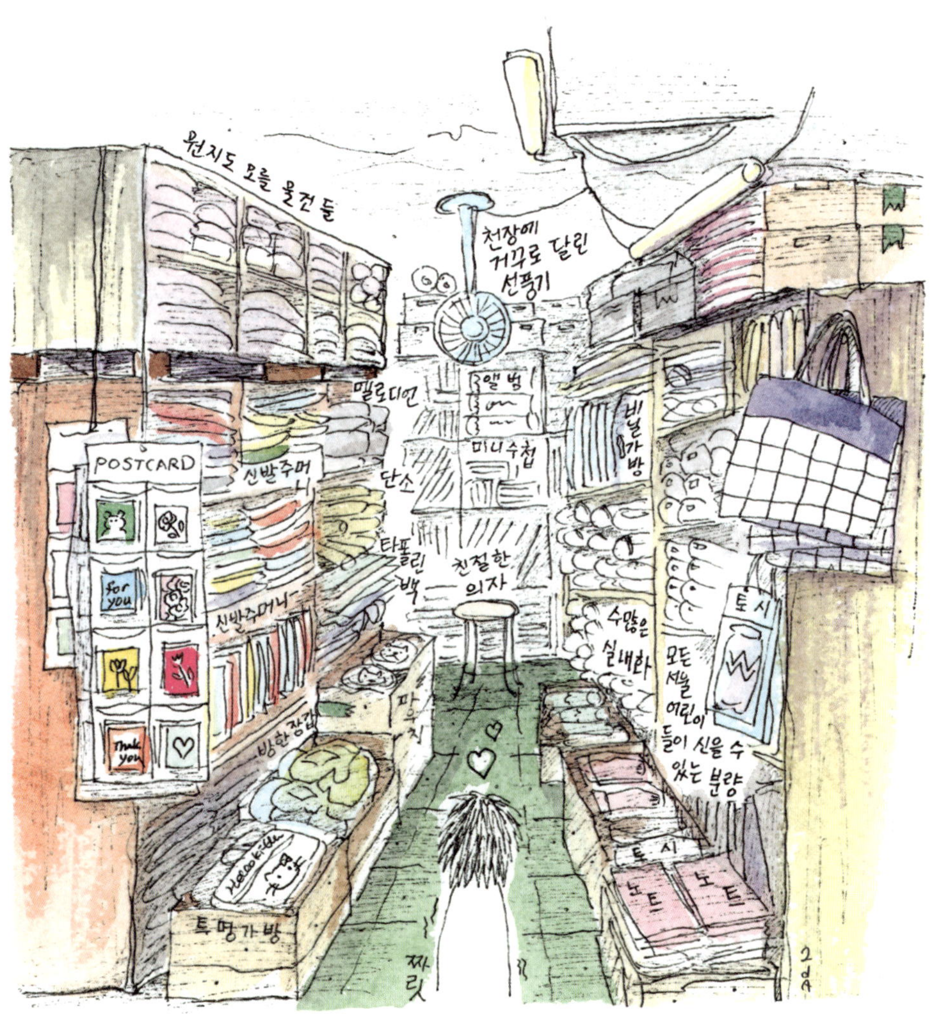

원지도 모를 물건 들
천장에 거꾸로 달린 선풍기
멜로디언
앨범
단소
미니수첩
POSTCARD
for you
Thank you
신반주머니
신반주머니
타폴린 백
친철한 의자
빈닐가방
토시
수많은 실내화
모든 서울 어린이 들이 신을 수 있는 분량
방한 장갑
막지
투명가방
짜릿
토시
노트 노트

헌터가 빈손으로 불쑥 입장할 수 없는 것과 비슷하다.

그도 그럴 것이 오래된 가게는 사실 주인의 집이나 마찬가지다. 주인은 그 가게와 함께 살아왔다. 그 영역은 온전히 그만의 것이다. 높이 쌓인 물건들이 그를 에워싸고 있어 마치 성처럼 여겨지기도 한다.

아무 생각 없이 불쑥 들어갈 수 있는 다이소나 대형마트는 다르다. 거기에는 자아가 있는 '가게 주인'이 없다. 물론 소유주는 있겠지만, 계산대 앞에 선풍기를 틀고 앉아 트로트 프로그램을 보고 있지는 않다. 마트에서는 누구나, 무엇이든, 얼마든지 봐도 된다. 삼십 분 동안 구경만 해도 좋고, 물건을 들어올렸다 내려놨다 해도 나무랄 사람이 없다.

물론 그런 쇼핑도 즐겁다. 하지만 오래된 가게에는 예측할 수 없는 스릴과 재미가 있다. 삼십 년 된 헬로키티 수첩이라든가, 80년대에 나온 냄비받침이라든가, 2002년 월드컵 로고가 새겨진 빛바랜 부채라든가. 그것을 들여놓은 주인조차도 잊어버린 물건들과 만날 수 있다.

그러나 들어가기는 쉽지 않다. 보통 오래된 가게의 주인들은 낯선 사람이 자기 가게에서 오래 머무르는 것을 좋아하지 않는다. 특히 목적 없이 서성이는 것을 제일 싫어한다. 그냥 구경한다고 말하면 여기에 볼 게 뭐가 있냐고 되묻는다. 다 큰 어른이 문구점에서 지우개나 만지작거렸다가는 의심의 눈초리를 받을 것이 뻔하다.

이해도 간다. 아무리 손님이라도 주인 입장에서는 자기 공간을

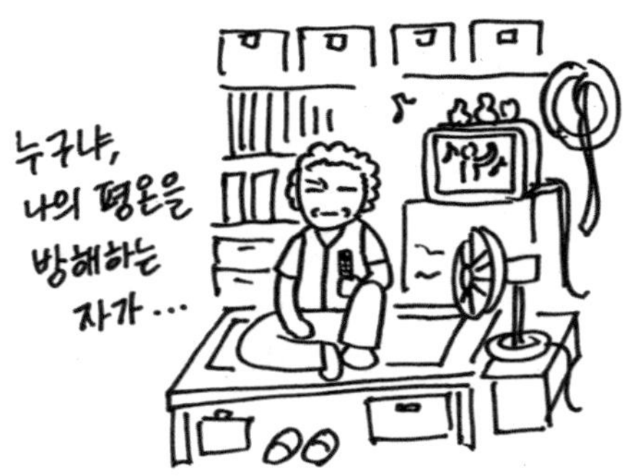

침범한 낯선 사람이다. 본능적으로 경계심이 생길 수밖에 없다. 또 오래되고 낡은 자기 가게를 부끄러워하는 주인들도 많다. 아무래도 물건 장사는 깔끔하게 하기 쉽지 않다. 공간은 한정되어 있는데 손님들은 계속 새로운 물건을 찾는다. 그러다 보면 재고가 쌓인다. 지난번에 온 물건을 다 팔지도 못했는데 또 새 물건을 들여야 한다. 그렇게 쌓인 물건이 시대의 지층을 이루고 점차 먼지가 쌓인다. 언제 한번 날 잡고 싸악 정리하고 싶지만, 매일 가게를 열다보면 생각처럼 안 된다. 그런 상태에서 낯선 사람이 구경을 한다고 눈을 반짝이고 있으면 나라도 부담스러울 것이다.

이런저런 생각에 붙들린 채 오늘의 출전지인 대흥문구에 들어가지 못하고 바깥을 서성인 지 오 분. 들어가면 어떻게 될지 미리 상상해본다. 주인은 다소 당황할 것이다. 동네 장사는 늘 오는 사람들만 오고 연령대도 정해져 있다. 처음 보는 애매한 나이대의 여성이 나

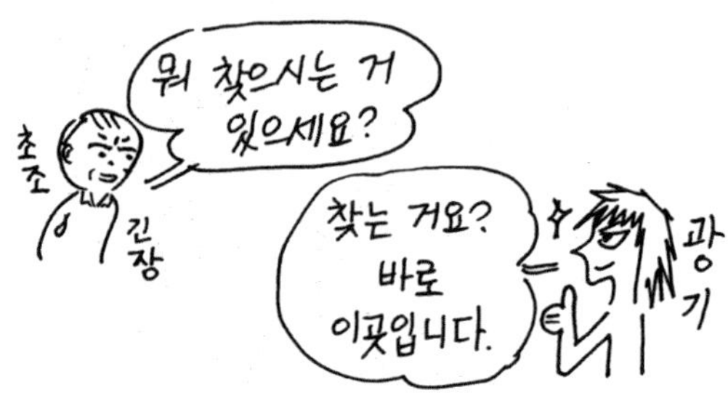

타나면 주인은 어정쩡한 미소를 짓거나 조금 긴장한 얼굴로 "뭐 찾으시는 거 있으세요?" 하고 물어볼 것이다. 이건 사실 필요한 것을 찾아서 빨리 나가라는 말이나 마찬가지다. "찾는 거요? 바로 이곳입니다."라고 말하고 싶은 충동을 참아야 한다. 그럴 때를 대비해서 나는 훌륭한 답변을 미리 준비해뒀다. "카드나 엽서 있어요?"

그 어떤 문구점에도 카드나 엽서는 있다. 그리고 카드를 사는 행위는 누가 해도 이상하지 않다. 주인은 안심하고 카드가 있는 방향을 가리킬 것이다. 그럼 나는 카드를 고르면서 주변을 스캔하면 된다. 카드를 다 골랐다 싶으면 "구경 좀 더 할게요~"라고 알린다. 그러면 주인은 안심하고 다시 텔레비전에 집중할 것이다. 본격적인 탐험은 그때부터 시작이다!

오케이. 각본은 완성됐다. 이제 대흥문구라는 던전 안으로 들어가는 일만 남았다. 오래된 문구점에 들어갈 때면 좀 오버를 보태서 인천공항에서 여권을 들고 출국 수속을 하는 것 같은 기분마저 느낀다. 그렇다. 나에게 이건 작은 여행이다. 유리문 하나만 넘으면 어떤 사람이 오랫동안 만들어놓은 세계에 들어갈 수 있다.

챠라랑—

문을 열자 문 위에 붙어 있는 벨이 금속성의 소리를 낸다. 이거지. 이게 있을 줄 알았어. 들어가자마자 묵은 종이 냄새와 약간의 곰팡내를 느낀다.

짐작은 했지만 상상 이상이다. 가게는 한눈에 다 파악이 안 될 정도로 넓다. 그 공간에 물건이 산더미같이 쌓여 있다. 천장까지 빼곡히 올라간 책장이 공간의 구획을 나눈다. 통로 중간에도 양쪽으로 박스들이 빽빽하게 놓여 있어 지나다니기가 좁다. 바닥에 놓인 박스들은 오픈되어 있고 그 안에 캐릭터 파우치며 필통 같은 것이 가득 들었다. 진열장 옆쪽에도 못을 박아 스티커며 카드를 주렁주렁 몇 겹이나 걸쳐났다. 조명은 그리 밝지 않고 형광등 한 개는 깜빡이고 있다.

"어서 오세요—"

카운터에 있는 주인 아저씨는 무심하게 핸드폰을 보고 있을 뿐 나에게 관심이 없다. 행운이다! 하지만 대비하는 의미로 미리 물어보기로 한다.

"카드나 엽서 있어요?"

아저씨가 가리킨 방향으로 가본다. 가자마자 카드의 양에 충격을 받는다. 보통 카드는 칸칸으로 나뉜 투명하고 넓은 비닐 걸개에 들어 있다. 이걸 걸어서 진열해놓는다. 새로운 물건이 들어오면 그 위에 건다. 그래서 문구점에 가보면 보통 서너 겹 정도 카드 걸개

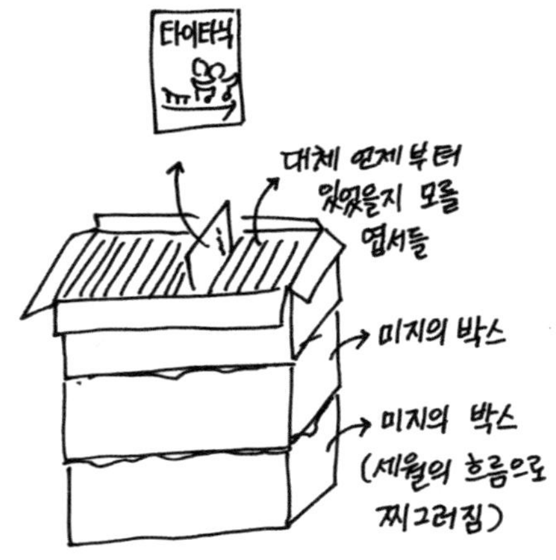

가 겹쳐져 있다. 그런데 여기는 열다섯 개도 넘게 겹쳐 걸려 있다. 나약한 고리는 불어난 양을 감당하지 못하고 아슬아슬, 내가 손을 잘못 대면 금방이라도 끊어져버릴 것 같다. 그런 뭉텅이가 대여섯 개나 된다. 그것도 유행이 한참 지난 것이 잔뜩이다.

뽀샤시한 배경, 안개꽃에 둘러싸인 장미꽃, 그리고 'for you⋯⋯'가 적힌 촌스러운 디자인. 90년대에 유행하던 스타일이다. 이제 이런 건 돈 주고 사려고 해도 살 수 없다. 그렇다고 인터넷이나 박물관에서 볼 수 있는 것도 아니다. 내가 가장 좋아하는 것이 이런 애매한 시기의 물건들이다. 아직까지 사람들이 가치를 두지 않아서 가격은 싸지만 나는 그 아름다움을 알고 있는 것들 말이다. 이럴 때는 마치 유적을 발굴하는 듯 신성한 마음이 된다. 그래, 난 단순한 호기심 변태가 아니라 일종의 고고학자다!

어릴 때도 나는 문구점을 정말 좋아했다. 살 게 없어도 하교할 땐 무조건 들러서 봐야 했다. 펜꽂이에 가득 꽂힌 펜을 괜히 꺼내보고, 끝에 달린 구슬을 손으로 만져봤다. 지우개는 왜 이렇게 귀여운 것들이 많은지! 고양이 모양, 옥수수 모양, 인간이 상상할 수 있는 모든 모양은 아동용 지우개로 만들어진다. 이런 지우개는 잘 지워지

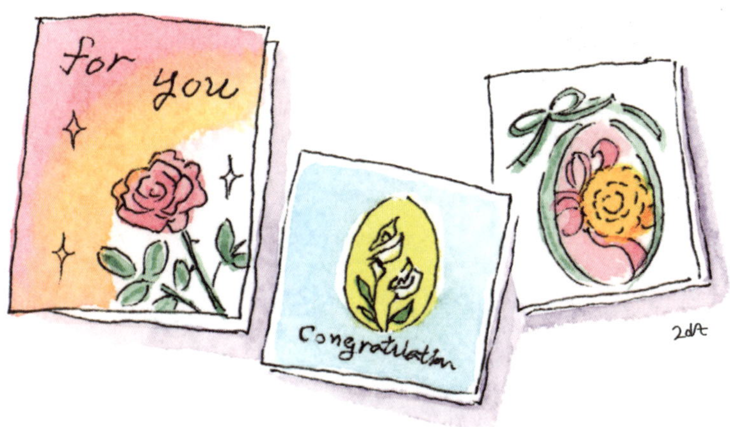

지 않고 가끔 색소를 종이에 남기기도 하지만 그래도 괜히 한번 만져본다. "안 살 거면 만지지 마레이." 수없이 들었던 주인 아줌마의 목소리가 아직도 귓가에 쟁쟁하다.

마침 가게에 틀어놓은 라디오에서 90년대 가요가 흘러나오고 있다. "나는 매일 학교 가는 버스 안에서! 항상 같은 자리 앉아 있는 그널 보곤 해!" 이럴 수가. 완벽하다. 나는 어느새 어린아이로 되돌아간다. 대체 언제부터 놓여 있었는지 짐작도 안 가는 엽서 더미에서 무려 「타이타닉」 엽서를 발견했다. 그 옆에 배우 이승연 씨의 엽서도 있다. 모닝글로리에서 나온 엽서에는 "우리 선생님 별명은 에이즈, 걸리면 죽으니까!"라는 꺼림칙한 그 시절 유머가 쓰여 있다. 나비 한 마리를 그대로 코팅해버린 엽서는 차마 집어올릴 수도 없다.

고고학자의 마음으로 한 칸 한 칸 탐색한다. 즐겁다. 봐도 봐도 끝

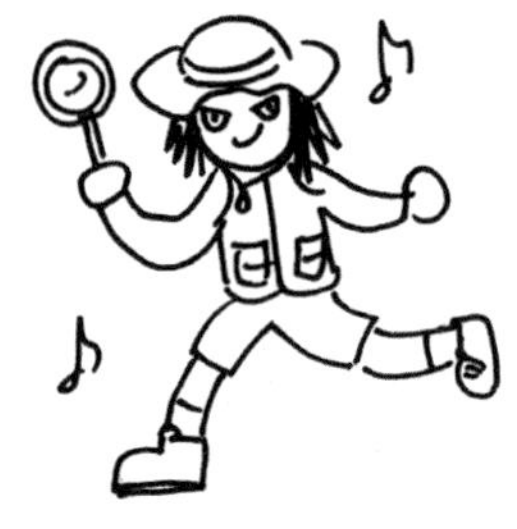

이 없다. 올려도 올려도 새 영상이 나오는 유튜브 쇼츠를 보는 느낌이다. 연필 코너에서는 아무리 봐도 80년대 이전에 만들어진 연필까지 발견했다. 요즘같이 연필 몸체에 그림을 인쇄한 게 아니라, 스텐실 기법으로 찍었다. 심지어 "三豐百貨店"이라고 새겨진 오래된 은색 연필까지 발견했다. 짧은 실력으로 아는 한자만 읽어봤다. "삼…… 백…… 점? 삼풍백화점?" 깜짝 놀라 검색해보니 삼풍백화점이 맞다! 당시 백화점에서 나눠준 판촉 상품이었던 것 같다. 삼풍백화점은 이미 사라지고 없는데 여기서 이렇게 흔적을 만나게 되다니. 와, 이건 진짜 내가 보존해야지.(이렇게 사들인 물건이 십 톤이다.)

지하 공간으로 내려가본다. 입구부터 천장까지 종이 뭉텅이들이 쌓여 있다. 서늘한 공기에 무언가 튀어나올 것 같은 스릴이 더해진다. 구석에서 놀라운 것을 발견했다. 각종 학습에 필요한 사진을 오려 쓸 수 있는 자료집이다. 딱 봐도 삼십 년은 되어 보인다. 종이는 아주 얇고, 인쇄 상태도 조악하다. 『서울 600년 역사』라는 것을 들춰보니 지금은 국립중앙박물관 1층에 있는 경천사 10층 석탑이 경복궁에 있을 때의 사진이 실려 있다! 그 옆에는 구 조선총독부 건물 철거 사진이 있다. 자료집은 농경, 관혼상제, 농기구, 정보통신, 관공서, 환경오염 등 주제도 다양하다.(심지어 '반공'도 있다.) 가격은 모두 1500원. 지금같이 이미지가 흔하지 않았던 시절에는 이것을

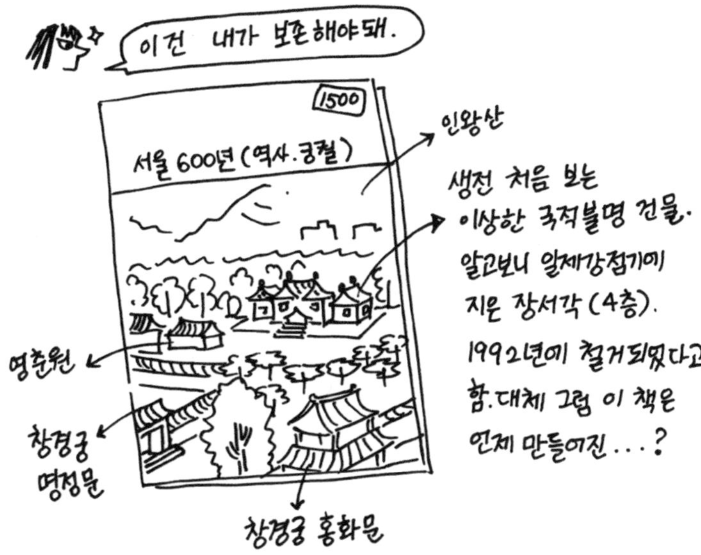

오려 수업자료로 썼던 것 같다. 이건 당연히 사야 한다. 아카이빙의 의미가 있는 『서울특별시』와 『서울 600년 역사』를 챙겼다.

시계를 보니 들어온 지 벌써 한 시간이나 지났다. 라디오에서는 룰라의 「날개 잃은 천사」가 흘러나온다. 슬슬 배가 고프다. 그래, 이만하면 됐다. 계산대로 가니 주인 아저씨가 늘 있던 일처럼 덤덤하게 계산을 해준다. 오래된 물건이 엄청 많다며 나름의 칭찬을 건넸더니 "날 잡고 싹 버려야 하는데."라는 대답을 들려준다. 휴, 역시 오늘 와서 발굴(?)하길 잘했다.

문을 닫고 가게를 나온다. 챠랑~ 하는 방울 소리가 나를 배웅한다. 어느새 양손은 먼지로 새까매져 있다. 오늘 입은 하얀 바지에도 여기저기 때가 묻었다. 하지만 괜찮다. 발굴 여행을 다녀온 건데 당연하지. 지도 앱을 꺼내 대흥문구에 별표를 찍어둔다. 이제 나는 언제든, 이곳으로 짧은 여행을 떠날 수 있다.

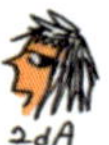

대흥문구사는 2025년 역촌동에서 녹번동으로 이사했다.
네이버에서 '대흥차이나'를 치면 스마트스토어를 이용할 수 있다.

2024. 8. 6. 火. 15:00. 동대문역 앞쪽

동대문역에 옛날 역 간판 남아있다.

그리운 풍경은
없어지기
전까진
알 수가 없다.
당시엔 그걸
싫어하던경우도
많다.

옛날의 그리운 글씨체가
있음.

기둥도 1986년~
2020년까지 쓰인 것
(승강장 중간에 있던것)

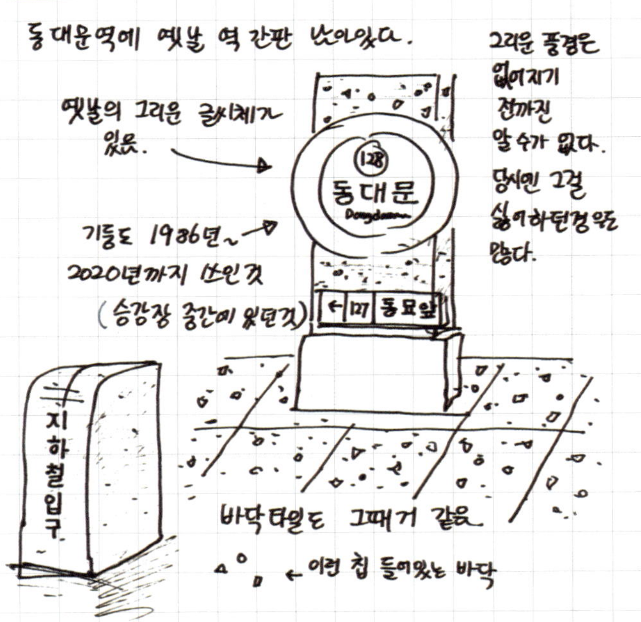

바닥 타일도 그때거 같음
←이런 칩 들어있는 바닥

2023. 8. 2水 . 16:00   / 청계천

흐림/   28 / 22℃

을지로3가에서 본
아주 오래된
지하철
환풍시설

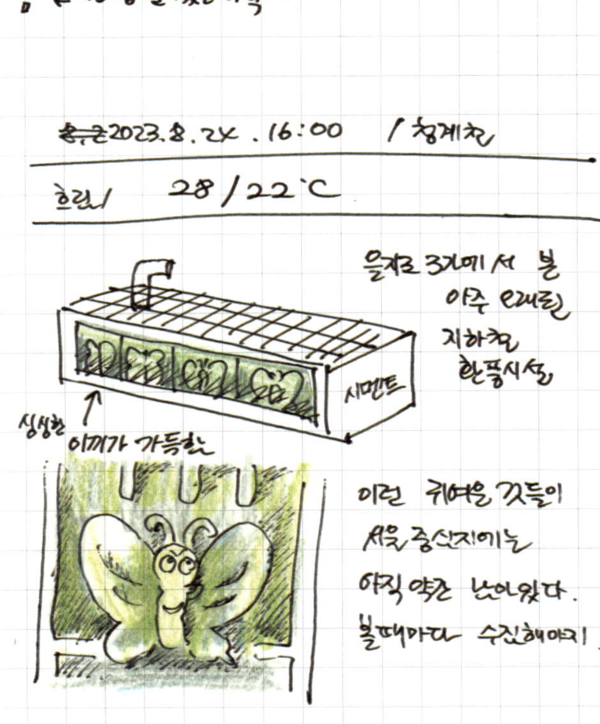

싱싱한
이끼가 가득한

이런 귀여운 것들이
서울 중심지에는
아직 약간 남아있다.
볼때마다 수집해야지!

불광천 청둥오리에게
붕어빵을 빼앗기다

내가 지금 살고 있는 은평구에는 불광천이 있다. 불광천은 북한산 자락에서 시작해 콘크리트 도로로 덮인 복개 구간을 지나 응암역에서 한강까지 이어지는 도시 하천이다. 옛날에는 비가 와야 물이 겨우 흘러 생물이 거의 살지 못하는 하천이었다고 하는데 복원과 정비를 거쳐 지금은 물고기와 새가 많이 살고 있다.

불광천의 주요 주민은 청둥오리, 흰뺨검둥오리, 왜가리, 중대백로, 쇠백로, 해오라기, 청둥집오리(청둥오리와 집오리의 잡종), 민물가마우지 등이 있다. 계절에 따라서 알락할미새, 쇠오리, 알락오리, 물닭도 찾아온다. 어디에나 있는 참새와 까치, 직박구리, 비둘기도 당연히 있다.

이 중 제일 많은 것은 역시 전 국민이 다 아는 청둥오리다. 아무리

자연에 관심이 없다고 해도 청록색 머리에 흰색의 목띠가 있는 청둥오리를 모르는 사람이 있을까? 청둥오리는 원래 철새지만 요즘은 한군데에 정착해서 사는 녀석들이 늘어나고 있다고 한다. 그

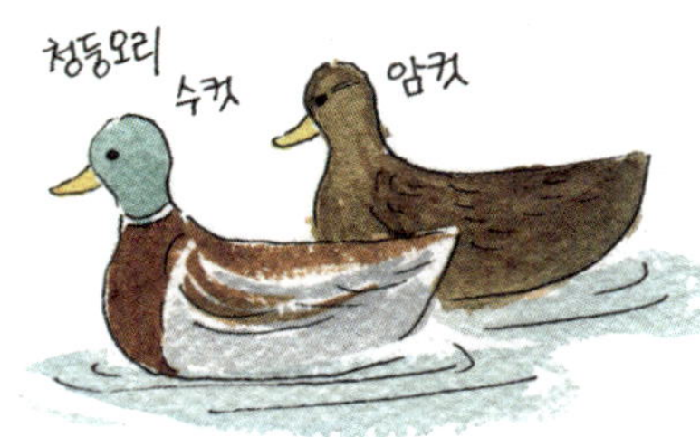

래서 불광천에는 사시사철 청둥오리가 있다. 겨울에는 아직 철새 생활을 고집하는 청둥오리들이 찾아와 개체 수가 세 배 이상 늘어난다.

불광천에는 이런 오리들에게 밥을 주는 어르신들이 몇 분 계신다. 강냉이를 커다란 봉지째 가져와서 신나게 뿌리면 청둥오리들이 전투적으로 모여든다. 그리고 하나라도 받아먹으려고 난리가 난다. 청둥오리와 집오리가 교배해서 낳은 청둥집오리들은 야생오리들보다 덩치가 훨씬 커서, 이럴 때 유리하다. 큰 소리로 꽥꽥 울고 다른 오리들을 부리로 찧으며 협박한다. 하지만 밥 주는 어르신들은 누군 먹고 누군 못 먹는 상황을 좋아하지 않아서, 깡패 오리들을 피해 다른 오리들에게 열심히 밥을 준다. 밥을 주면서 오리들과 대화도 나눈다.

"넌 많이 먹었어! 친구한테 양보해야지." "꽥!" "작은 놈 어서 이리와!" "꽥!"

저래도 되나, 야생동물들에게 밥을 주는 것은 금지되어 있지 않나 생각이 들기도 한다. 그렇다고 민원을 넣기도 좀 그렇다. 맨날

그러는 것도 아니고 먹을 게 별로 없는 철에는 괜찮지 않나 싶기도 하고 저런 소일거리를 즐거움으로 삼으시는 어르신들한테 너무한 일이 아닌가 싶기도 한 마음 때문이다.

생각해보면 물새들은 먹을 것이 많은 봄, 여름, 가을에는 인간을 거들떠보지도 않는다. 그리고 인간에게 먹이를 받아먹는 것도 종에 따라 차이가 있다. 똑같이 물가에 사는 오릿과라고 해도 흰뺨검둥오리나 쇠오리, 알락오리는 인간에게 잘 다가오지 않는다. 먹이를 준다고 해도 멀리서 "인간이 나에게 좋은 짓을 할 리가 없어!" 하는 단호한 표정으로 의심한다. 왜가리나 중대백로, 해오라기 같은 육식파 녀석들도 당연히 오지 않는다. "물고기가 맛있지, 뻥튀기가 뭐가 맛있다고 청둥오리들은 지조도 없이 저러나." 하는 느낌이다. 같은 청둥오리 중에서도 암컷이 수컷보다 훨씬 먹이에 적극적으로 달려든다. 암컷은 알을 낳으니 당연하다. 청둥집오리는 사람을 두려워하지 않아서 가장 적극적이다. 사람의 바로 손 아래까지 다가와 직접 먹이를 받아먹는다.

겨울철에 사람이 물가에 서 있으면 청둥오리들이 몰려간다. 처음엔 물가에 사람이 서 있기만 하면 무조건 먹이를 주는 것으로 생각해서 그럴 거라 여겼다. 그런데 어떤 사람에겐 몰려가고, 어떤 사람은 그냥 무시한다. 청둥오리들은 뭘 보고 저 사람이 나에게 밥 줄 사람이라는 것을 알까?

청둥오리들은 일단 봉지를 들고 있는 사람에겐 무조건 간다. 그런데 봉지가 아니라 가방을 들고 있다면 가지 않는다. 청둥오리들은 가방과 봉지를 구분할 줄 안다. 가방에서 봉지가 나오면 얼른 몰려든다. 가방에서 나오는 것을 구분할 줄도 아는 것이다. 먹이가 아니라 책이나 휴대폰이 나오면 절대 몰려들지 않는다.

어느 날은 응암역 근처에서 붕어빵을 샀다. 붕어빵 맛집으로 유명한 곳이라 한 봉지를 사는 데 거의 이십 분을 기다렸다. 이 붕어빵을 불광천변에 앉아 햇볕을 쬐며 먹으면 얼마나 따뜻하고 맛있을까! 서둘러 불광천으로 갔다. 천변에 앉아 붕어빵 봉지를 꺼내자 갑자기 청둥오리들이 나를 향해 몰려왔다. 어림잡아도 스무 마리가 넘는다.

"아니! 이거 너희 줄 거 아니야!" 변명을 해도 소용이 없다. 어느새 발밑까지 몰려와서 "빨리 내놔!" 하는 표정으로 쳐다본다. 청둥오리 수컷은 한 마리도 없고, 대부분 청둥오리 암컷에 흰뺨검둥오리도 한 마리 섞여 있다. 진한 밤색의 눈동자들이 나를 빤히 쳐다본다. "너희 팥 안 먹잖아! 이거 너희 먹을 거 아니

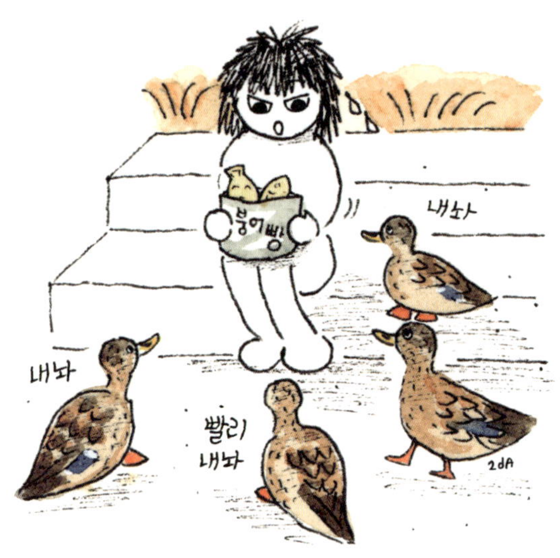

야! 나도 두 개밖에 없어!" 한두 마리면 인심을 쓸 수도 있겠지만 오병이어의 기적도 아니고 이 많은 오리를 다 먹일 수는 없다.

　나의 단호한 대처에 몇몇 오리가 포기하고 돌아간다. 그런데 한 마리만은 절대 포기하지 않았다. 작은 머리가 반들반들하고 작은 암컷이다. 성체가 된 지 얼마 되지 않았는지 아직 몸집도 작다. 저 매끈해 보이는 배를 한 번만 만져보면 얼마나 좋을까! 혹시 붕어빵을 주면 그런 기회가 올까? 녀석의 간절한 눈빛 앞에서 결국 굴복하고 말았다. 설탕이 들어 있을 팥앙금은 최대한 내 입으로 발라내고 밀가루 부분만 남겼다. 그리고 멀리 던져주려고 손을 내밀자마자 발밑에 있던 녀석이 힘껏 점프하며 손에서 붕어빵을 가로채갔다! 순식간에 입안으로 집어넣더니 다시 나를 빤히 쳐다본다. "더 내

놔!” 이게 바로 '삥 뜯기'라는 거구나……. 쫓기는 기분에 서둘러 일어났다. 나는 붕어빵도 잃고 앉을 자리도 잃었다. 그 후로 천변에서 함부로 뭔가 먹지 않는다.

하긴 조공을 바친 게 영광인 줄 알아야지. 오리님들은 불광천의 아이돌이다. 특히 새끼를 데리고 다니는 5월, 6월에는 인기가 하늘을 찌른다. 사람들이 휴대폰을 꺼내들고 수십 명이 모여 있다? 그럼 100퍼센트 거기에 새끼 오리들이 있다. 삑삑 소리를 내며 엄마 오리를 열심히 따라 꼬물꼬물 헤엄치는 일고여덟 마리의 새끼 오리들이라니…… 이건 감히 인간이 상상할 수 있는 귀여움을 뛰어넘는다. 인간의 귀여움? 새끼 오리들에 비하면 하찮음 그 자체다. “으아아, 미치게 귀엽다…….” “하이고, 예쁘다.” “어머, 어머 쟤들 좀 봐, 너무 귀여워!” 여자고 남자고 어른이고 아이고 어르신이고 할 것 없

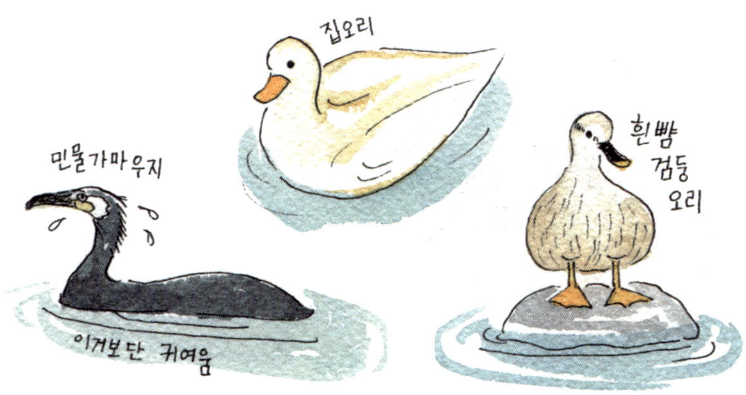

이 이 자리에선 온 구민이 통합된다. 여기서 바로 오리 팬클럽을 모집하면 수백이 바로 달려들 거다.

그런데 이 뜨거운 사랑은 다소 차별적이다. 똑같은 불광천에 살아도 누구는 인기가 하늘을 찌르지만, 누구는 안티가 더 많다.(하긴 에스파를 좋아한다고 해서 같은 소속사의 NCT를 좋아하라는 법은 없다.) 자기 혼자 안티팬을 하면 내 알 바가 아닌데, 이들은 꼭 남의 덕질에 참견을 하는 게 문제다.

얼굴을 제외한 온몸이 까만 민물가마우지가 바로 빠와 까를 모두 거느리는 녀석이다. 생긴 건 얼핏 왜가리와 비슷하게 생겼는데 행동양식이 완전 다르다. 목만 빼놓고 다리로 헤엄을 쳐 강물 속을 나아가다가 물고기가 있으면 잠수를 해서 잡아먹는다. 강물 위에 잠망경처럼 머리만 빼꼼 나와 있는 걸 보면 귀여워서 웃음이 나온다.

"쟤네가 고기 다 잡아먹는 거예요."

가마우지를 찍고 있는데 갑자기 옆에서 어떤 할아버지가 불쑥 끼어든다. '아, 또 가마우지 안티야……' 사실 이런 일을 몇 번이나 겪었다. 민물가마우지는 최근 유해조류로 뉴스를 몇 번 탔다. 원래는 철새인데 지구온난화 때문에 한국에 정착하는 녀석들이 기하급수적으로 늘어난 것이다. 4대강 사업 때문에 강의 수심이 깊어져 민물가마우지가 잠수하기 최적의 환경이 된 것도 그 이유 중 하나라고 한다. 민물가마우지는 몇천 마리씩 무리를 이루어 생활하게 됐고, 그 근처는 배설물 때문에 나무가 말라죽거나, 물고기 어획량이 줄거나 하는 피해를 겪게 됐다.

아니, 그렇다고 해서 내가 지금 당장 강물에 뛰쳐들어 가마우지 목이라도 따야 되는 걸까? 마이크 잡고 가마우지 디스 랩이라도 쏟아내야 하나? 왜 남의 덕질에 훈수란 말인가!(가마우지를 위해 변명을 하자면, 불광천에는 가마우지가 진짜 별로 없다. 며칠에 한 마리 볼까 말까다.) 그렇게 따지면 인간 많은 건 어쩔 건데. 인간이야말로 완전 유해동물에 물고기 다 잡아먹는 놈들 아니냐 말이다. 민물가마우지는 인간이 만들어놓은 환경에 적응해서 좀 잘 살았을 뿐이다.

가까스로 마음을 진정시키고 할아버지의 핀잔에 무표정, 무응답으로 대응한다. '흥…… 가마우지의 귀여움을 모르는 당신이 불쌍해요.' 다행히 팬덤 싸움 없이 이 사태는 무사히 끝난다.

가마우지가 그사이 저 멀리로 헤엄쳐 멀어진다. 기죽지도 않고 신나게 고개를 흔들며 헤엄치고 있다. 청둥오리 커플이 그 옆을 유유히 지나간다. 다행히 오늘도 평화로운 불광천이다.

불광천에 무릿2수 할배 왔다!

신구의 대결.
jp9

← 말짓 봐도
80대
유연성,
스피드
위주

↑ 힌 위주
천천히 함.

평행봉에서 휙휙
돌고 난리쓰.
젊은이들 근력강화
위주로 천천히
하는 中.
할배는 거의 소림사 급.

＊ 불광천에 긴— 벤치 생김. 올—
웬일로 좋은 것을?
어디서 봤나?

데크
2.0m 너름.

← 올해도 열심히 핀
K민들레. 이젠 2냥
봐도 구별이 감.

서양민들레는 폼폼 느낌이고
K는 다소 성글음. 그리고 존러
레몬색에 가깝고, 키작음.
수술이 더 잘보엿.

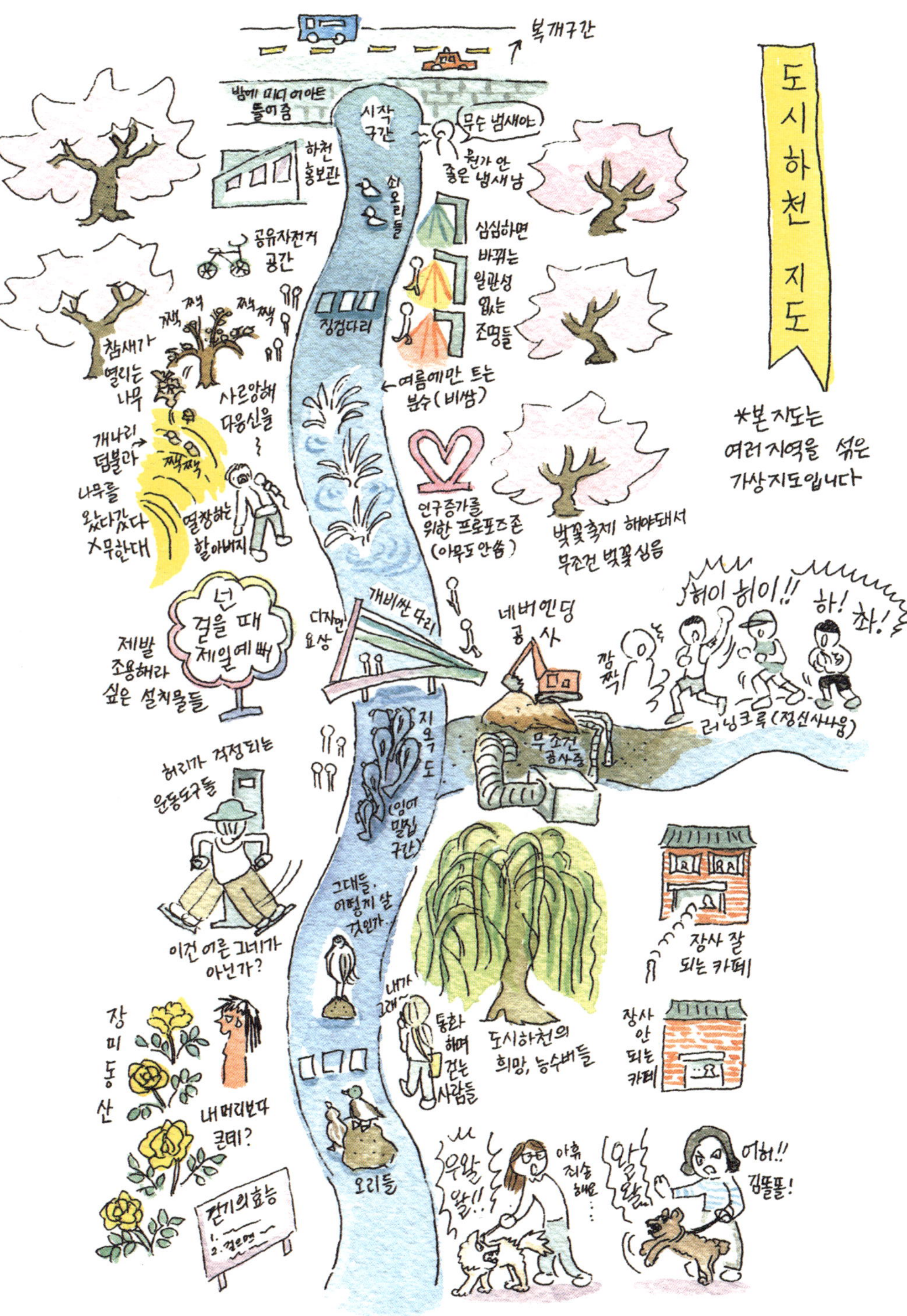
도시하천 지도
복개구간
밤에 미디어아트 틀어줌
하천 홍보관
시작 구간
쇠오리들
무슨 냄새야
원가 안 좋은 냄새남
심심하면 바뀌는 일관성 없는 조명들
공유자전거 공간
참새가 열리는 나무
짹짹 짹짹
사르앙해 다옹신을?
개나리 덤불과 나무를 왔다갔다 지무한데
짹짹
멀쩡하 할아버지
징검다리
여름에만 트는 분수 (비쌈)
인구증가를 위한 프로포즈존 (아무도 안씀)
벚꽃 축제 해야돼서 무조건 벚꽃 심음
*본 지도는 여러지역을 섞은 가상지도입니다
넌 걸을 때 제일예뻐
제발 조용해라 싶은 설치물들
디자인 요상
개비싼 다리
네버엔딩 공사
허이 허이!! 하! 차!
깜짝
러닝크루 (정신사나움)
무조건 공사중
허리가 걱정되는 운동도구들
지옥도 (잉어 밀집 구간)
그대들, 어떻게 살 것인가.
이건 어른 그네가 아닌가?
장미동산
내 머리보다 큰데?
걷기의 효능
1. ~
2. 걸으면 ~
내가 그래~
통화 하며 걷는 사람들
도시하천의 희망, 능수버들
장사 잘 되는 카페
장사 안 되는 카페
오리들
우왈왈!! 아휴 죄송해요...
알알알 어허!! 김똘똘!

동묘에 친구들하고 만나기로 해 왔아왔다가 기다리는 中 경찰까지 온 싸움 목격했다. 트렁크 끈 할아버지(트렁크에 애국 비스무리한 태극기 부대스러운 스티커붙어있음) 할아버지가 고구마 사가서 찐 다음에 한복하러 왔나봄. 40대 중반 대머리경찰이 할배더러 땅따슈히 맛섬.(요즘 그런 공무원 보기 힘든데..) 할배 "이걸 봐라! 앉져봐라!" 경찰 "다 부러뜨려놓고 이가께 육건 좋건?! 뭐껜.' " 경찰 성님. "내가 OO 저런소리때려 들어야돼 들르왔어야안돼. 시발" ← 옆에서 동료경찰이 말 할배 "내가 월남전에서 총맞은 사람이야!" 모자에 국가유공자 마크.. 아줌마들 "국가유공자면 나라에서 돈도 받는데 좋은거 사드시지!" 간만에 큰 fight 봤다.

아들라딸
→ 커넌이 하숙집 st.

동묘엔 아직 70년대(?) 한옥들이 많이 남아있다.

*오늘 본 신가한것

주운육악1:1맞춤 4000??? ← 닳에 해진듯

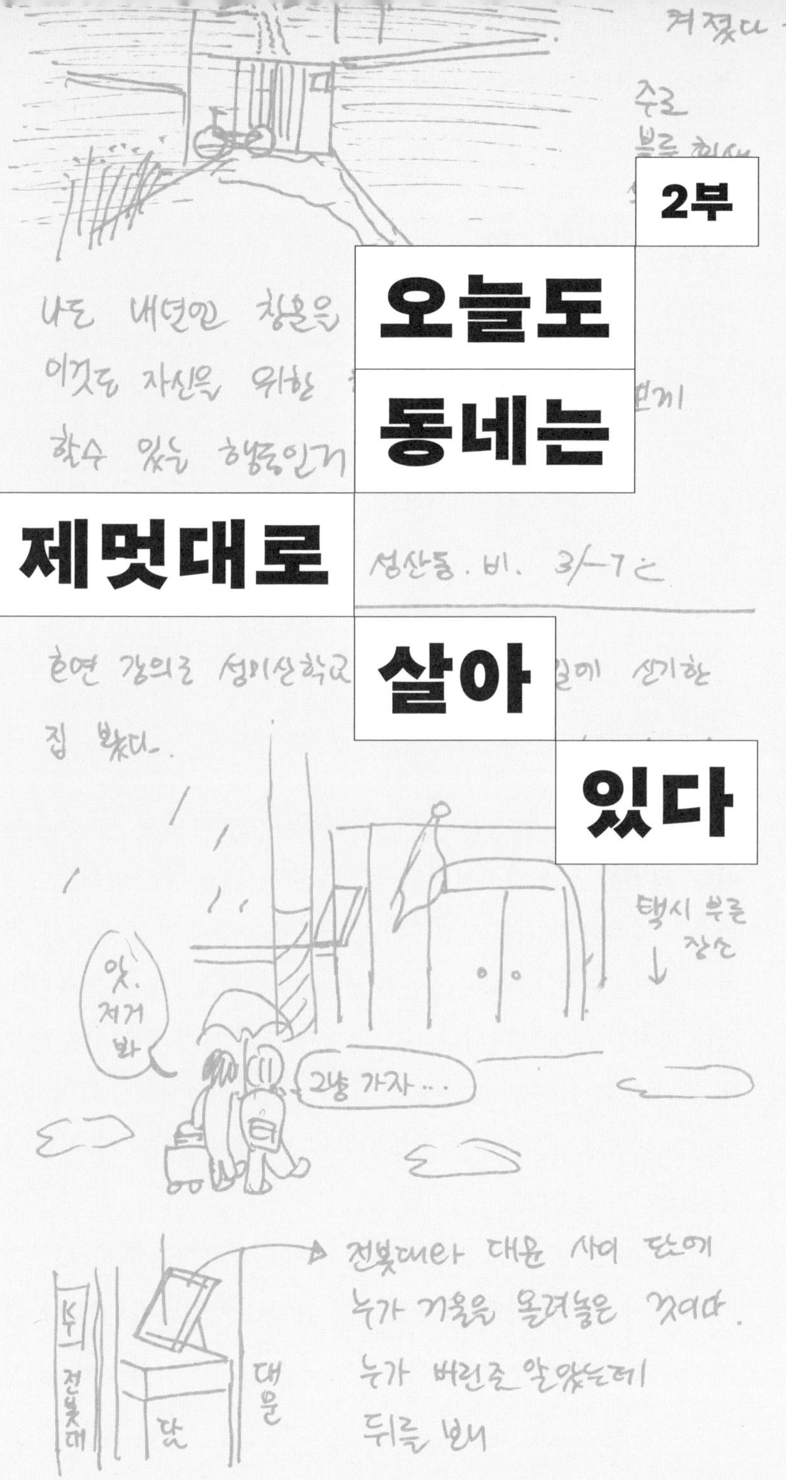

2부
오늘도
동네는
제멋대로
살아
있다
성산동. 비. 3-7란
앗.
저거
봐
그냥 가자...
택시 부르는
장소
전봇대
대문
담
▲ 전봇대와 대문 사이 담에
누가 거울을 올려놓은 것이다.
누가 버린줄 알았는데
뒤를 봐
거울이 벽에 고정되어있다!

열쇠, 아이브 CD
그리고 성심당 빵봉투

키 큰 메타세쿼이아의 부러진 가지에 열쇠가 걸려 있다. 딱 내 키 높이다. 평범한 은색 열쇠인데 방 열쇠보다는 크고 대문 열쇠보다는 작은 느낌이다. 여기는 부천 원미동 부일초등학교 담장 바로 옆. 주변을 둘러봐도 이 열쇠로 열 만한 문은 없다. 청소도구함 같은 것이 있나 봤지만 그것도 아니다. 어느 초등학생이 자기 집 열쇠를 학교에 올 때 여기 걸어놓고, 집에 갈 때 다시 가져가는 걸까? 이런저런 상상을 해봐도 답은 나오지 않았고 '나무에 걸린 열쇠 사건'은 칠 년 동안 풀리지 않았다.

은평구로 이사 온 지 얼마 되지 않아 비슷한 풍경을 봤다. 전봇대 핀에 CD가 걸려 있었다. '초통령'으로 불리는 아이브의 CD였다. 아니, 요즘은 홍보를 이렇게 하나? 발을 들고 간신히 CD를 빼서 보니

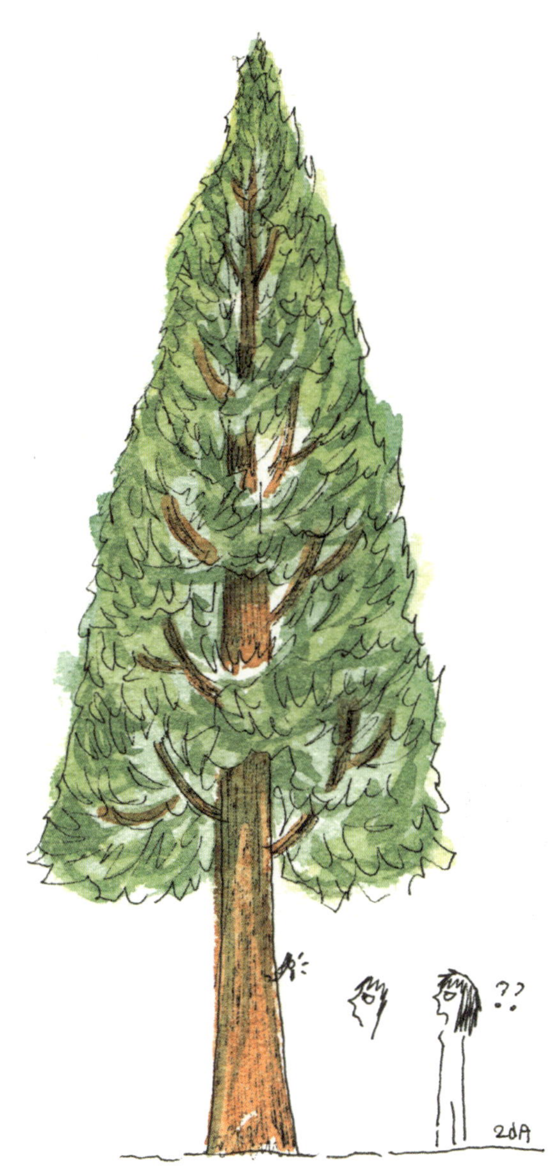

뒷면이 잔뜩 긁혀 있다. 요즘 아이돌 덕후들은 포토카드 때문에 CD를 몇십 장씩 산다던데, 너무 많아서 토템으로 걸어둔 건가? 한참 생각하고는 다시 제자리에 걸어두었다.

그러다 며칠 후 이번엔 전봇대에 둘러놓은 홍보물 윗부분에 야무지게 끼워놓은 신용카드를 봤다.

아……! 그제야 실마리를 찾았다. 이상한 장소에 이상하게 존재하던 열쇠, 아이브 CD, 신용카드의 공통점을 알 것 같았다. 그것들은 모두 누군가가 잃어버린 물건이 아닐까? 지나가던 사람이 분실물을 발견해 그 자리에서 가장 눈에 띄는 곳에 걸어놓은 것이다.

이후부터 다른 것도 눈에 들어오기 시작했다. 어느 날은 마트의 당근 코너에 빨간색 뿔테 안경이 올려져 있는 것을 봤다. 옛날 같으면 물음표를 머리 위에 열 개쯤 띄운 상태로 '누가 여기서 미술 프로젝트 중인가? 새로운 미술의 형태인 건가?' 했을 거다. 이제는 안다. 누군가 잃어버린 안경을 다른 누군가가 발견하고 잘 보이는 곳에 전시해둔 것이다. 빨간 뿔테의 주인은 왜 당근 코너에서 안경을 잃어버린 걸까? 노안 때문에 안경을 머리 위에 올려놓고 뭔가를 보다가 떨어뜨렸을까? 알 수 없다.

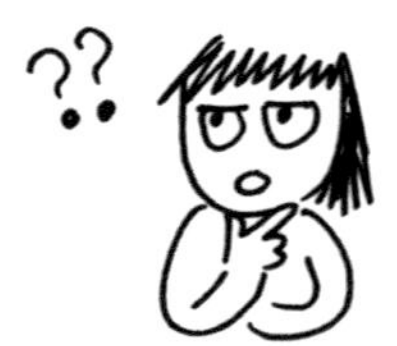

사람들은 매일같이 물건을 잃어버린다. 분실물센터에는 주인 잃은 물건들이 넘쳐난다. 관공서 앞 우산꽂이에는 찾아가지 않은 우산들이 가득하다. 밖에 나가면 바닥에서 뭔가를 찾는 사람과 종종 마

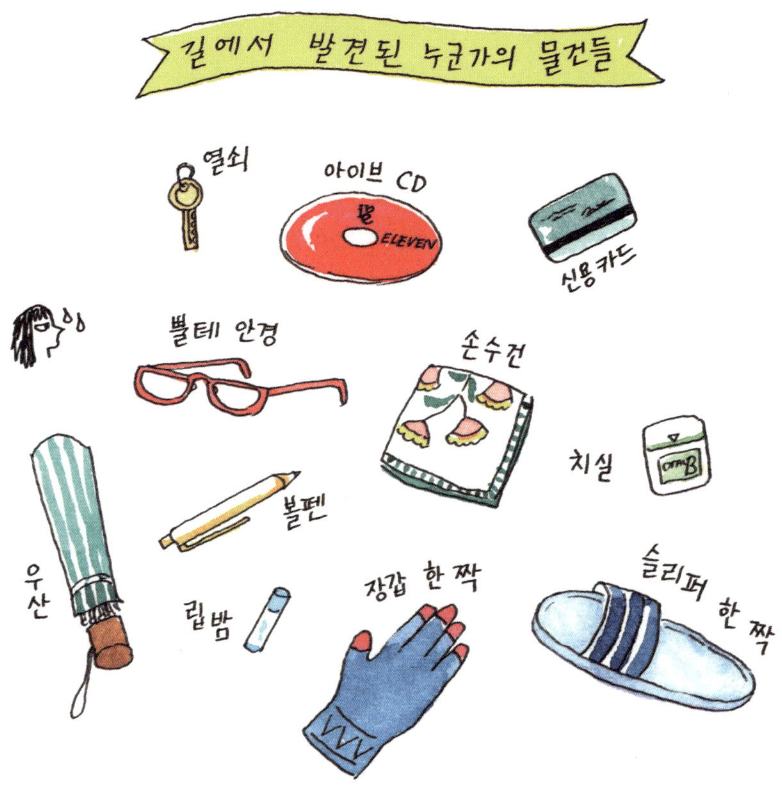

주친다. 심지어 나 같은 경우는 집 안에서도 물건을 잃어버린다.(집 안에서 전기모기채를 잃어버린 사람을 보셨나요? 그게 접니다.) 산책로에서는 가끔 붓글씨로 쓴 절절한 호소문도 보인다. "이틀 전, 휴대전화기를 이곳에서 분실하였읍니다. 검정색 삼성 폴더폰입니다. 소중한 사진이 들어 있으니 발견하신 님께서는 아래의 전화로 연락하여주시면 사례하겠읍니다. 사례금 10만 원."

사실 모른 척해도 상관없다. 누가 물건을 잃어버리거나 찾거나 솔직히 나와 관계있는 일은 아니다. 되레 귀찮은 일이 생길지도 모른다. 지갑을 일부러 흘려놓고 누가 그걸 집으면 훔쳤다며 합의금을 요구하는 일도 있다고 한다. 남이 잃어버린 물건을 줍거나 주인을 찾아주는 것은 참으로 번거로운 일이다.

하지만 사람들은 흔쾌히 그렇게 한다. 물건을 잃어버린 사람에게 공감하는 것이다. 잃어버린 사람은 이 물건이 없으면 불편할 것이고, 반드시 찾으러 올 거라 생각한다. 그래서 그 사람을 위해 잘 보이는 곳에 물건을 곱게 놔둔다. 누가 찾으러 오나 옆에서 지키고 서 있지도 않고, 자기 계좌번호를 남기지도 않는다.

아무 일 아닌 것처럼 보이지만 대단히 인류애적인 행동이다. 공감 능력, 인과관계를 파악하는 지능, 현재 상황을 추정해 미래를 예측하는 사고력 그리고 이타심이 합쳐져야 한다. 게다가 다른 사람

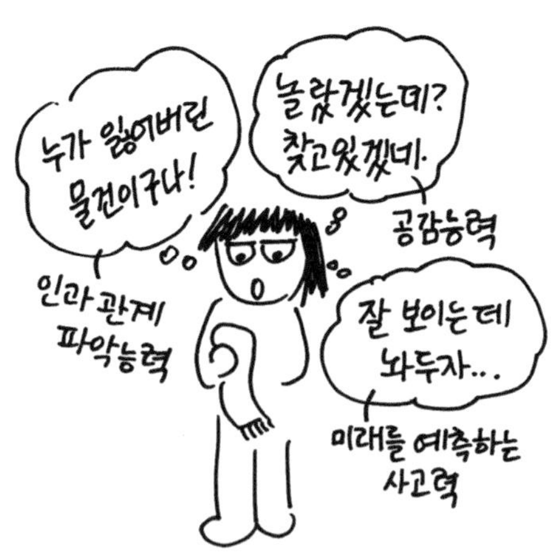

이 가져가거나 함부로 버리지 않아야만, 도시관찰자인 내가 그 분실물을 목격할 수 있다. 온 사회가 함께 만들어내는 고도의 사회화된 행동이다.

나에게도 과연 이런 일이 생길까? 궁금한 마음에 물건을 잃어버리는 실험을 해보고 싶어졌다. 장갑 같은 것을 남들이 쉽게 볼 수 있는 길바닥에 떨어뜨리는 것이다. 과연 내 분실물도 근처에 고이 장식될 것인가? 하지만 말이 쉽지, 멀쩡한 물건을 일부러 잃어버리기란 쉽지 않다.

그러던 어느 날이었다. 지방 출장을 다녀오며 대전역에 들러 성심당에서 빵을 샀다. 하나둘 집다보니 어느새 산더미같이 사버렸다. 두 개의 쇼핑백에 든 빵을 하나에 모으고 손잡이를 손수건으로 단단히 묶었다. 바게트가 위로 약간 튀어나왔지만 괜찮다. 쇼핑백에 선명하게 찍혀있는 '성심당' 로고를 보자 마음이 뿌듯해졌다. 소중한 빵 봉투를 애지중지 모시고 서울역에서 내렸다. 지하철을 타고 집 근처 역까지 와서 다시 버스로 갈아탔다. 짐도 많은데 저상버스라니 행운이다. 맨 뒷자리에 앉자 긴장이 풀렸다. 이제 집에 가서 빵을 먹기만 하면 된다!

그런데 갑자기 버스에 중학생들이 와글와글 밀려든다. 하교 시간과 겹쳤는지 버스가 가득 찼다. 땀이 삐질 났다. "잠깐만요! 내릴게요!" 무

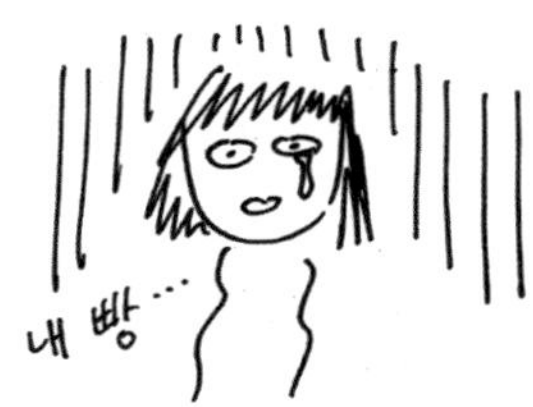

거운 가방에 트렁크까지 들고 필사적으로 중학생들을 비집고 나왔
다. 그리고 땀을 닦으며 집으로 들어왔는데,

"아."

빵 봉투가 없다. 나의 소중한 성심당 빵 봉투가 없다. 머리가 새하
얗다. 어떡하지? 이걸 어디서 잃어버린 거지? 찬찬히 생각해보니
아까 버스 뒷좌석에 앉았을 때 옆 좌석에 빵 봉투를 잠시 놔뒀던 기
억이 난다. 심지어 쓰러질까봐 눕혀두기까지 했다. 인파를 뚫고 내
려야 한다는 데에 집중하다 정작 제일 중요한 것을 놔두고 내린 것
이다. 나의 4만 원어치의 빵을!!

자괴감이 밀려온다. 빵을 잃어버리다니……. 정말 최악이다. 차라
리 가방을 잃어버리는 게 나을 뻔했다. 오랜 경험으로 봤을 때 가방
은 찾을 수 있다. 그리고 쉽게 망가지지 않는다. 그런데 빵을 어떻
게 다시 찾는단 말인가? 은평구는 언덕이 많다. 벌써 버스 안에서
굴러떨어져 남들에게 지근지근 밟혔을 게 뻔하다. 버스 영업 끝난
밤에 찾으러 가면 더운 날씨에 빵은 이미 다 상한 뒤일 것이다.

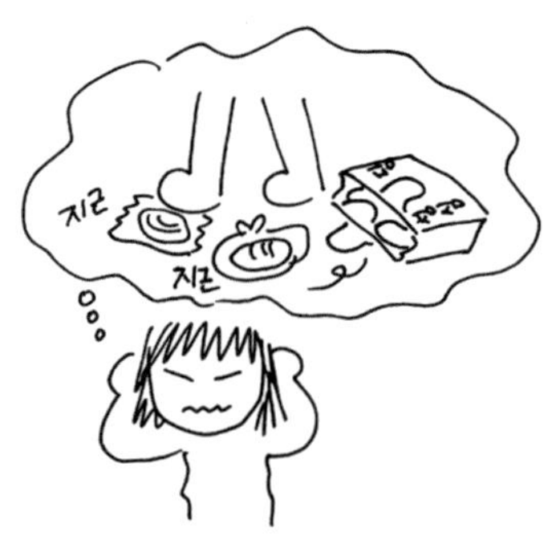

"엇!"

번뜩 떠올랐다. 내가 아까 탔
던 버스는 연신내에서 회차해
우리 집 건너편 정거장으로 돌
아온다……! 아직 게임은 끝나지
않았다!

총알같이 신발을 신고 뛰쳐

나갔다. 지도 앱으로 버스 번호를 검색해보니 노선도 위에 서너 대의 버스가 이동하고 있었다. 그중 우리 집을 지나친 지 얼마 안 되는 거리에 저상버스가 있었다. '혼잡'이라는 알림도 떠 있다. 이거다!

나는 버스정류장에 정좌를 하고 버스가 돌아오길 기다렸다. 모기가 신나게 다리를 뜯고 있었지만 빵을 되찾아야 한다는 생각에 몰두해 가려운지도 몰랐다.(누가 보면 금괴라도 잃어버린 줄.) 그렇게 이십여 분이 지나 드디어 버스가 왔다. 멀리서 버스 번호가 보이자 머릿속으로 시뮬레이션을 돌려본다. 타서, 인사하고, 카드 찍고, 아까 탔던 맨 뒷자리로 가서, 재빠르게 빵 봉투를 집고, 없을 시에는 앞좌석 바닥을 확인한다. 좋아! 가자! 5, 4, 3, 2, 1……!

"삑!"

성큼성큼. 버스에 타자마자 미친 사람처럼 뒷좌석만 보고 달려들었다. 제발 있어라, 제발! 그런데 이럴 수가. 없다. 빵 봉투가 없다. 빵도 없고 봉투도 없다. 앞좌석으로 뛰쳐가 바닥을 본다. 거기도 아무것도 없다. 발에 밟힌 빵조차 없다. 누가 이미 집어간 게 분명했다. 오버를 보태서 약간 눈물마저 나올 지경이었다. 내 명란바게트, 튀김소보로, 보문산메아리, 올리브치아바타……. 긴장이 풀리며 어깨가 추욱 처졌다. 나는 졌다.

잠깐, 아직 마지막 희망이 남았다. 혹시 모르니 버스 기사님께 여쭤보는 거다. 누가 빵 봉투를 기사님에게 맡겼을 수도 있잖아? 제발!

"기사님, 혹시요, 쇼핑백 하나 잃어버린 거 혹시 분실물이 있으실까요?"

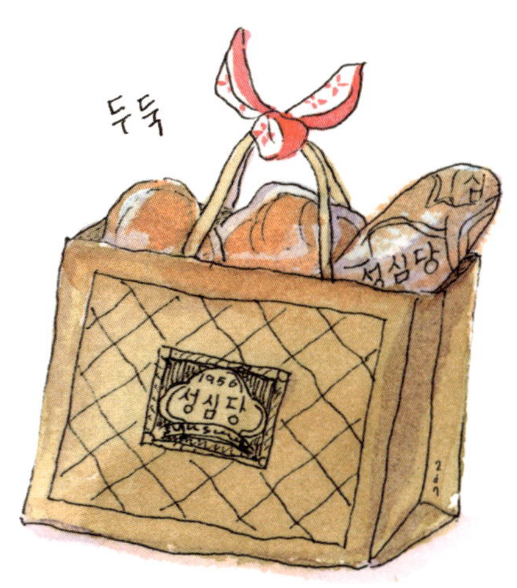

다음 버스정류장에 버스가 섰다. 휘청거리며 다가가 말도 안 되는 문법으로 기사님에게 말을 걸었다. 그러자 무표정이던 기사님 얼굴에 씨익 하는 미소가 떠오른다. 아니, 저 미소는? 나는 저 표정을 읽을 수 있다. 저 표정은 바로…… 상대방에게 기쁜 소식을 전하기 직전, 얼굴에 떠오르는 뿌듯함이다!

"이거요?" 기사님이 빵 봉투를 들어 보였다.

"으악! 감사합니다! 너무 감사해요! 대전에서 사온 거거든요! 완전 잃어버린 줄 알았는데 너무 감사합니다!!!"

광분, 극도의 기쁨. 거의 방언 수준이다. 기사님이 웃으며 닫힌 버스 문을 다시 열어줬다. 내리면서 "감사합니다!!!"를 최대 볼륨으로 외쳤다. 버스에 탄 모든 사람이 나를 보는 사이 버스가 지나쳐간다. 그들도 웃고 있는 것 같다.(기사님께 보답으로 빵이라도 하나

드릴걸 하는 생각이 그제야 든 것은 조금 부끄럽다.)

집으로 가는 발걸음이 날아갈 듯했다. 빵을 되찾았다, 하나도 빠짐없이! 만세! 나는 이겼다. 아니, 인간이 이겼다. 세상은 아직 망하지 않은 것이 분명하다!

누군가는 이 빵 봉투를 보고 이것을 잃어버린 사람의 난감함을 헤아렸을 것이다. 그리고 기사님에게 분실물로 전달했다. 내가 빵 봉투를 되찾는 순간, 기사님은 마치 자신의 일처럼 뿌듯한 미소를 지었다. 남이 빵을 다시 찾든 말든, 빵을 백 개를 먹든 말든 자신과는 아무 상관 없고 자기 배가 부르지도 않은데 말이다. 하지만 그렇게 했다. 버스에 타고 있던 사람들도 나의 기쁨에 동조했다. 그 누구도 빵 하나 나눠 받지 않았는데 다들 흐뭇해 보였다.

되찾은 빵을 먹으며 전의를 불태운다. 누가 뭐 잃어버리기만 해봐라. 똑같이 돌려줄 테다. 이 기쁨을 분명히 되갚아줄 것이다, 하고.

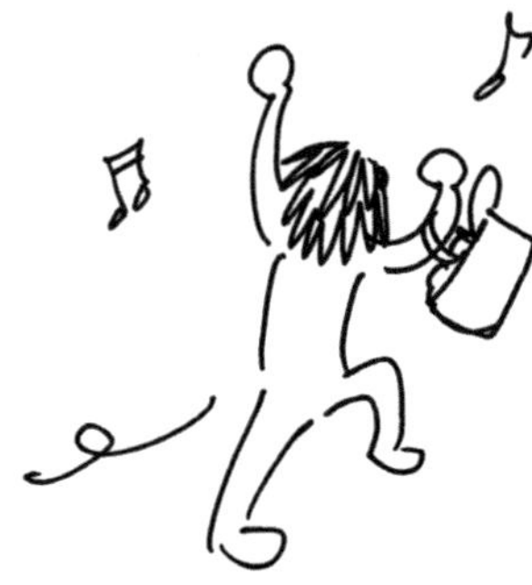

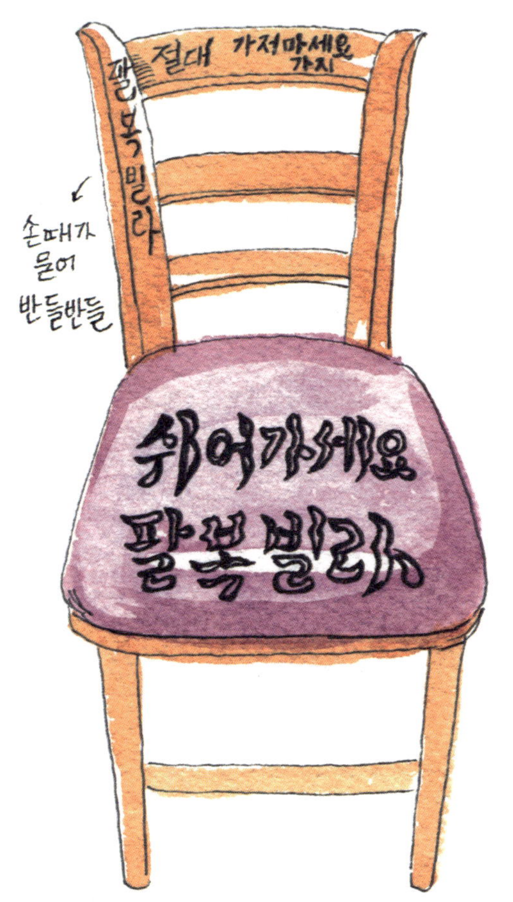

혜화동에서 동소문동으로
넘어가는 길에서 본 깜찍한 의자.
다소 까진 곳은 있지만 쓰기엔 아무 문제없음.
'쉬어가세요 팔복빌라 '는
폰트로 만들고싶은 명필!

특히
부분이 좋다.

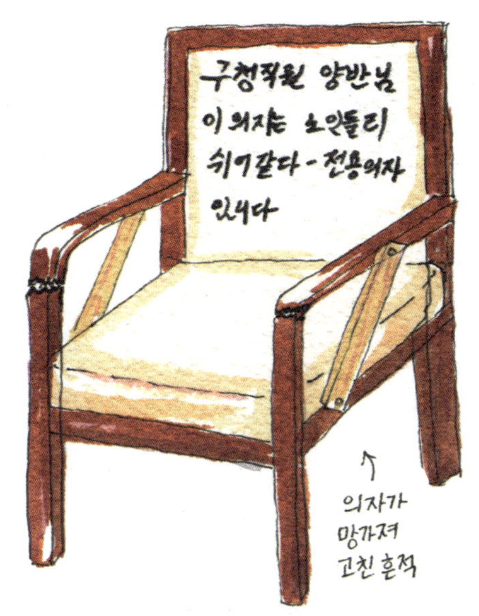

의자가
망가져
고친 흔적

팔복빌라 의자와 같은 곳에 있던 의자.
`쉬어가세요`를 쓴 사람라는 필체가 다소 다름.
구청직원이 와서 치우려고한 적이 있는지
`구청직원 양반님`이라며 극존칭으로 호소중

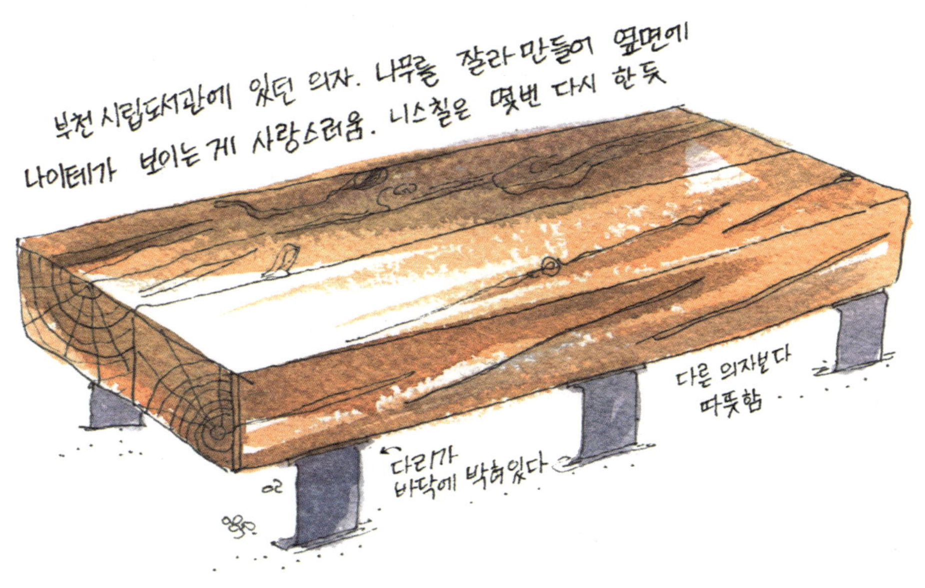

부천 시립도서관에 있던 의자. 나무를 잘라 만들어 옆면에
나이테가 보이는 게 사랑스러움. 니스칠을 몇번 다시 한듯

다른 의자보다
따듯함

다리가
바닥에 박혀있다

불광천 중암교 밑에 있었던 1인 독서 쉼터.
기둥 바로 옆이라 신경쓰지않으면 잘 안 보이는 곳에 있였다.

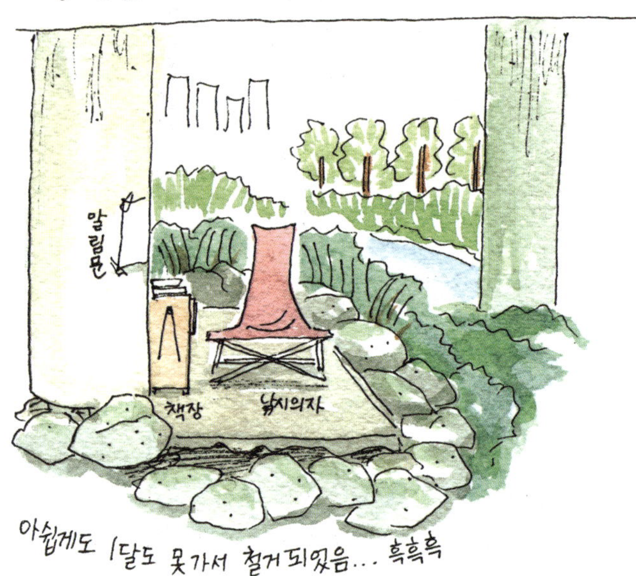

아쉽게도 1달도 못가서 철거되있음... 흑흑흑

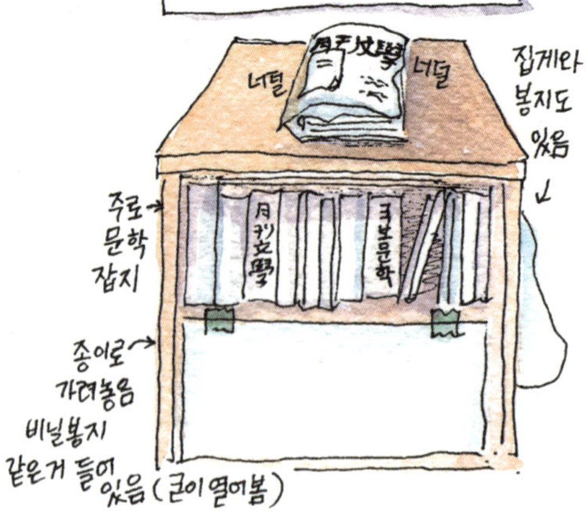

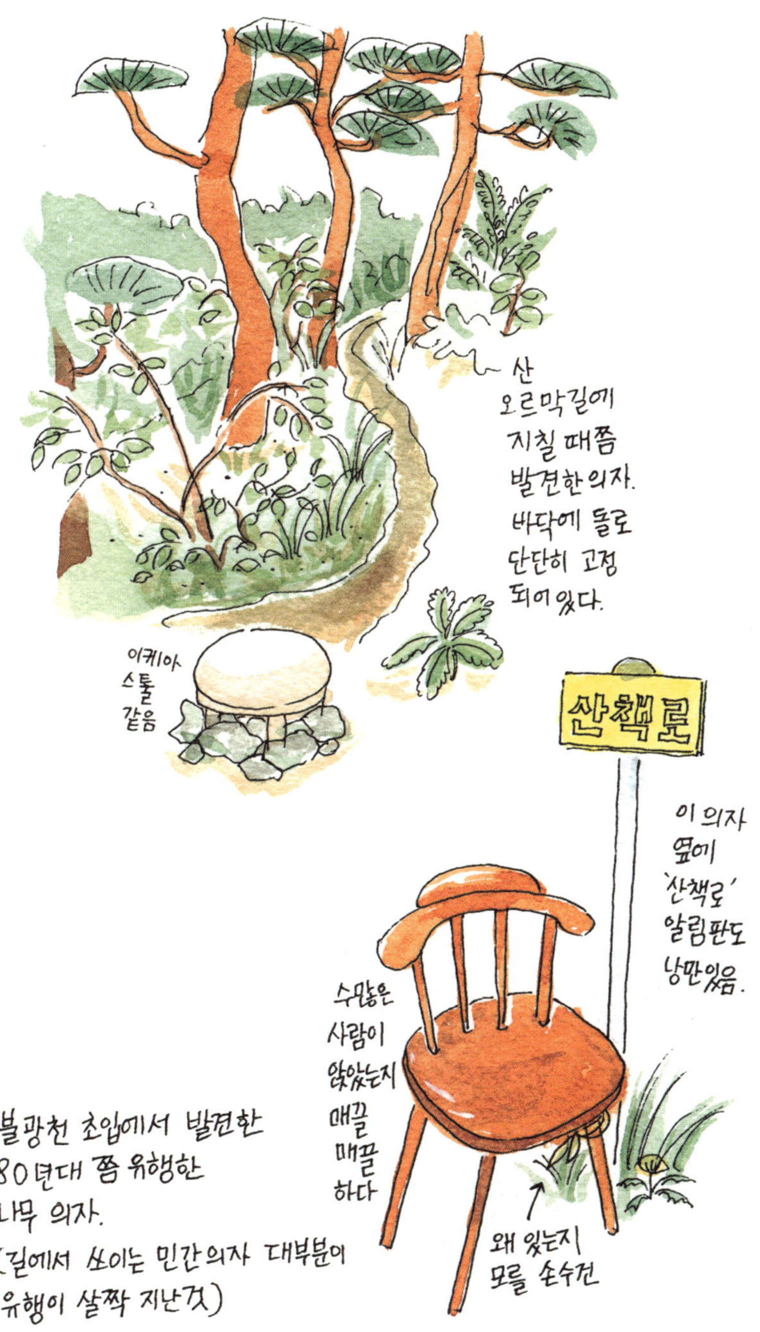

불광천 초입에서 발견한
80년대 쯤 유행한
나무 의자.
(길에서 쓰이는 민간 의자 대부분이
유행이 살짝 지난것)

청과물 가게에서
수박과 사람을 관찰하다

여름이다. 본격적인 여름이 와버렸다. 이마와 양 겨드랑이에서 분수처럼 땀이 뿜어져나온다. 내가 사는 집은 꼭대기 층이라 빠르게 달궈지는 공기에 항복하고 일찍부터 에어컨을 켰다. 에어컨이 없는 공간으로는 한 발자국도 나가고 싶지 않다. 당연히 나의 산책도 올스톱됐다. 비슷한 생각인지 한여름 낮에 나가보면 길에 사람이 없다.

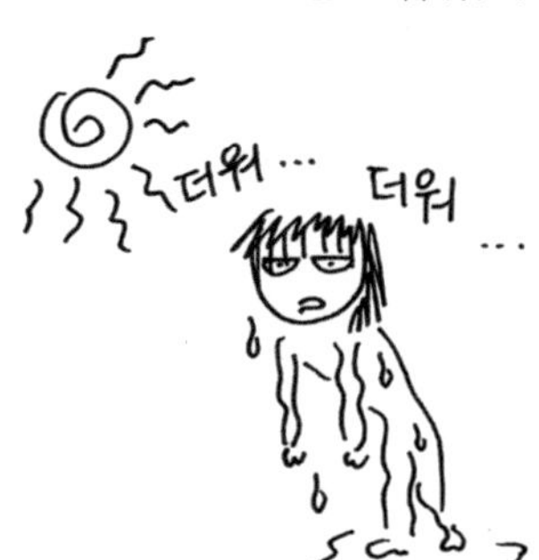

지하철 역사에 들어가면 그래도 살 만하다. 동네 어르신들이 얼마 없는 의자에 모여 앉아 연신 부채를 부치고 있다. 그냥 지하철 역사에 의자를 백 개 정도 갖다놓는 건 어떨까 하는 생각까지 든다.(퇴근시간대에 난리가 나겠지?)

이런 와중에 젊은이들은 덥지도 않은지 긴소매에 긴바지를 입은 사람이 많이 보인다. 추운 계절에는 외투 안에 크롭티나 반바지를 입고 다니더니 정작 여름이 되니까 아무도 반바지를 안 입는다. 민소매를 입고 그 위에 얇은 셔츠나 점퍼를 걸치고 통이 넓은 긴바지 차림에 운동화까지 신고 있다. 거기에 헤드폰까지 낀 사람들을 보면 감탄이 나온다.

"아, 난 저렇게 죽어도 못 해." 워낙 더위를 많이 타는 편이라 여름이면 생존에 위협을 느낀다. 당연히 유행과 목숨 사이에서 목숨을 택할 수밖에 없다. 지하철에 타보면 반바지 입은 사람은 나밖에 없지만 외출할 때마다 꿋꿋하게 반바지를 입는다. "에취!" 얼마 안 지나 갑자기 재채기가 난다. 에어컨 바람에 땀이 점차 식으며 등골이 서늘해진다. 이제서야 긴소매, 긴바지를 입은 사람들이 조금 이해가 간다. 콜록콜록하는 소리가 곳곳에서 들려온다.

나는 여름이 싫다. 차라리 겨울이 낫다. 옷을 몇 겹이고 껴입으면

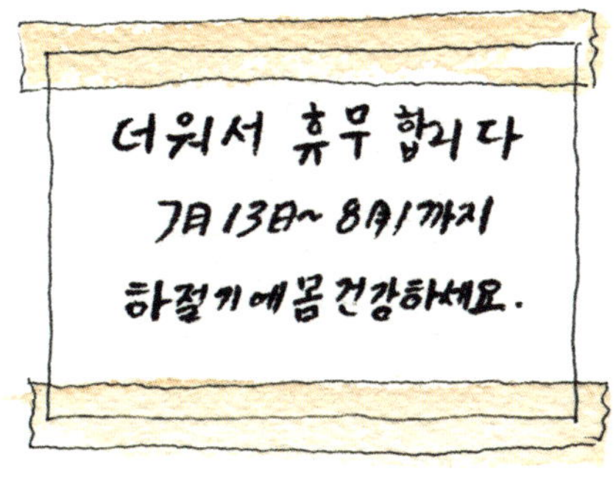

동네 떡볶이집에
붙은 알림문.
거의 3주를
쉬는 대결단.
'더워서'라는
솔직한 이유가
최고.

되니까. 겨울엔 벌레도 없다. 여름엔 조금만 방심하면 집 안에 날파리가 창궐하는데 말이다. 그래도 여름의 좋은 점을 억지로라도 생각해볼까? 여름은 해가 길다. 하루에 많은 일을 할 수 있다. 빨래도 잘 마른다. 아침에 한 빨래가 낮에는 다 말라 걷을 수 있다. 이불도 한나절이면 대강 마른다. 베란다에 있는 식물들도 쑥쑥 자란다. 겨울에는 식물등을 켜줘야 겨우 사는데 말이다.

아! 제일 좋은 게 생각났다. 여름은 모든 과일이 싸다. 앵두, 자두, 살구, 복숭아, 오디, 천도복숭아, 멜론 그리고 수박. 다른 계절에 만 원짜리 한 장을 들고 과일을 사러 가면 별로 살 게 없지만 여름에는 양손 두둑하게 돌아올 수 있다. 살구 한 바구니 5000원, 자두 한 바구니 5000원.

그중 제일은 역시 수박이다. 냉장고는 좁고 둘 곳도 없지만 그래도 수박을 먹지 않으면 여름을 제대로 보내는 것 같지가 않다. 아삭! 한입 베어물면 더위가 싹 가시는 그 맛. 인공적인 당분이 들어간 디저트와 달리 그저 깔끔하게 달고 시원하다. 물이 많아서 목이 촉촉해진다. 완벽한 여름의 맛이다. 이 세상의 그 어떤 빙수와 아이스크림도 이 맛과 식감을 흉내 낼 수 없다.

수박을 고를 땐 열심히 관찰한다. 수박 한 통은 보통 2만 원 안팎이다. 가끔은 2만 5000원이 넘기도 한다. 클수록 비싸지만 맛이 더 좋다. 그러니 절대 허투루 살 수 없다.

대형마트에서 파는 수박은 보통 담당하는 사람이 없다. 내가 알

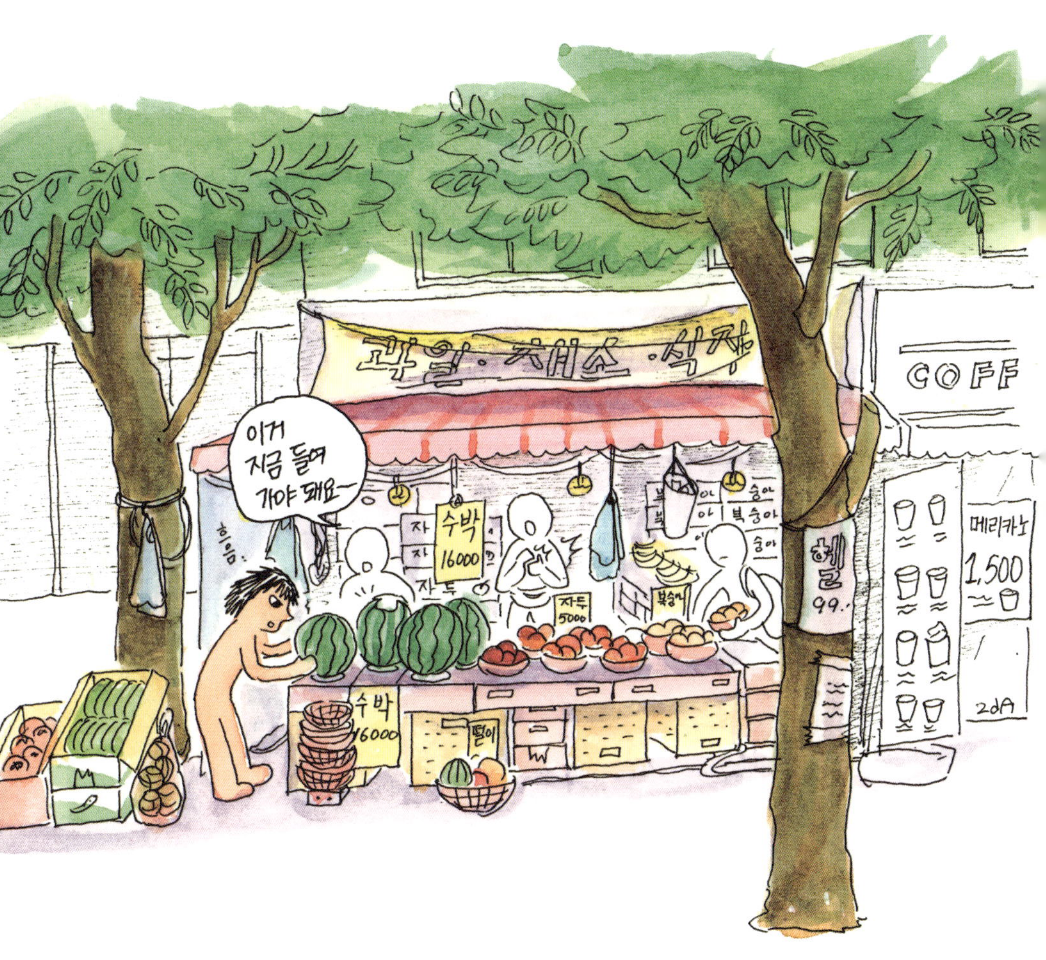
이거
지금 들여
가야 돼요~
과일·채소·식자재
수박
16000
자두
자두
5000
복숭아
수박
16000
떨이
COFF
메리카노
1,500
헬로
99.

아서 골라야 한다. 다른 사람들도 마찬가지라서 수박 무더기를 두고 각자 열심히 두들겨본다. 통통, 통통. 퉁퉁? 온 신경을 집중해 소리를 들어본다. 솔직히 백 번 두들겨봤자 나는 잘 모른다. 하지만 왠지 두들겨야 할 것 같다. 두들겨보지도 않고 사면 뭔가 큰 손해를 볼 것 같다. 이건 고르는 방법이라기보다 일종의 미신적 행위라고 볼 수 있다. 이렇다 할 느낌이 안 와서 골랐던 수박을 내려놓는데 옆에서 유심히 보던 아저씨가 잽싸게 채간다. 입가에는 흐뭇한 미소까지 걸렸다. '이걸 내려놓다니! 역시 젊은 사람들은 뭘 몰라!' 하는 표정이다. 그 아저씨가 들었을 땐 확실히 맛있는 수박의 소리였던 거다. 아쉽다. 인생 경험치가 모자란 것이 이럴 때 티가 난다.

빈손으로 마트에서 터벅터벅 나온다. 괜찮다. 사실 과일은 지하철역 근처 청과물가게에서 파는 것이 더 맛있다. 이런 가게들은 냉장고를 갖춰놓지 않는다. 새벽시장에서 그날 사온 것을 그날 파는 경우가 많다. 예쁘게 진열해놓지 않아도 사람들이 바글거린다. 나도 웬만하면 마트보다는 청과물가게에서 과일을 고른다. 인공지능이 절대 대체할 수 없을 개성적인 코멘트와 스토리텔링이 있기 때문이다.

"자자, 수박이 만—팔천 원! 완—전 달아요! 설탕보다 달아요, 설탕수박!!" 박수를 짝짝 치며 쩌렁쩌렁 외치는 소리가 흥겹다. 이들의 목소리는 대개 흥분으로 고조된 상태다. 당장 이 수박을 사지 않으면 인생에 엄청난 손해가 생길 것만 같은 기분이 드는 톤이다.

"엄마! 이리 와보셔!" 자기 엄마를 부르는 게 아니다. 청과물가게

직원들은 80대 이상의 머리가 하얗게 센 할머니들을 보통 "엄마"라고 부르며 반말을 한다. 마치 아들처럼 싹싹하고 친근하게 구는 모습이 전략적이다. "아, 달다니까? 엄마, 내가 맛없는 거 파는 거 봤어? 내가 다 먹어보고 사왔지! 지금 젤 싸니까 얼른 사가셔." 재밌는 게 70대 이하 여성분들에겐 "어머니"라고 하고 존댓말을 쓴다. "어머니, 수박 들여가세요. 지금이 제일 싸요! 배달해드릴게." 그 이하의 여성들은? "이모"라고 부르거나 아예 안 부른다. 얼마 없는 남성 손님을 부르는 호칭도 따로 있다. 누가 봐도 할아버지인 사람들은 "아부지"(아버지 아님)라고 부른다. 아직 할아버지가 아닌 아닌 중년 남성들은 "사장님"이고, 젊은 남성들은 "삼춘"(삼촌 아님)이라고 부른다. 그 아래는 남녀불문 다 "학생"이다.

나도 일단 수박을 열심히 두들겨본다. "뭘 골라야 되나……." 방황하고 있으면 엄마뻘 여성분들이 "이거 꼭지를 잘 봐요. 이렇게 꼭지가 길고 말라 있는 게 가지에 오래 달려 있었던 거야. 이런 게 맛있지." 하고 꿀팁을 전수해주기도 한다. 심지어 자기가 고른 수박을 주기도 한다! 물론 이런 일이 흔하지는 않다. 그들이 나서기 전에 먼저 나서는 사람이 있기 때문이다.

수박에 눈길을 주자마자 주인 아저씨가 수박을 들어올려 손바닥으로 퉁퉁 두들기며 추천을 해준다. 그럴 땐 꼭 물어본다. "이 수박 맛있어요?" 과일가게에 가서 이 과일 맛있냐니, 어이없는 소리로

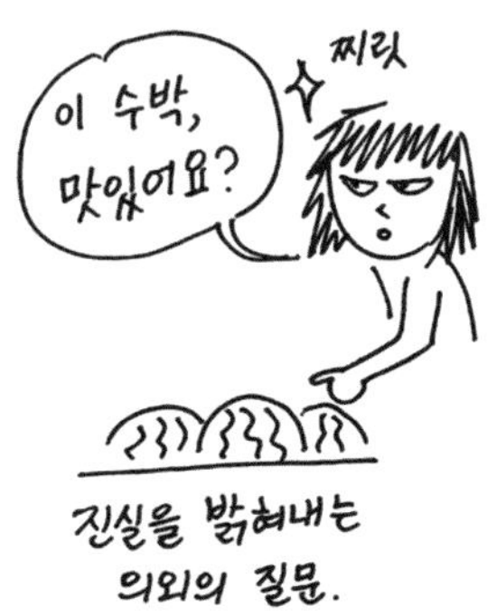

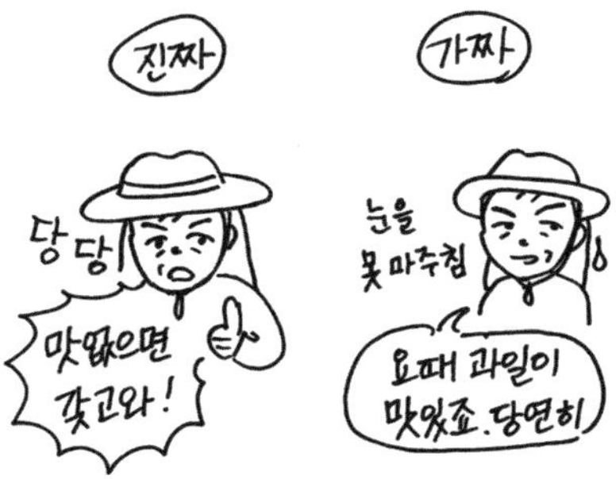

들릴지도 모른다. 당연히 맛있다고 하겠지! 하지만 사람이 그렇지 않다. 사람들은 의외로 거짓말을 잘 못한다. 장사하는 사람들도 마찬가지다. 아무리 능청스러워도 확신이 없는 걸 단번에 맛있다고 하긴 어렵다.

진짜 맛있으면 "내가 먹어봤어, (엄지손가락 내밀며) 진짜 이거야 이거." 하든가 "맛없으면 갖고 와요. 내 환불해줄게." 같은 격한 반응이 나온다. 여기서 한 번 더 치고 들어간다. "진짜 바꾸러 와요?” “아 진짜지, 안 그럼 내가 여기서 십 년째 장사를 어떻게 해~”

그런데 자기가 생각해도 별로 맛이 없으면 즉답이 안 나온다. 대답을 약간 망설인다. “괜찮아요, 달달하고.” “요때 과일이 다 맛있죠, 뭐.” ‘진짜’와는 톤이 다르다. 목소리에 힘이 없고 끝맺음이 시원치 않다. 더 솔직한 사람은 “사실 그거보단 이게 맛있어요.” 하고 차라리 약간 더 비싸도 진짜 맛있는 쪽을 추천해주기도 한다. 과일장사는 보통 단골장사이기 때문에 맛없는 걸 맛있다고 하고 팔았다가는 뒤끝이 좋지 않다는 것을 안다.

“그거 주세요.” 주인 아저씨가 골라준 커다란 수박을 샀다. 가져가기 편하게 나일론 수박끈을 둘러준다. 이 가는 끈으로 과연 수박이 안전하게 고정이 될까 싶지만 몇십 년간 애용되는 아이템에는 다 이유가 있는 법이다. 한 손으로 들었다가 무거워서 수박을 가슴에 안았다. 사람들이 모세의 기적처럼 양쪽으로 갈라진다. 혹시나 저 수박이 자기 때문에 깨지기라도 할까봐 걱정되는 모양이다.

버스를 타고 가는 중에는 갑자기 손이 미끄러져 수박이 “퍽!” 하고 깨지는 상상이 떠오른다. 생각만 해도 끔찍하다. 자리에 앉아 소중한 수박을 두 손으로 단단히 감싸안는다.

수박을 사오면 같이 사는 친구 모호연의 현란한 해체쇼가 벌어진다. 평소 공구를 다루는 사람이라 칼을 쓰는 폼이 다르다. 칼을 숫돌에 삭삭 간 다음 수박에 칼을 넣는다. “쩌억!” 갈라지는 소리를 들으니 맛있는 수박이 맞다! 일단 반으로 가르고, 4등분을 낸 다음 빨간 부분 아래로 칼을 넣어 껍질과 분리한 뒤 과육을 먹기 좋게 사

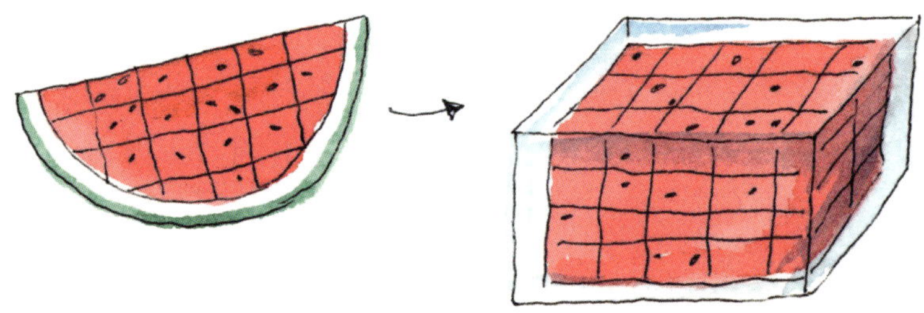

각으로 자른다. 그런 다음 커다란 밀폐용기에 차곡차곡 쌓는다. 이렇게 하면 먹기도 편한데 맛도 더 좋다. 수박은 부위마다 당도가 다른데, 이렇게 넣어두면 모든 부위가 달아지는 기분이다.

"맛있다……." 수박을 들고 오느라 뻘뻘 흘린 땀이 사악 식는다. 이제 막 틀어놓은 에어컨이 계곡 바람처럼 언뜻언뜻 시원한 바람을 낸다. 달콤하고 시원한 맛을 음미하며 상상해본다. 지금 나는 빌라의 꼭대기 층이 아니라 물이 콸콸 쏟아지는 시원한 폭포 아래에 있다. 다른 계절에도 수박이 나오지만 한여름이 아니면 마치 주변 공기를 바꾸는 듯한 이 기분을 경험할 수 없다. 그러니 단호하게 말할 수밖에. 수박은 여름에 먹어야 제맛이고, 수박이 있어서 여름은 살 만한 계절이다.

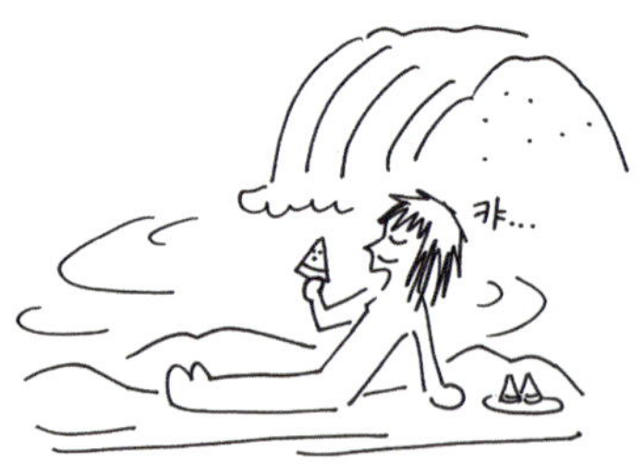

16:08

2023 년	1 월	19 일	목 요일
장소 신사동		온도 4/-6℃	
날씨		기분	

국산 (콩) 팝니다
(농사지은 (콩)입니다)
·백태: 1kg ~ 7,000원
·서리태 1kg 10,000원
}
청국장
절명자.

마을마당 앞 전봇대에
새로 붙은 찌라시.
콩 농사는 언제 짓는거지?
↓
제철에 뭔가 나는지도
궁금하다.

마르고 작으셨. 80넘어 보이심.

·202X.1.8.
같은 장소에서 이번엔 1,000원 오른 버전으로
전단지가 바뀌있다! 이번엔 용기를 내서 문자를 보내봄.
아주 나이많으신 할머니가 카트를 끌고라서 주셨다.

·202X.2.12.
복가좌동에서도 같은 전단 발견.
못 찍었는데 망원동에서도 봄 (어디까지 활동 하시는 거지...)

처음 가는 식당에서
나는 무엇을 관찰하는가

'또 뭘 먹어야 돼?'

오늘도 나는 치열하게 고민한다. 평일 저녁 6시 반, 이미 충분히 배고프다. 저녁밥 오디션 최종 결승 후보는 두루치기와 김밥이다. 두루치기와 김밥, 남이 보면 당연히 두루치기가 이길 것 같은 게임이다. 하지만 쉽지 않다. 김밥집은 이미 여러 번 가본 곳이지만 두루치기집은 아직 안 가본 식당이기 때문이다.

처음 가는 식당은 선택하기 어렵다. 큰 용기가 필요하다. 맛없음을 감내할 수 있을 만한 용기 말이다. 사실 돈이 많다면 얼마든지 실패해도 된다. 한 끼에 3만 원씩 척척 내놓으며 조금도 상처받지 않는다면 무얼 먹어도 괜찮다. 그 가격에 맛이 없다면 그건 식당의 실패지 나의 실패가 아니다.

하지만 나는 한 끼의 실패가 너무나 뼈아프다. 그나마 8000원 이하의 실패라면 용서할 만하다. 하지만 15000원이라면? 그런데 맛이 없다면? 맛이 없는데 심지어 몸에도 안 좋은 음식이었다면? 그날 내내 맛없는 식당을 선택한 것을 후회하고, 그 집 앞을 지날 때마다 간판을 가리키며 "이 집은 맛없는 집!!!"이라고 외치고 싶은 충동을 참게 될 것이다.

그래서 실패하지 않기 위해 치열하게 식당을 관찰한다. 요즘은 지도 앱 리뷰만 봐도 어느 정도 파악이 가능하다. 하지만 같은 식당을 두고도 사람들은 다른 리뷰를 쓴다. "먹을 만은 합니다", "제가 제일 좋아하는 집이에요", "이 가격에 이런 음식 못 먹음", "평가가 후해서 가봤는데 음식은 다 식어 있고 재료도 안 좋은 거 쓰시네요. 남의 말 믿을 거 못 됩요". 중심가를 벗어난 동네에는 리뷰가 한두 개밖에 없는 집들도 많다. 이런 경우엔 더더욱이 나의 관찰력에 의지하는 수밖에 없다.

인간의 관찰력은 먹이와 생존을 위해 발달했다. 농경사회 전 인간은 어디에 먹을 것이 있을지 내내 찾으며 돌아다니는 것이 일상이었다. 이 열매는 먹을 수 있는가? 이 벌레는 맛이 괜찮을까? 이 풀은 어떤 맛일까? 죽는 건 아닐까? 돌도끼를 든 원시인처럼 나는 심

각하게 고민한다. 과연 저 식당은 맛이 있을까? 두루치기라는 음식
은 먹을 만할까? 다행히도 현대인은 맛없는 것을 먹는다고 죽지는
않는다.

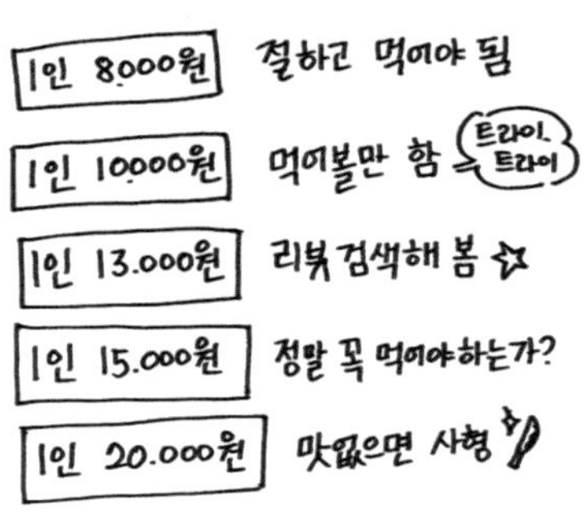

처음 가는 식당을 앞에 두고 나는 무엇을 관찰하는가? 일단은 가격이다. 13000원 이상이면 좀 더 신중한 조사가 필요하지만 1인분에 1만 원이면 마음이 조금 쉽게 열린다.

다음은 간판을 본다. 간판은 조금 오래된 느낌이 있어야 한다. 누가 봐도 방금 오픈한 것 같은 식당은 별로 가고 싶지 않다. 또한 가게의 겉모습을 본다. 가게 앞에 지저분하게 내놓은 물건이 별로 없고 입구가 반들반들하면 왠지 사람이 많이 드나드는 듯한 느낌을 준다.

가게의 이름도 중요하다. 진중하면서도 주제를 잘 드러내야 한다. 예를 들어 '청년의 맛' 같은 이름의 가게라면 당장 탈락이다. '청년'이 요리하는 가게라는 것이 나에게는 이미 약간의 감점 요소인데(나이 많으신 분들보다는 숙련도가 낮을 것 같다는 편견이 있다.) 뭘 만들어 파는 곳인지도 모르겠다. 게다가 젊음을 내세워 허세까지 부리는 느낌이 아주 마음에 안 든다. 반대로 '정명자 두부찌개'라면? 이름으로 벌써 합격이다. 뭔가 두부도 손으로 만들 것 같은 이미지고 자기 이름에 먹칠하기 싫어서라도 제대로 만들 것 같

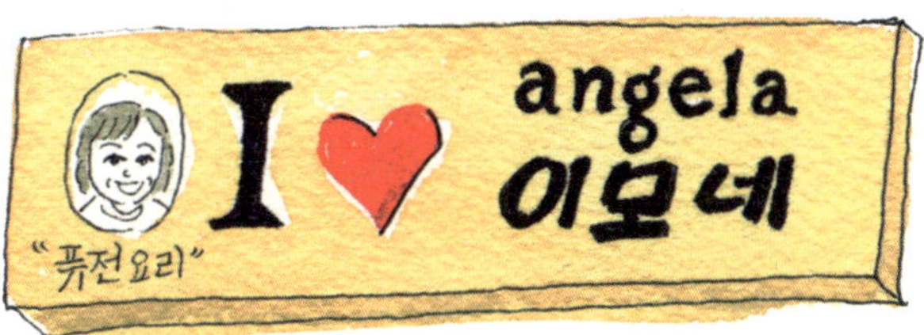

다.(주의: '청년의 맛'과 '정명자 두부찌개'는 모두 내가 만든 상호명이며 실제로 존재하지 않음.)

가장 주의 깊게 관찰하는 것은 손님이다. 손님이 한 팀이라도 있는 집을 들어가게 된다. 손님이 바글바글한 집이다? 당연히 맛있겠지. 동행인들끼리 대화를 나누며 망설임 없이 문을 열고 들어간다면 단골이 분명하다. 남 먹는 것을 몰래 봐서 죄송하지만 손님의 밥 먹는 태도도 중요하다. 밥알을 세며 깨작깨작하고 있는가? 아니면 맛있게 후루룩 찹찹 먹고 있는가?

손님의 부류도 중요하다. 만약 40~60대의 여성 그룹이 밥을 먹고 있다면 그 집은 안 봐도 맛있는 집이다. 이들은 절대 맛없는 곳에서 만남을 갖지 않는다.(그랬다간 큰일이 난다.) 옷차림이 가볍거나 장바구니를 들고 있어 동네 주민으로 추정할 수 있는 사람들이 있다면 더 믿을 만하다.

여기서 과거의 현명했던 선택을 떠올려본다. 서울 은평구 연신내에 있는 '봉평옹심이메밀칼국수'다. 이곳도 치열한 관찰 끝에 들어간 집이었다. 깨끗한 유리창 너머로 식당 안을 보니 평균 연령이 60대였다. 50대로 추정되는 여성분들이 서넛 모여 앉은 테이블도 여러 개였다. 등산복을 입은 사람들도 있었다. 연신내는 북한산 등산코스와 가까운 곳이다. 산에 올라갔다 와서 먹고 싶은 음식이라는 것이다.

"뭐 드릴까?" "옹심이만 두 개요." 간략한 메뉴와 손님들의 망설이지 않는 즉답이 더욱더 신뢰를 주었다. 같은 주문이 거듭되자 나도 2000원이 더 비싸지만 '옹심이만'이라는 메뉴를 시켰다.

앉자마자 직원이 무절임과 열무김치가 담긴 항아리를 내왔다. 보리밥 반 그릇도 같이 나왔다. 보리밥은 안 시켰는데……! 촌스럽게 처음 온 티를 내고 싶지 않아 일단 주변을 살폈다. 옆 테이블을 보니 노부부가 보리밥에 무절임과 열무김치를 적당량 넣고 고추장에 슥슥 맛있게 비비고 있었다. 나도 똑같이 따라 했다. 옹심이는 익는 데 십 분 정도 걸리는 음식이라 손님이 기다리기 힘들 것을 예상하고 보리밥을 먼저 주는 것이다. 심지어 건강식으로 다음에 올 탄수화물 폭탄을 대비시키다니. 이 식당 주인은 천재인가!

옹심이를 기다리는 동안 식당을 관찰하며 나의 탁월한 선택을 다시 확인한다. 가게는 환하고 깔끔하다. 문 앞에는 메밀 포대가 산더미같이 쌓여 있다. 주위를 둘러보니 모두 맛있게 음식을 먹고 있다. 어르신들은 인증샷을 찍지 않는다. "맛있다~ 맛있다~"를 연발하지도 않는다. 그분들은 그저 열심히 먹는다. 맛있는 것을 먹을 때면 말이 없다.

보리밥을 비우자 내가 시킨 메뉴 '옹심이만'이 나왔다. 걸쭉한 크림수프 같은 것을 한입 떠서 먹어보자, "와⋯⋯." 하고 감탄이 나왔다. 내가 먹었던 어떤 국물과도 비슷하지 않았다. 들깨 국물보다 산뜻하고 감자수프보다 감칠맛이 난다. 젤리처럼 쫀득한 옹심이를 즐기며 씹다보면 어느새 국물까지 바닥이 나있다. 먹는 동안 다른 생각을 잊게 하는 훌륭한 맛이었다.

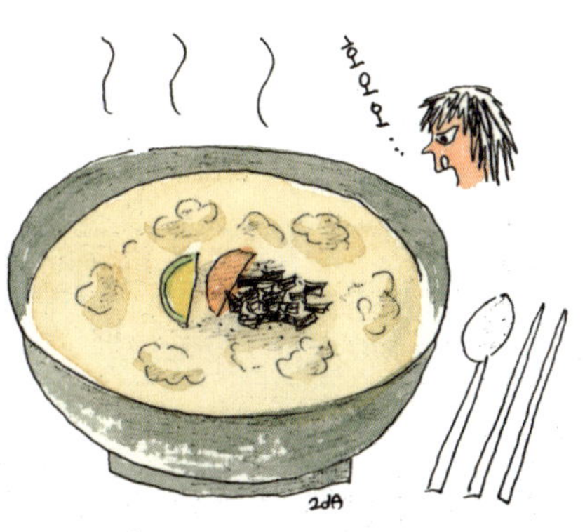

이전의 훌륭했던 선택을 떠올리며 이번에도 용기를 내본다. 그래, 두루치기집에 가보자! 이참에 개척하는 거다!

수색역 건너편으로 빠르게 걸어갔다. "여긴가?" 지도 앱을 보고 위치한 곳에 도착했는데 어디로 들어가는지 모르겠다. 입구를 찾지 못해 건물을 한 바퀴 돌고 나니 그제야 마트 구석에 허름한 계단이 보인다.

"음⋯⋯."

계단은 컴컴하고 지저분하다. 척 봐도 청소한 지 한참 된 것 같다.

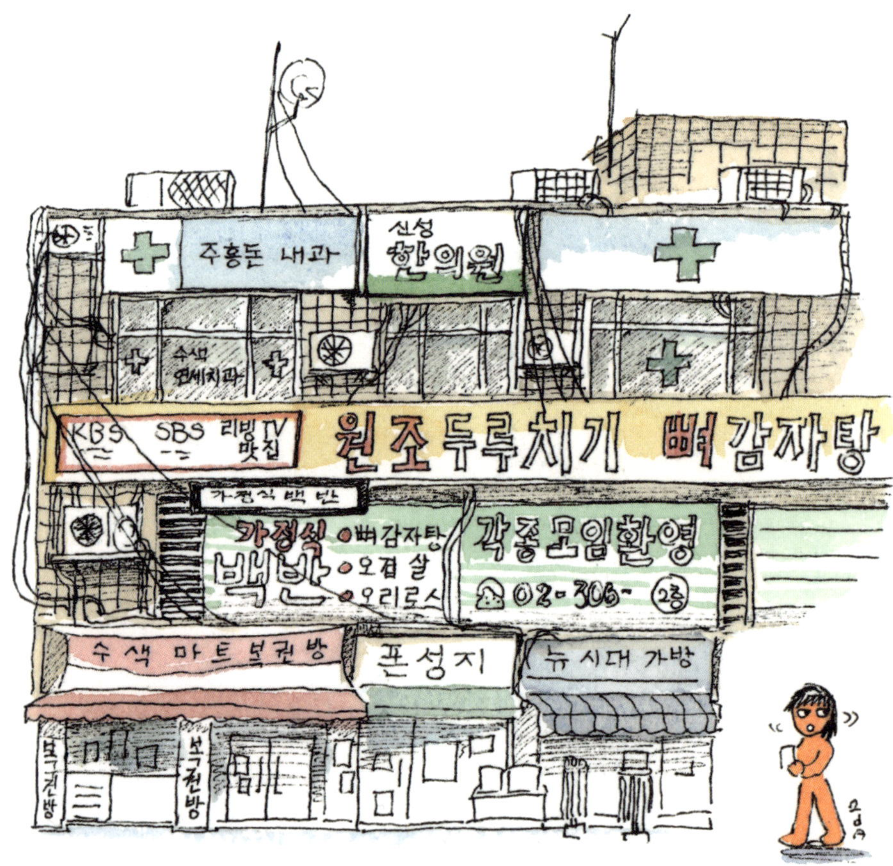
주홍돈 내과
신성 한의원
수요 연세치과
KBS SBS 리빙TV 맛집
원조 두루치기 뼈감자탕
가정식 백반
가정식 ○뼈감자탕
백반 ○오겹살
○오리로스
각종 모임환영
☎02-306- 2층
수색 마트 복권방
폰성지
뉴시대 가방
복권방
복권방

벽은 알 수 없는 얼룩으로 가득하다. 갑자기 모든 용기가 사라진다. 이대로 그냥 김밥집으로 돌아가고 싶다. 하지만 이미 몸은 '두루치기화' 되어 지글지글 끓는 것을 간절히 원하고 있다.

계단을 올라 복도에 들어서니 그나마 덜 지저분한 여러 가게가 보인다. 그런데 오가는 사람 하나 없이 쥐 죽은 듯 조용하다. 90년대 유행했던 폰트로 '원조두루치기'라고 적힌 오래된 유리문이 보인다. 문 너머로 보니 불이 켜져 있고 직원 한 분이 지나가고 있다. 차라리 영업하는 날이 아니었다면 깔끔하게 포기할 수 있었을 텐데! 마지막 용기를 쥐어짜 문을 열고 들어갔다. 식당 안은 생각보다 넓었으나 아저씨들 몇 명만 감자탕과 술을 먹고 있었다.

"뭐 드릴까요?"

간판 메뉴인 두루치기를 시켰다. 의자를 끌어다 앉는데 끈적한 테이블이 마음에 안 든다. 내 마음은 의심으로 가득 차 있다. "자네도 한 잔 받아!" 술 한 잔 들어가서 떠들썩한 아저씨들도 맘에 안 들고 쩍쩍 달라붙는 바닥도 맘에 안 든다. 이미 나는 이 음식을 싫어할 준비가 되어 있다.

부부 사장님으로 추정되는 여성분이 두루치기 2인분을 납작한 전골냄비에 담아 내왔다. 테이블에 있는 가스버너를 켜고 "고기가 익으면 드시면 돼요." 하고 가셨다. 이제부터는 인고의 시간이다. 과연 맛있을 것인가, 맛없을 것인가. 이 와중에 두부 사리를 시키는 것은 잊지 않았다. 지글지글 끓는 국물을 두부 사리에 끼얹어가며 십 분 정도를 테이블에서 더 끓였다. 냄새는 괜찮다. 다 익었나? 드

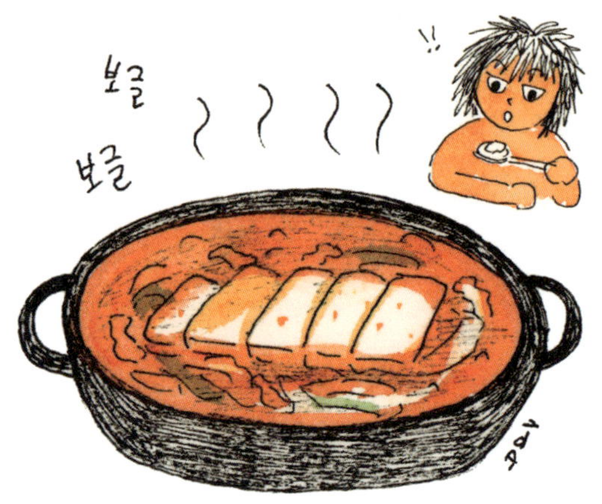

디어 한입을 조심히 후후 불어 입으로 가져가보니,

"……맛있는데?"

뜻밖에 맛이 있었다. 아니, 정말 맛있었다. 신선한 양파가 익으면서 신김치와 어우러져 자연스러운 단맛이 난다. 돼지고기 비계도 쫄깃하고 고소하다. 어깨에 힘을 풀고 밥도 한술 입으로 가져가본다. 고슬고슬한 백미밥이다. 국물을 적셔 먹으면 딱 적당할 정도의 찰기다. 두루치기 국물을 밥에 끼얹고 두부와 함께 먹으니 몸에 열기가 오르고 밥이 술술 들어간다.

비로소 모든 의심이 풀린다. 밥집은 밥만 맛있으면 된다. 올라오는 복도가 좀 지저분했기로서니 그렇게 의심을 하다니! 건물이 오래되면 그럴 수도 있지. 시끌벅적한 아저씨들도 거슬리지 않는다. 오히려 활기차게 느껴진다. 시끄러움조차 맛의 한 요소다. 끈적한

테이블이나 바닥도 이해가 된다. 냄비는 얇고 불은 세서 밖으로 두루치기 국물이 끝없이 튀는 것이었다. 이건 매일 닦는다고 해결되는 문제가 아니다. 중요하지도 않다. 테이블이 끈적하면 거기에 팔을 안 대면 될 일이다!

나의 오늘 식당 관찰은 모두 틀렸다. 하지만 나는 실패하지 않았다. 두루치기와 밥을 싹싹 모두 비웠다. 배가 두둑하고 몸은 뜨끈하다. 나는 승리자다. 이 재미에 새로운 식당을 간다. 지도 앱에서 식당을 찾아 별 다섯 개를 꾸욱 누른다.

나는 매일 먹는다. 매번 끼니를 선택해야 한다. 끼니를 선택할 때마다 가진 돈이 줄어든다. 그럴 때면 열심히 관찰하는 것으로 불안함을 달래려 한다. 치열하게 고민하면 좋은 결과를 가져올 수 있다고 믿는다. 그러나 항상 성공할 수는 없다. 결과는 랜덤이다.

그렇다고 먹던 것만 먹고, 가던 곳만 갈 수는 없다. 새로운 선택은 불안한 만큼 재미있다. 도시를 관찰하는 동안 나의 뇌는 먹이를 구하러 돌아다니는 원시인처럼 치열하게 돌아간다. 관찰 끝에 먹이를 구해 입에 넣는다면 이보다 큰 보상은 없다. 다음에도 새로운 단골집을 찾아 길을 헤매고 남의 가게를 염탐할 것이다. 내 관찰이 다 틀려도 괜찮을 것 같다. 하긴, 틀려봤자 배부르기밖에 더할까?

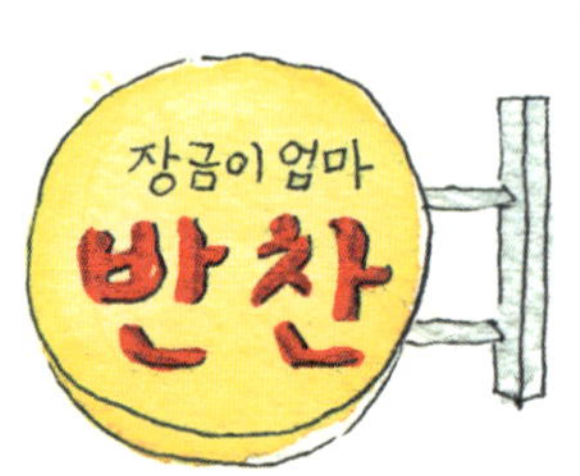

`장금이 반찬`도 아니고
`장금이 엄마 반찬`이라니...
왠지 장금이보다도 한 수 위일 것
같은 굉장한 느낌을 주는 간판.

도장&열쇠집
의 귀여운간판.
열쇠모양으로
철판을 직접 잘라
만들었음. (바로옆인
도장모양 간판도
있었음) 열쇠모양엔
`열쇠`를 써야되는데 `도장`을 쓴건 실수였을까?

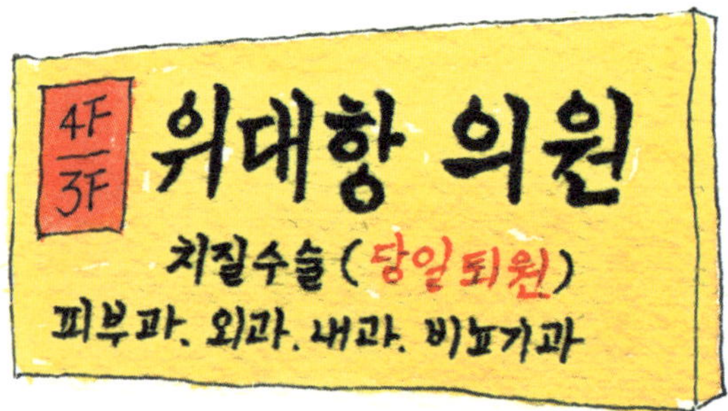

`위대한`과 `항문전문`을 적절히 매치한 센스.
최근까지 병원 이름에 특정 신체부위를 쓰면 안 된다는
법이 있었음. 그래서 `대놓고 말할 순 없지만 우린 항문전문이다!`
라고 티내는 스킬을 사용한 것.

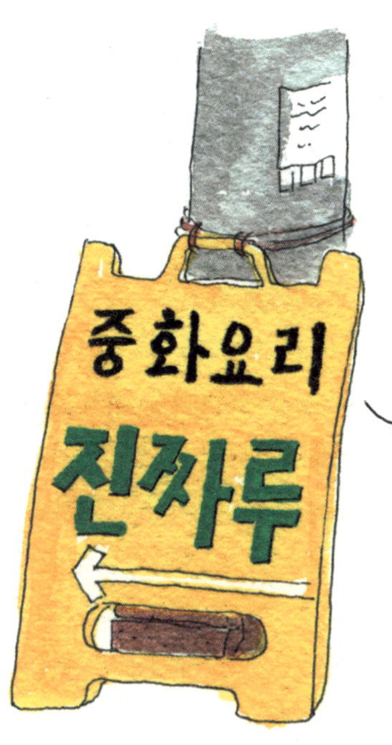

혜화부근에서 본 멋진간판
주차금지 입간판에 청테이프를
이용해 멋진 간판을 만들어냄.
청테이프는 간이간판에
많이 쓰임.

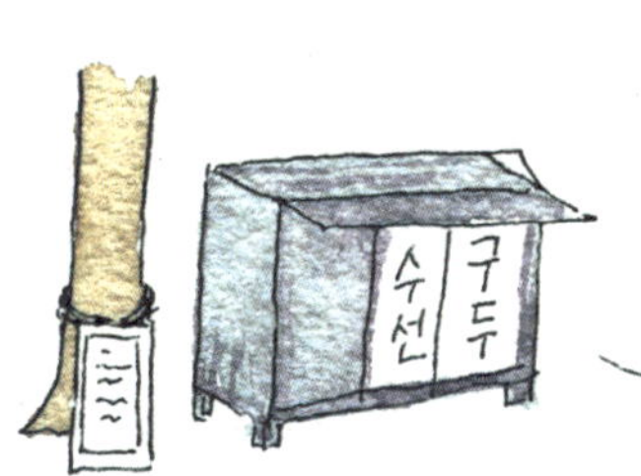

어느 역 앞의 구두수선점.
'이곳에서 일하는 부족한 소인'이라는
겸손한 자세가 사람의 마음을 울림.
정말 내 신발을 소중히 해줄것같음.

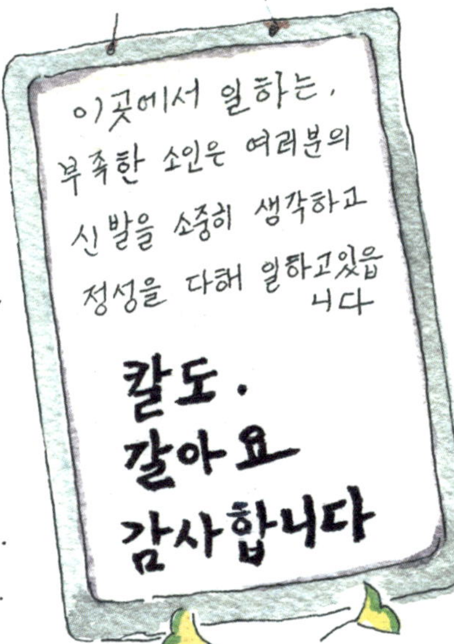

내가 수집한 간판 중 레전드. 시트지를 잘라 만든
'쌀집'이 뒤집혀있음. 처음엔 이해를 못했는데 아마
실수로 자기가 보는 방향으로 잘라서 그런 게 아닐까
생각 중.

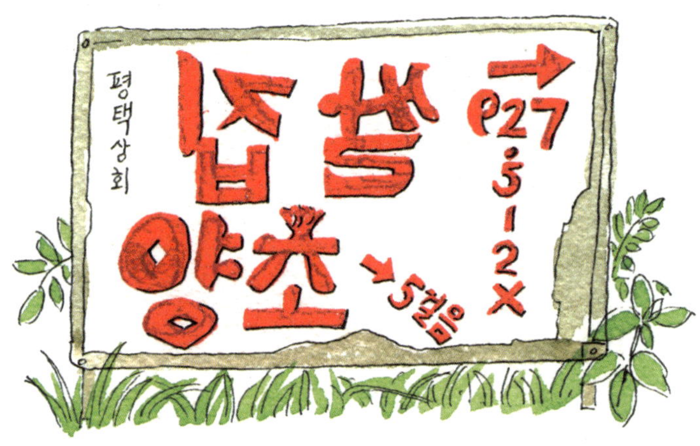

간판 자체는 이전에
있었던 다른 간판같음. 그 위에 시트지를 붙이고,
다시 글자를 붙인 것. 쌀과 양초를 팔던 '평택상회'도
이미 존재하지 않는 것 같음. 하지만 간판만 남아
한 인간의 귀여운 실수를 나에게 보여주고 있음.

시트지를 손으로 잘라 만든 간판들은 만든 사람의
기술이 부족할 때 더욱 귀여움. 양초의 'ㅇ'안에
마름모꼴로 칼자국을 내 시트지를 오린 것, 양초의
'초'부분을 불꽃같이 자른 것도 인상적

＊옛날의 시트지는 접착제가 없고 물로 붙였음.
  그래서 유리의 안쪽에 붙였는데 이때 글자는 밖에서
  볼때 바로 보이도록 거꾸로 잘라야했음. 접착제가 있는
  시트지는 그냥 보이는데로 자르면됨. 아마 옛날시트지가
     익숙하던 사람의 실수일지도?

부산에서 본 멋진 간판
페인트집 답게 페인트로
멋지게 입구 유리문을
꾸몄음. 대단한 명필인데
내가 그정도는 살리지
못해 아쉼…

페인트칠을 주업으로 하는
가게들은 '칠'을 크게
적어놓는게 특징이고
가게 이름에도 '칠박사',
'칠사공사', '칠페인트공사'
하는 식으로 '칠'이 들어감.
'칠'은 페인트로 최고의 자기스킬을
보여주는 것이 관습.

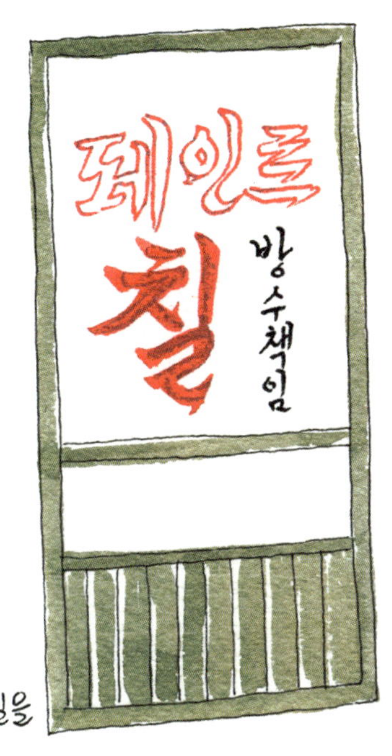

어느 주택 앞에
적혀있는 것.
전문적으로
하는 건 아니고
집에서 부업삼아
하는것 같음.
띄어쓰기 없이
오른쪽에서 왼쪽으로 향하는 글이
손 사람의 나이대를 보여주는게 재밌음.
(왠지 진정성 없어보임)

주차하려는 자,
주차를 막으려는 자

차가 없어 다행이다. 서울 한 귀퉁이에 살며 오늘도 하는 생각이다. 서울은 바늘 하나 꽂을 틈도 없다. 저녁 7시, 내가 사는 빌라도 주차장이 이미 만석이다. 겹쳐 대는 것은 물론이고, 밤이면 입구까지 차가 비죽 나와 있다. 이런 세상에 내 차 한 대를 더 보탠다? 굳이?

서울은, 아니 도시는 언제나 주차 전쟁이다. 차는 인간이 가진 물건 중에 가장 큰 자리를 차지한다. 도미노처럼 세로로 착착 세워놓을 수도 없고 위로 박스 쌓듯 쌓아놓을 수도 없다. 내가 어릴 때 TV에서 말하길 미래에는 차를 접어서 주머니 안에 넣을 수 있을 거라 하더니 무슨 소리, AI가 그림도 그리고 노래도 부르는 마당에 아직 차는 백미러 접히는 게 고작이다.

서울의 오래된 동네는 대부분 자가용이 없던 시대에 만들어졌

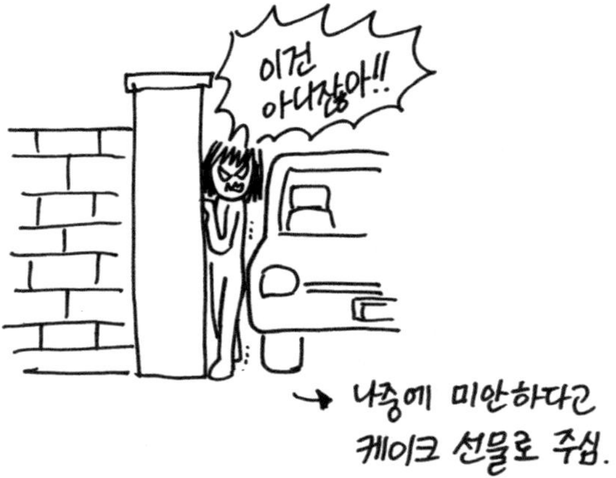

다. 다세대주택으로 여섯 일곱 가구가 사는 곳이라도 주차장 하나 없는 경우가 많다. 성북구에서 내가 이 년간 살았던 3층집도 세 가구가 사는데 주차할 자리는 딱 하나뿐이었다. 그것도 담을 허물어서 약간의 공간을 낸 거다. 그 자리는 1층에 사는 집주인 전용이었다. 2층 세입자는 도저히 주차할 곳이 없으니 대문에 딱 붙여 차를 댔다. 그 탓에 나는 차와 대문 사이에 끼여 옷을 더럽혀가며 간신히 문을 열고 안으로 들어가곤 했다. "아, 주차할 데 없으면 제발 차 사지 말라고."

　(지방도 마찬가지다. 서울 사람들은 지방엔 땅이 많으니 주차할 곳이 많을 거라 생각하는데 그런 걸 '전형적인 서울 촌놈적 마인드'라고 한다. 천만의 말씀, 대중교통이 불편한 지방은 자동차가 필수품이라 차가 더 많다. 서울 사람은 세 명당 자동차 한 대를 갖고 있는 반면, 지방은 두 명당 한 대꼴이다.)

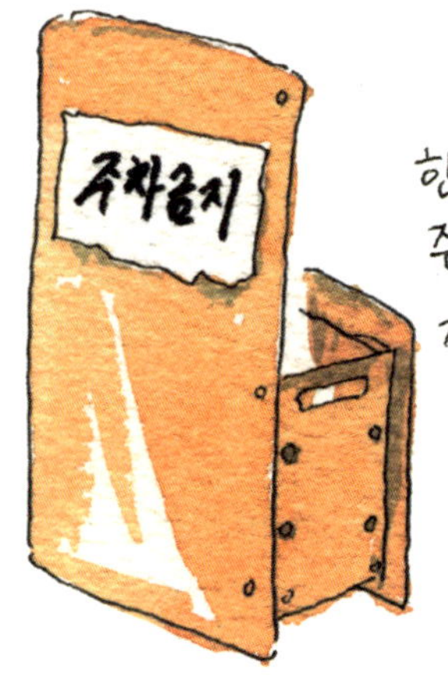

부천 원미동에 살 때도 그랬다. 원미동 역시 대부분의 오래된 주택밀집지역처럼 주차할 공간이 거의 없었다. 5층짜리 건물에 사람이 스무 명 넘게 살아도 차 댈 곳은 서너 군데도 안 됐다. 그래서 사람들은 공영주차장을 이용하거나 아니면 재주껏 골목에 차를 구겨넣어야 했다. 이 과정이 평화로울 리 없다. 아침마다 사람들은 경적을 울리며 고래고래 외쳤다. "이공팔육, 차 빼! 이! 공! 팔! 육!! 차 빼!!!" 빵빵빵빵빵!!!

어느 날은 책상에 앉아 있는데 바깥에서 고함을 지르는 소리가 들렸다. "앗, 싸움?" 벌떡 일어나 당장 베란다로 튀어나갔다.(나는 싸움 구경을 아주 좋아한다.) 나가보니 꽃무늬 홈웨어를 입고 슬리퍼를 신은 60대 아주머니와 40대쯤 되어 보이는 건장한 남자, 둘이 팽팽하게 대치하고 있었다.

"내가 이 골목에서 삼십 년 살았는데 이런 황당한 경우는 처음이야!" 아주머니가 소리를 질렀다. 들어보니 슈퍼를 기준으로 위의 골목 집은 위에, 아래 골목 집은 아래에 차를 대야 한다고 한다. 그게 이 동네의 법칙이라는 거다. 남자는 그걸 어겼다. "그런 법이 어디 있는데요? 예?" 남자는 억울한 듯 자기는 몰랐다, 그런 법칙은 말도 안 된다고 외쳤다. "동네 사람들 그쪽 빼고 다 알아요~" 아주머니도 지지 않는다. 그러다 드디어 "참나, 아줌마가 법 만들었어요?"까지 나온다. 이 말을 시작으로 싸움은 격렬해졌다!

아주머니는 "아니, 근데 새파랗게 젊은 놈이……!" 하며 삿대질을 하고, 남자는 "놈? 어디다 놈이야!" 하며 받아친다. 싸움은 반말로 이어지고 그제야 두 집 안에서 가족들이 뛰쳐나와 둘을 붙잡았다. (아니, 왜 이제 나온 거?) 남자는 씩씩대며 "어오, 확!" 하며 손을 들어올리고, 아주머니는 "때려봐, 때려봐! 나도 깽값 받아보게!" 하면서 악을 지른다. 살벌하다. 전형적인 골목 싸움이다. 결국 이 싸움은 경찰이 오며 막을 내렸다. "자자, 그만들 하세요~"

아마 아주머니는 그 후 자기 주차 자리에 망가진 의자라도 하나 갖다놓았을 것이다. 의자에 커다랗게 '주차금지'를 써 붙였을 수도 있다. 그게 골목 싸움보다 효과적이다. 남의 주차를 막으려면 자리 자체를 봉쇄해야 한다. 다른 사람들이 차를 대지 못하게 하려면 많은 노력이 필요하다.

초심자들은 A자로 생긴 주차금지 입간판을 세우는데 이건 스치

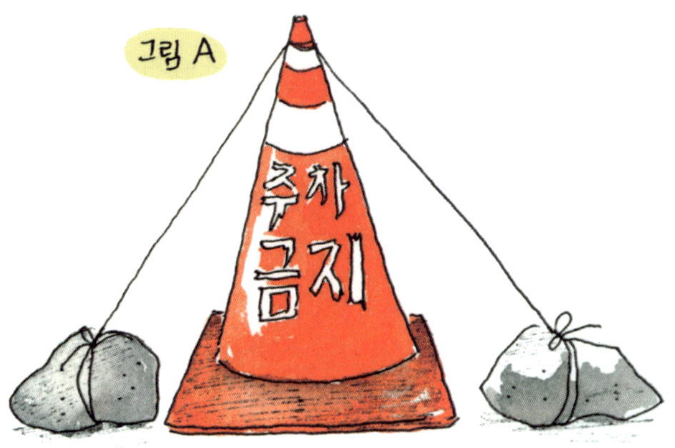

기만 해도 금방 쓰러진다. 2만 원 안쪽으로 살 수 있는 주차콘(고깔 같이 생긴 것)도 바람에 날아가기 일쑤다. 그래서 보통 여기에 무게를 추가한다. 생수병이나 돌멩이 같은 것을 묶거나 얹어놓는 식이다(그림A 참고). 그래봤자 태풍이라도 한 번 왔다 가면 이런 건 다 넘어지고 망가진다.

그래서 많이 당해본 사람들은 아예 부피를 키운다. 커다란 페인트통 같은 것에 시멘트를 붓고 그 위에 철근 꼬챙이를 꽂는다. 꼬챙이에는 나무판자를 철사로 칭칭 감아 고정하고 '주차금지'를 뻘건 글씨로 써놓는다. 튀어나온 꼬챙이가 불안해 보이면 장갑이나 장화를 씌우기도 한다. 이미 훌륭한 랜드마크다.

그런데 주차금지 설치물은 거기 두는 것만으로는 제 역할을 다할 수 없다. 내 차가 들어올 땐 옮길 수 있어야 한다. 그래서 적당히

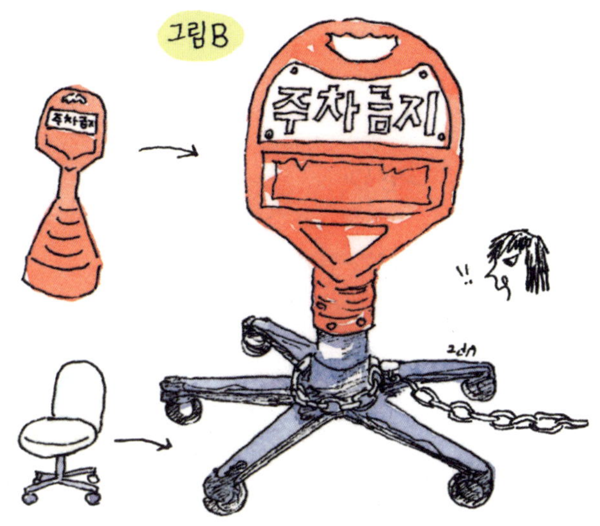

무겁되, 옮기지 못할 정도로 무거우면 안 된다. 이럴 때 이동성 옵션이 나타난다.

서울 은평구 응암역 근처 골목에는 제법 유명한 주차금지 설치물이 있다(그림B 참고). 평범한 주차콘의 하반신을 날려버리고 그 아래에 회전의자의 바퀴 부분을 나사로 이어 붙였다. 멀리서 보면 얼핏 기계와 문어가 교배해서 낳은 혼종같이도 보인다. 이로써 자리의 점유와 편리한 이동이라는 두 가지 과제가 동시에 해결된다. 이런 훌륭한 설치물은 돈을 주고도 살 수 없으니 다른 사람들이 탐을 낸다. 그래서인지 목 부분에 쇠사슬을 매서 담에다 고정했다. 훌륭하다. 마치 살아 움직일 것만 같다.

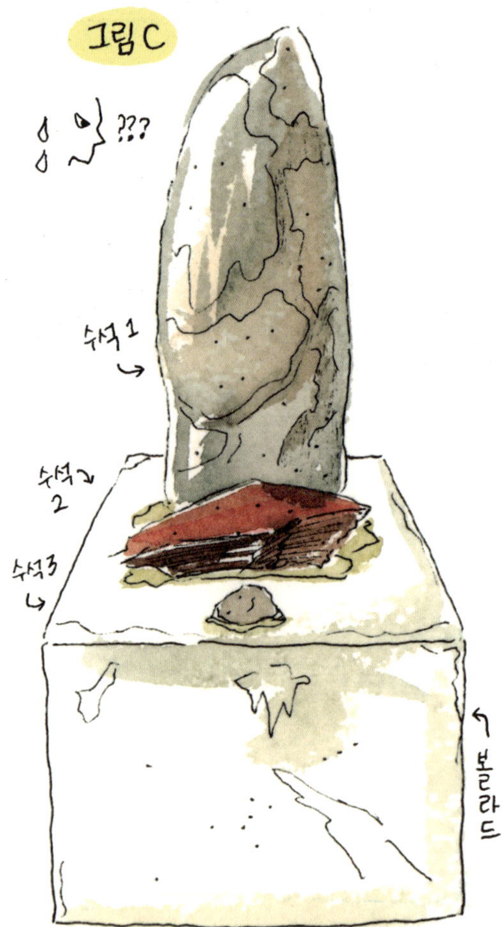
그림 C
???
수석 1
수석 2
수석 3
볼라드

남의 주차를 막는 것에 그치지 않고 급기야는 자신의 예술성을 드러내버리는 경우도 있다. 내가 일 년이 지난 지금까지도 잊지 못하고 있는 '수석 합체 볼라드'다.(볼라드란 차의 진입을 막기 위해 바닥에 고정하는 설치물을 말한다.)

은평구 새절역 근처 한 아파트 앞에는 어디에나 있을 평범한 시멘트 정육면체 볼라드가 있었다. 어느 날 이 볼라드가 불쑥 커졌다(그림C 참고). 가까이 가서 보니 볼라드 위에 높이 80센티미터가 넘어 보이는 커다란 수석을 세로로 붙여놨다. 밑면을 보니 실리콘을 쏴서 붙인 것 같다. 까만 바탕 위에 커다란 무늬가 보이고 형태는 중국 계림의 산봉우리 같다. 분명히 비싸게 주고 샀을 수석이다. 그걸로 끝이 아니다. 기다란 수석 앞쪽에는 가로로 30센티미터가 넘는 넓적한 두꺼비 모양의 수석을 붙이고 그 앞에는 주먹보다 더 작은 돌을 붙여놨다. 셋 다 실리콘으로 바닥을 고정하고 표면에 니스를 추가로 발라놨다.

대체 왜? 아무리 생각해도 이해가 안 간다. 차를 대지 못하게 하려면 이미 볼라드로 충분하다. 왜 굳이 그 위에 수석까지 붙인 걸까? 갑자기 머리가 팽팽 돌아간다. 신나게 추리를 해본다. 가족들이 쓸데없는 돌 좀 갖다버리라고 잔소리를 하는데 버리기는 싫고 어디에 활용하고 싶었나? 아니면 방구석에만 있기 아까운 나만의 수석 컬렉션을 자랑하기 위해서? 그것도 아니면 깊이 간직해온 예술혼을 불태운 건가?(제발 이런 행위를 할 때는 밑에 작품명과 함께 작가의 의도를 밝혀주길 바란다.)

한참 생각을 하다 나름의 결론을 내린다. 이것을 만든 사람은 자기 집 앞에 있는 볼라드 위에 누가 앉는 게 싫었던 게 아닐까? 그러고 보면 사이즈도 넉넉하니 앉아서 담배 태우기 딱 좋게 생겼다. 마침 뒤쪽 벽에는 담배꽁초 버리지 말라는 경고문도 붙어 있다. 도시의 평평한 사물은 모두 의자가 될 운명이고, 의자가 되면 곧 흡연석이 되기 마련이다.

그런데 한 달 후, 갑자기 수석이 아예 없어져버렸다. 그렇게 열심히 붙여놓고 왜 다시 없애버린 거지? 위험하다고 민원이 들어갔나? 아니면 누가 수석을 훔쳐갔나? 그도 아니면 수석에 대한 애정이 다시 솟구쳐 거둬들인 건가? 알 수 없다. 나만의 미스터리가 하나 더 추가된다.

한편 아무 물체도 없이 불법주차를 막은 사람도 있다. 이 사람이 준비한 것은 달랑 종이 한 장. 그런데도 차는커녕 자전거나 오토바이 한 대도 건물 앞에 없다. 가까이 가서 읽어보니 종이에는 "낙하물 주의. 손해는 책임지지 않습니다. 주인 백"이라고 적혀 있다. 흠칫 놀라 뒤로 물러서며 위를 본다. 아무것도 없다. 떨어질 게 없는데 뭐가 떨어진다는 거지? 혹시 이 '낙하물'이란 것은 인간의 의지와는 관계없이 피치 못하게 떨어지는 것이 아니라, 주차를 하면 이 글을 쓴 주인이 떨어뜨리는 것이 아닐까? 하여튼 여기에 차를 대면 차가 망가질 것이라는 메시지를 짧고도 생생하게 전달했다. 이 주인은 천재다.

역시 인간의 창의력은 무궁무진하다. 특히 돈을 쓰고 싶지 않은데 꼭 해야만 하는 일이 있을 때 그 창의력이 발휘된다. 여기에 분노를 곁들이면 예술성은 폭발한다. 재료는 무엇이든 가능하다. 주변에 보이는 모든 게 주차금지 설치물이 될 수 있다. 그게 뭐가 되었든 메시지만 전달하면 된다. "여기 차 대지 마시오."

끄덕. 차는 없지만 고개를 끄덕인다. 역시 차를 사지 않길 잘했다.

재활용의 신기원을 여는 작품.
버려진 행거를 대폭 낮춰
안정성을 높임. 택배에 동봉되어
왔을 비닐 완충지에 '주차금지'
를 쓰고 노끈으로 행거에 걸었음.

심지의 얘네도
색이 다르고
엄청 닳은걸로
보아 주운 것을
쓴 것 같음

'주차금지' 부분이 투명이라
뒤의 사물을 가리지 않는 게
큰 장점. 바람이 불면 잘
굴러가는 건 해결해야될 듯.

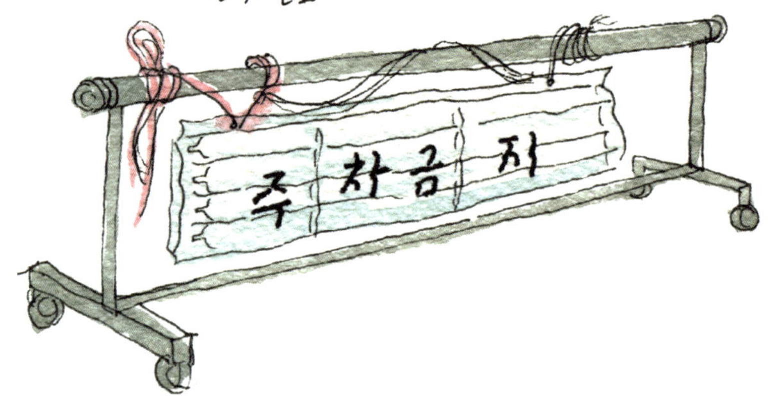

버려진 의자 위에 깨진 거울을
올려 만든 주차금지 설치물.

조만간 누가 쳐서 거울이 떨어지고 나면
노끈으로 고정할 지도.

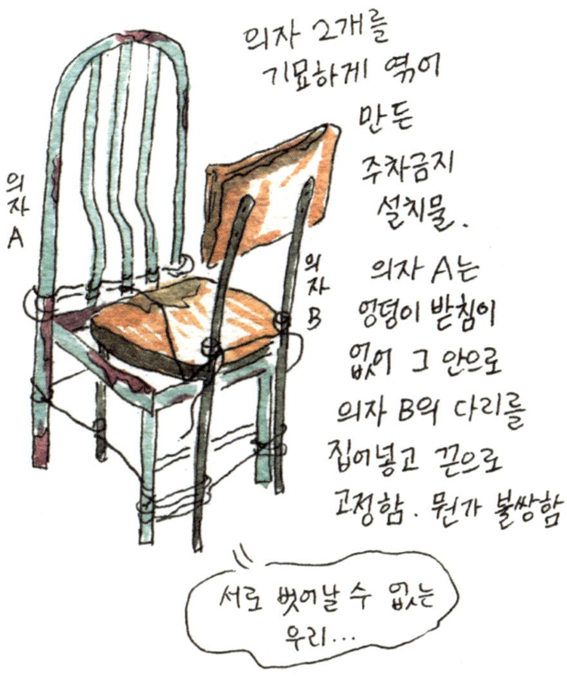

의자 2개를 기묘하게 엮어 만든 주차금지 설치물.
의자 A는 엉덩이 받침이 없어 그 안으로 의자 B의 다리를 집어넣고 끈으로 고정함. 뭔가 불쌍함

서로 벗어날 수 없는 우리…

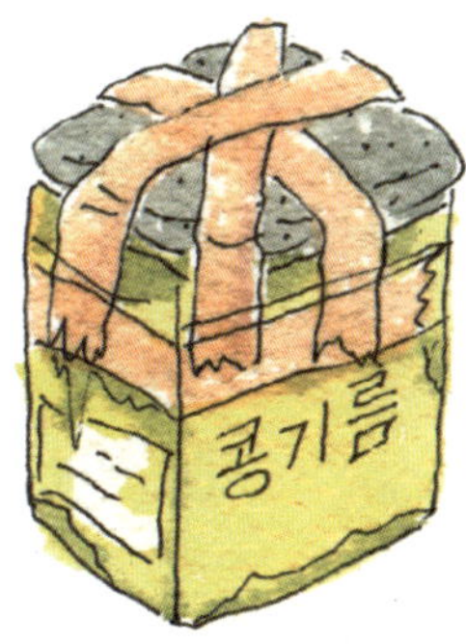

업소용 콩기름통 위에 돌을 올리고 박스테이프로 고정함. 주차금지설치물 겸 하수구 뚜껑 누르는 고정장치로 쓰이고 있음.

"깡통 치우지 마세요 . 하수구 뚜껑 열려서 해놓은 겁니다"라고 적혀 있음

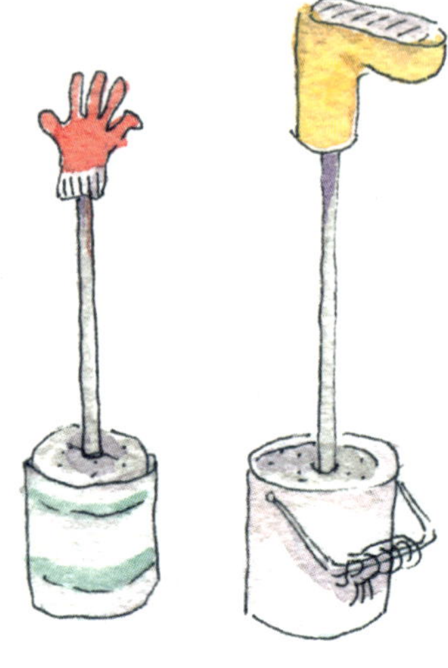

플라스틱 통에 시멘트를 붓고
쇠파이프를 꽂아 만든 설치물.
장화와 장갑을 씌워 안전사고에
대비하고 가시도를 올림.

커다란 스티로폼 2개를 쇠파이프 3개로
이어붙여 만든 설치물. 다른 주차금지 설치물처럼
되는대로 대충 아무렇게나 묶어둠.

스티로폼이 오랜 시간
동안 바닥에 쓸려
마치 바다에서 건진
것처럼 겉면이 닳아있음.

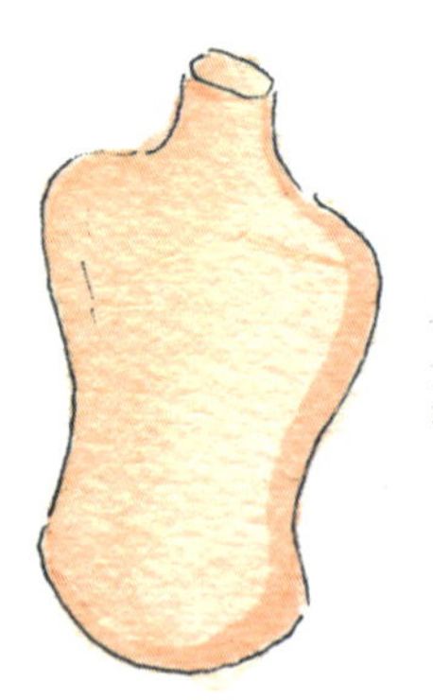

골목에서 밤에 보고
심장마비 걸릴 뻔한
도로소. 안정성이
높고 이동성도 뛰어남.
근처 사람들을 (8차)
성공적으로 쫓을 수
있는 설치물.

쓰레기를 알차게 이용해
만든 설치물. 타이어 2개와
택시 캡이 있는걸로 봐
폐차된 차에서
가져와 쓴걸까?
✦ 주차금지 설치물을
만드는 사람들의
공통점: 어떻게든 돈을
1원도 안 들이고 만들어보자.

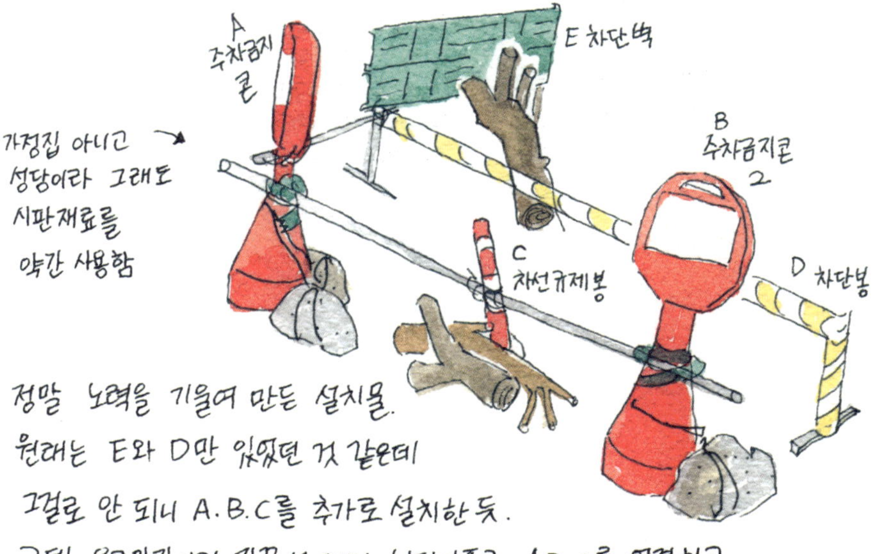

가정집 아니고
성당이라 그래도
시판재료를
약간 사용함

정말 노력을 기울여 만든 설치물.
원래는 E와 D만 있었던 것 같은데
그걸로 안 되니 A·B·C를 추가로 설치한 듯.
근데 오르막길이라 자꾸 넘어지니 쇠파이프로 A·B·C를 연결하고
E에도 지탱시킴. 그럼에도 불구하고 부족했는지 돌과 나무토막 등으로
악착같이 추가작업을 함.

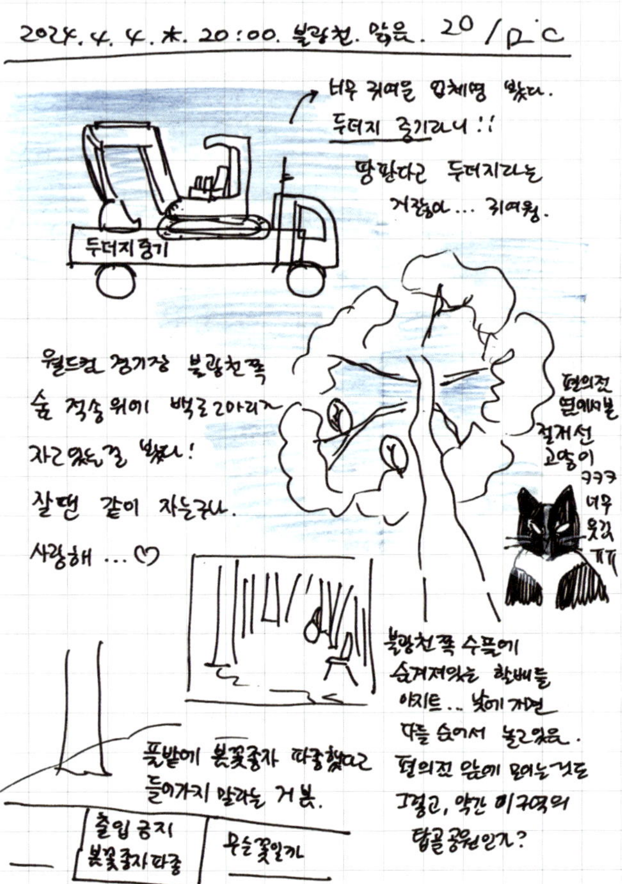

너무 귀여운 입체명 봤다.
두더지 중기라니 ::

땅 판다고 두더지라는
거겠어... 귀여워.

두더지 중기

월드컵 경기장 불광천쪽
숲 적송 위에 백로 2마리가
자고 있는걸 봤다!
살며 같이 자는구나.
사랑해 ... ♡

편의점
열에서 볼
전겨선
고양이
ㅋㅋㅋ
너무
웃겨
ㅠㅠ

불광천쪽 수풀에
숨겨져있는 학배들
아지트... 낮에 거면
다들 숲에서 놀고있음.
편의점 앞에 모여는것도
그렇고, 약간 미국의
탐골공원인가?

풀밭에 봇꽃종자 따중했다고
들어가지 말라는 거붓.

출입 금지 봇꽃종자 따중	무슨 꽃일까

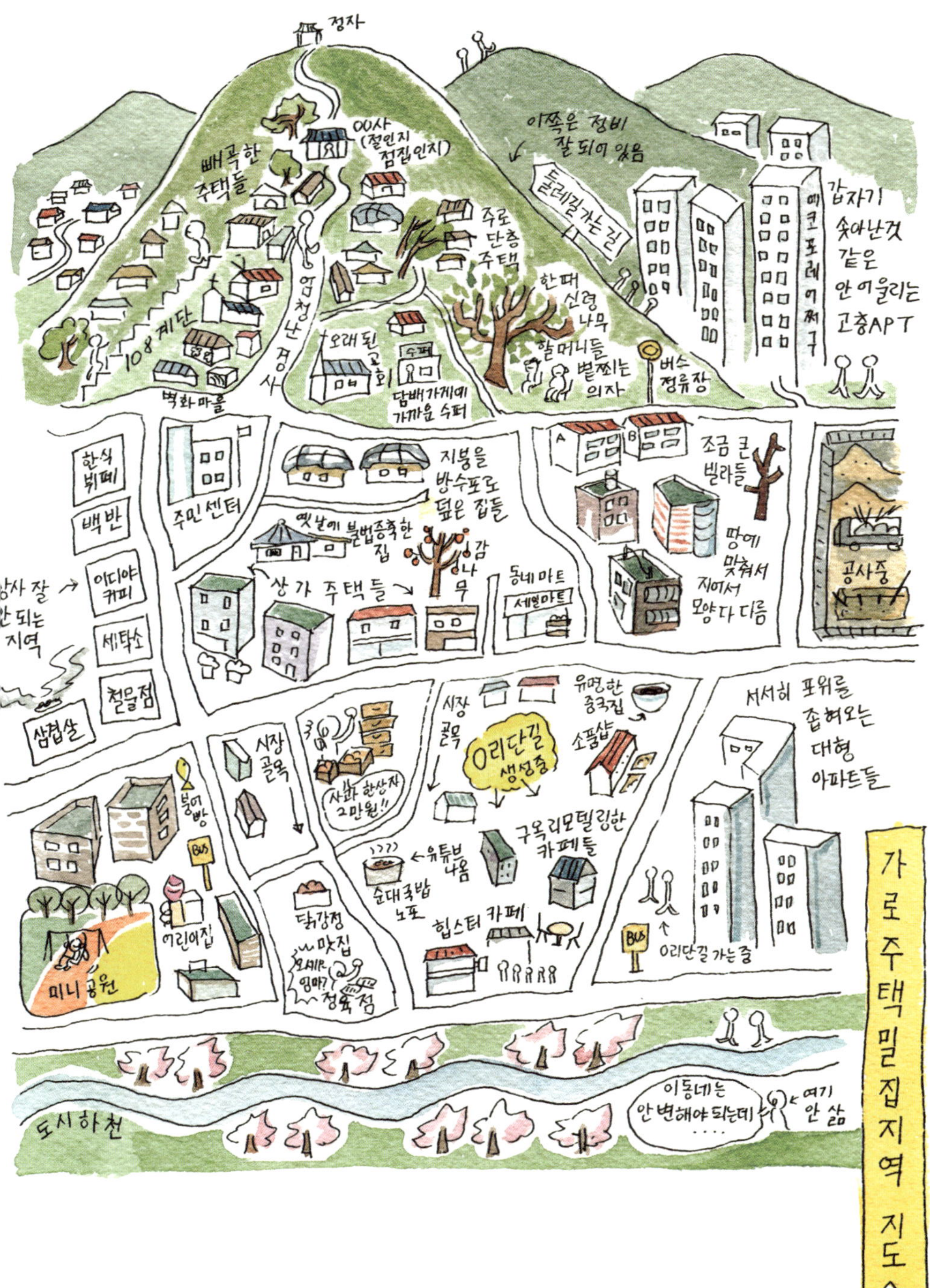
정자
빼곡한 주택들
OO사 (절인지 점집인지)
이쪽은 정비 잘 되어 있음
둘레길 가는 길
갑자기 솟아난것 같은 안 어울리는 고층APT
매크포레이 지구
주로 단층 주택
엄청난 경사
108계단
벽화마을
오래된 교회
수퍼
담배 가게에 가까운 수퍼
한때 신령 나무
할머니들 뽑찌는 의자
버스 정류장
한식 뷔페
백반
이디야 커피
세탁소
철물점
삼겹살
장사 잘 안 되는 지역
주민 센터
지붕을 방수포로 덮은 집들
옛날에 불법증축한 집
상가 주택들
감나무
동네마트
세일마트
A B
조금 큰 빌라들
땅에 맞춰서 지어서 모양 다 다름
내
공사중
서서히 포위를 좁혀오는 대형 아파트들
시장 골목
유명한 중국집
소품샵
0리단길 생성중
봉의 빵
BUS
사과 한상자 그만원!!
미니 공원
어린이집
닭강정 맛집
오세오 엄마?
정육점
←유튜브 나옴
순대국밥 노포
구옥리모델링한 카페들
힙스터 카페
0리단길 가는 중
BUS
도시하천
이동네는 안 변해야 되는데.....
여기 안 삼
가로주택밀집지역 지도

비온다.
사람들이
세종대왕
청소시키는 중.

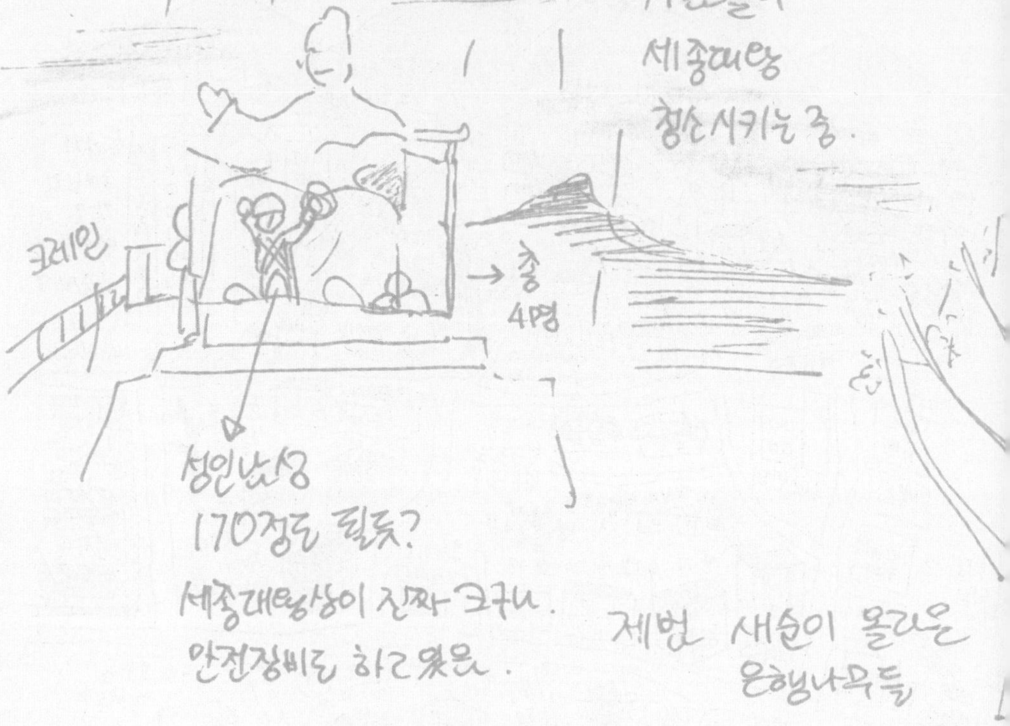

크레인

→ 총 4명

성인남성
170정도 될듯?
세종대왕상이 진짜 크구나.
안전장비도 하고있음.

제법 새순이 올라온
은행나무들

2024. 2. 5. 月 . 12~13. 흐림/비. 7℃/0℃.. 신사2동

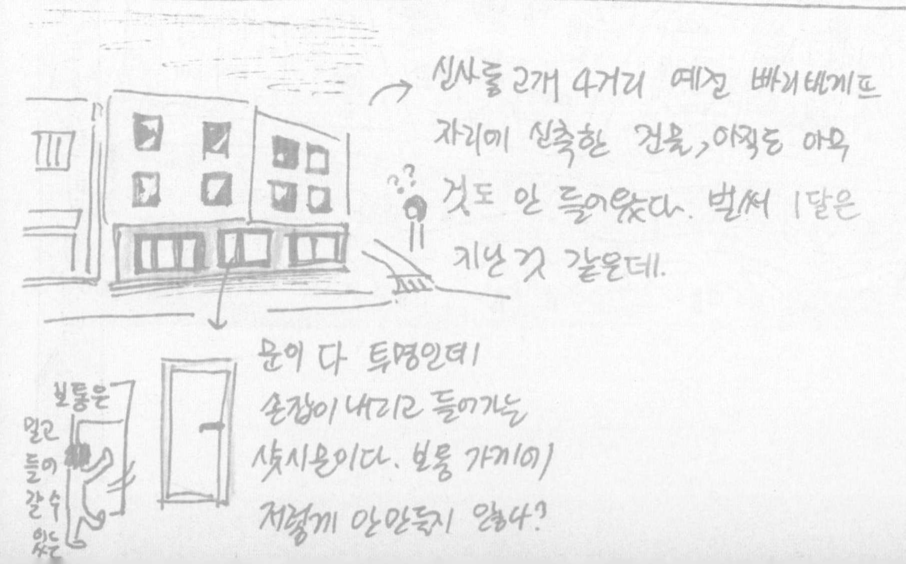

→ 신사동 2개 4거리 예정 빠끄레게프
자리에 신축한 건축, 아직도 아무
것도 안 들어왔다. 벌써 1달은
지난것 같은데.

보통은
밀고
들어
갈수
있는

문이 다 투명인데
손잡이 내리고 들어가는
샷시문이다. 보통 가게이
저렇게 안만들지 않나?

공덕에서 홍대입구역으로 갔는데 한우리와 여성들이 스크린앞에
대기하고 있는 것을 봄. 아마 응원광고 같은 걸 보는게겠지?

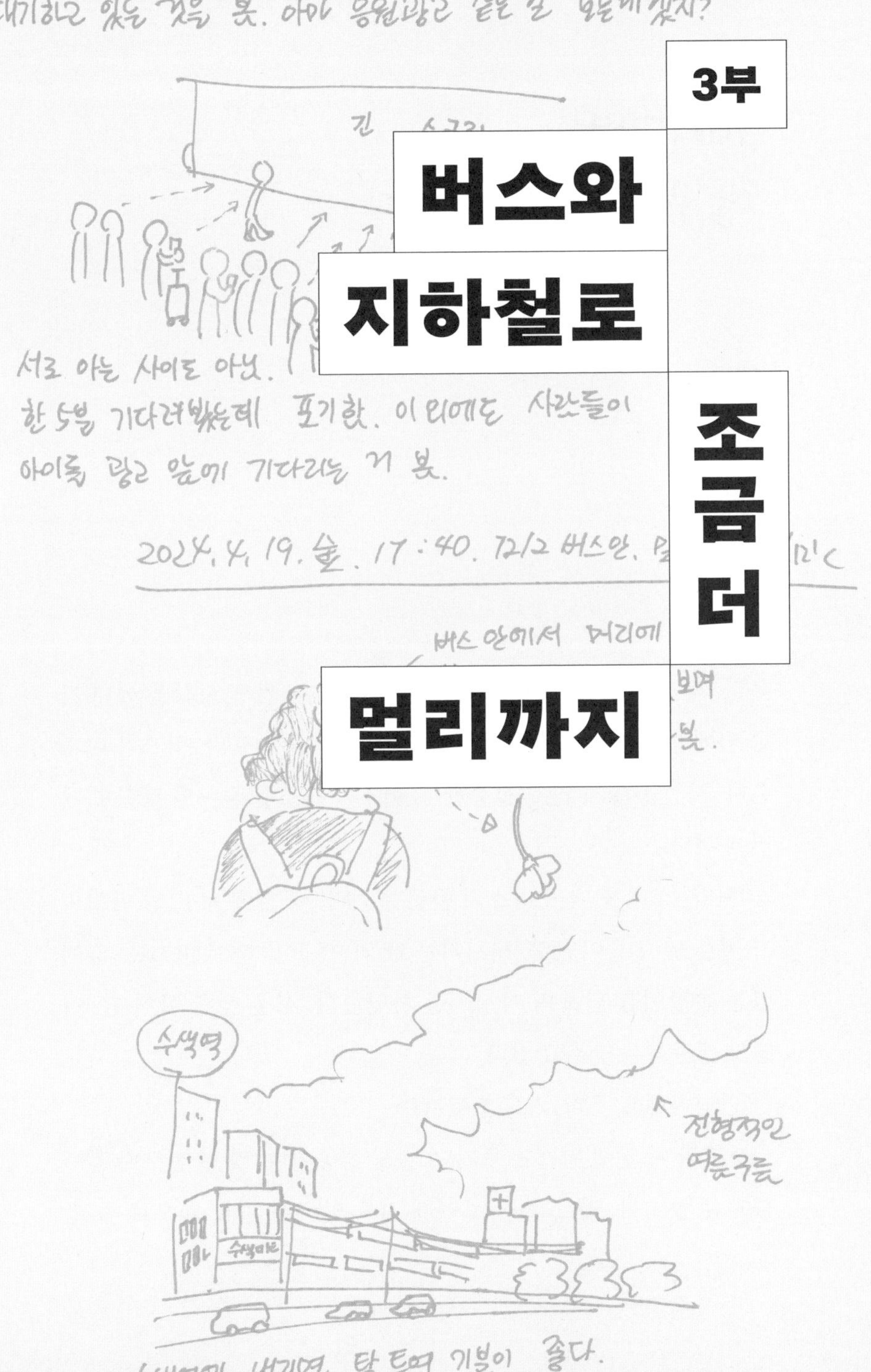

서로 아는 사이도 아닛.
한 5분 기다려봤는데 포기함. 이 뒤에도 사람들이
아이폰 광고 앞에 기다리는 거 봄.

2024. 4. 19. 金. 17 : 40. 72/2 버스안.

수색역에 내리면 탁 트여 기분이 좋다.

클래식 기사님,
오늘 공연도 잘 부탁합니다

온다. 저 멀리 내가 탈 버스가 다가오고 있다. 카드 지갑을 꺼내 가슴 옆에 반듯하게 들고 버스 기사님에게 눈을 맞춘다. 버스가 다가온다. 시선을 놓지 않고 집중한다. 버스가 속도를 줄이며 정확히 내 앞에 선다.

"치익" 소리를 내며 버스의 문이 열린다. 내 옆에 서 있던 아저씨가 발을 먼저 들이민다. 새치기는 안 되지! 팔을 뻗어 버스 문 옆에 있는 손잡이를 잡으며 아저씨를 차단한다. 서울 생활 십여 년, 이 정도 생존력은 갖추고 있다.

"안녕하세요~" 삑, 카드를 찍는다.

정확히 내 앞에 버스 세우기, 오늘도 성공이다. 몇 년 전부터 혼자 즐기는 놀이다. 카드를 잘 보이게 가슴 앞이나 얼굴 옆으로 들고,

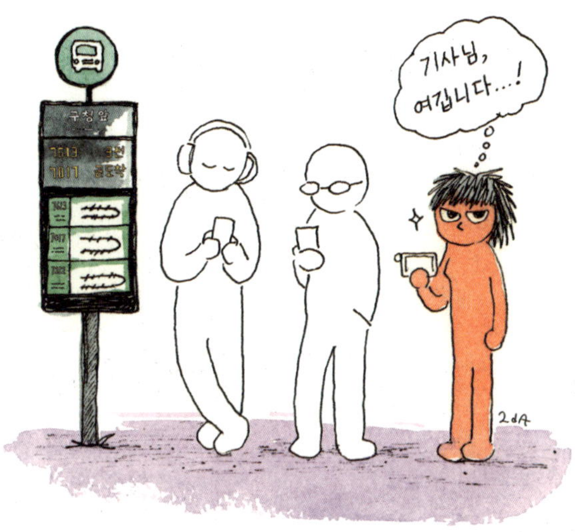

기사님에게 정확하게 눈을 맞춘다. 그러면 열의 아홉은 버스가 정확히 내 앞에 선다. 어떻게 이렇게 정확히 설 수 있는지 감탄스러울 정도다.(단 노약자가 있으면 그분 앞에 버스가 선다.) 타면 기사님께 내면의 따봉을 날리며 인사를 한다. 별것 아닌데 기분이 좋다.

어디에 앉을까. 빠르게 버스 안을 스캔한다. 서울버스는 뒷문을 기준으로 앞쪽은 좌석이 한 칸씩 독립되어 있고, 뒤쪽은 나란히 두 칸씩 붙어 있다. 어차피 앞쪽은 대부분 교통약자석이라 뒤쪽으로 간다. 두 칸 모두 비어 있어 타인 옆에 앉지 않아도 되는 좌석이 최우선이다. 이건 다른 사람들도 다 마찬가지라 뒤쪽 좌석은 한 명씩 채워진 후에야 남은 자리에 사람이 앉는다. 오늘은 바퀴 위에 앉았다. 남들은 불편하다고 잘 안 앉지만, 키가 작은 나에겐 괜찮은 자

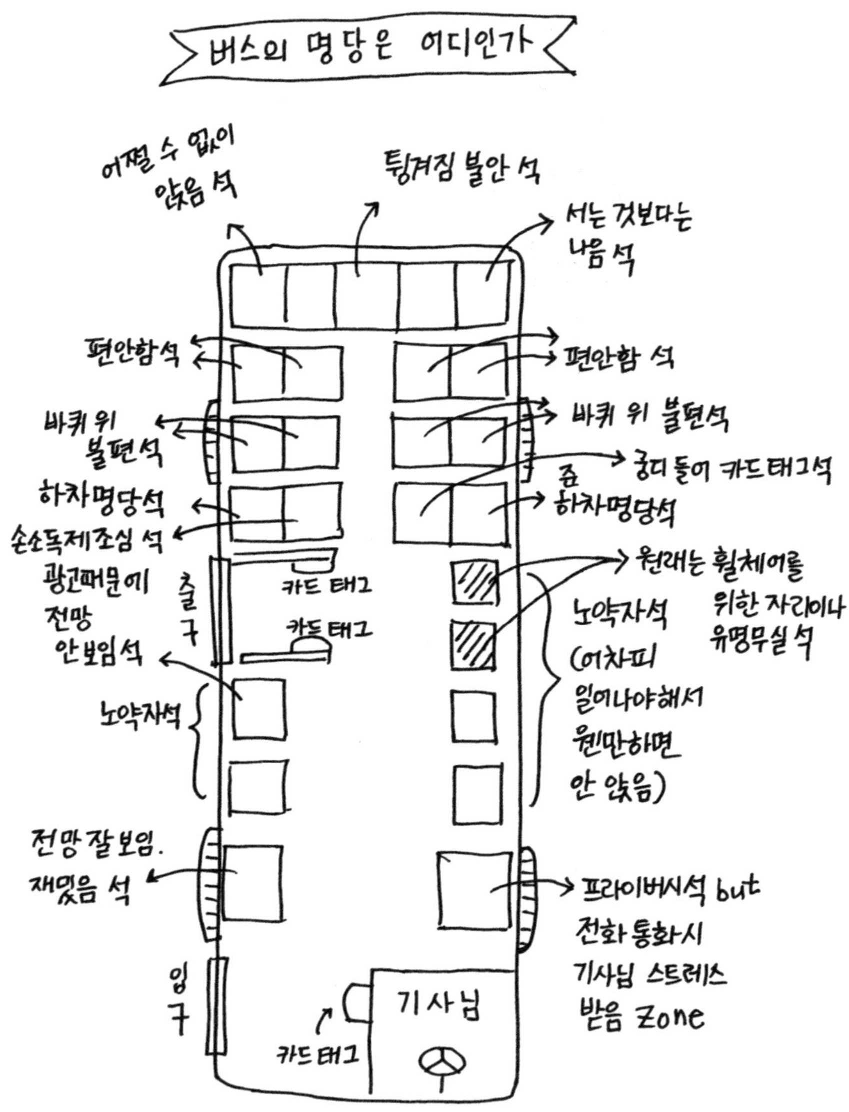
버스의 명당은 어디인가
어쩔 수 없이 앉음 석
튕겨짐 불안 석
서는 것보다는 나음 석
편안함석
편안함 석
바퀴 위 불편석
바퀴 위 불편석
궁디 둘이 카드태그석
쥬
하차명당석
하차명당석
손소독제조심 석
광고포문이 전망 안 보임석
카드 태그
카드 태그
원래는 휠체어를 위한 자리이나 유명무실 석
노약자석 (어차피 일어나야해서 원만하면 안 앉음)
노약자석
출구
전망잘보임. 재밌음 석
입구
기사님
카드태그
프라이버시석 but 전화 통화시 기사님 스트레스 받음 Zone

리다. 바닥이 높아서 올라갈 때는 번거로워도 앉아 있으면 은근히 편하다. 사실 이 바퀴석 바로 뒷자리가 최고의 상석이지만 이미 사람이 앉아 있어 패스한다.

출입문 바로 뒤에 있는 좌석도 인기가 많다. 손만 내밀면 교통카드를 찍을 수 있고 내리기 쉽다. 하지만 출입문이 열릴 때마다 춥거나 덥다는 단점도 있다. 그리고 교통카드 터치패드 위에 달린 손소독제가 정확히 내 눈 위치에 있어, 누군가 손소독제를 짜다가 내 눈에 발사될 것 같아 두렵다.(다행히 사람들이 잘 안 쓴다.)

"손잡이 잡으세요─"

기사님이 차내 방송을 한다. 둘러보니 서 있는 승객 중 한 사람이 손잡이도 안 잡고 휴대폰을 보고 있다. 요즘 흔한 모습이다.

이게 다 버스가 안전해져서 그런 거다. 옛날 버스는 손잡이를 안 잡는 건 감히 생각도 못했다. 부웅(급출발)~ 부아아아앙(속도 올림)~ 끼익(급정거)! 으악(승객 전체 휘청)! 손잡이를 목숨줄같이 붙들고 있지 않으면 생명이 위험했다. 그러다 넘어져도 손잡이 잘 잡지 그랬느냐고 혼만 났다.

승객만 혼나는 게 아니었다. 끼어드는 차가 있으면 기사님의 쌍욕이 날아갔다. 나한테 하는 건 아니지만 좀 무섭다. 물론 괜히 성을 내는 것은 아니다. 버스는 많은 사람이 타고 있기 때문에 도로에서 당연히 최우선이다. 가끔 성질 나쁜 운전자들은 차에서 내려 버스 문을 걸어차며 당장 문 열라고 소리를 질렀다. 그러면 기사님도 지지 않고 능수능란한 욕설로 맞받아쳤다. 우리 팀 이겨라! 승객들

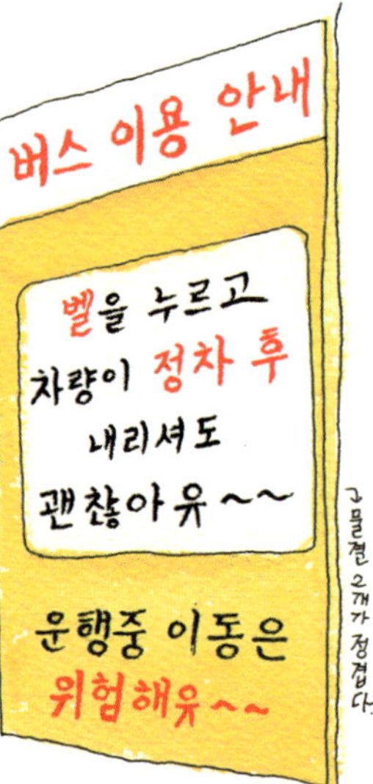

충북 청주에서
본 버스알림문.
이렇게 다정한
알림은 처음이야...

도 기사님의 편을 들며 성질 나쁜 운전자에게 야유를 보냈다. 지금 당신만 운전해? 어딜 민폐야, 이 양반이! 결국엔 머릿수를 당해내지 못하고 항상 버스가 이겼다. 지금 생각하니 약한 자는 살아남을 수 없는 서울이었다.

버스만 그랬나? 승객들도 야만 그 자체였다. 신촌에서 마을버스란 걸 처음 탔을 때의 충격을 잊지 못한다. 분명 줄 비슷한 게 있는 것 같았는데 버스가 오자 모두가 몰려들어 난장판이 됐다. 버스는 앞으로 타고 뒤에서 내리는 게 당연한데 이 사람들은 뒷문으로 막 탔다. 이게 말이 돼? 세상의 규칙이 모두 무너진 줄 알았다. 야만인들! 법도 질서도 없는 서울놈들! 나도 질 수 없다. 고등학교 때 매점으로 달려가던 실력으로 사람들을 팔로 밀치고 제쳐냈다. 1등! 그때의 승리감은 말로 다 할 수 없다. 그래도 요즘은 버스가 부드러워진 만큼 승객들도 점잖아져 이런 모습은 보기 어렵다.(물론 그사이 승객이 기사를 폭행하는 사건이 다수 발생하고 운전석에 안전벽과 CCTV가 생기는 과정을 거쳤다.)

밖으로 풍경이 스쳐지나간다. 버스는 역시 이게 좋다. 나는 가만히 있는데 풍경이 바뀌다니! 지하철은 밖을 볼 수 없어 지하에 갇힌 느낌인데, 버스는 답답하지 않다.

버스 없이 서울에서 어떻게 살까? 지하철이 큰 강이라면 버스는 작은 물줄기다. 지하철이 닿지 못하는 곳을 버스가 구석구석 이어준다. 한참이나 등산해야 하는 언덕길도 버스가 대신 올라가준다. 나 같은 사람들은 아마 버스 없이는 서울에서 살 수 없었을 거다.

이런 버스가 하루 운행을 중단한 적이 있었다. 2024년 3월 28일 버스 파업 때다. 버스노조는 사측과 임금 협상 중 "돈 몇만 원 갖고 벌벌 떠는 너희가 파업할 수 있겠어? 할 테면 해보라"는 모욕을 당

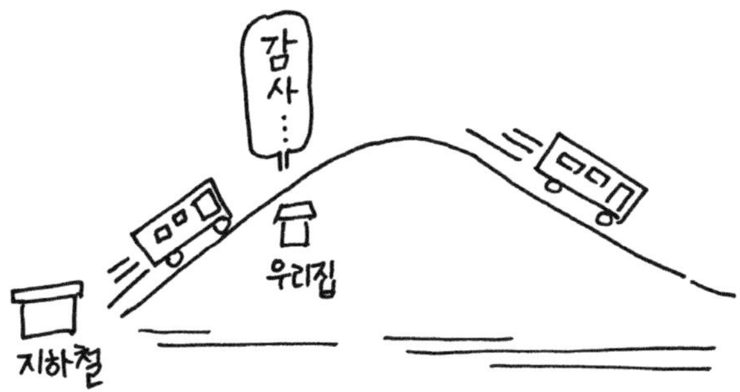

한다. 이에 서울시버스노조는 파업 성명문을 발표한다. 그 성명문 중 다음 구절이 많은 시민의 마음을 울렸다.

> 도대체 왜, 서울 시민의 생명과 안전을 지키고, 그들의 삶
> 을 지탱하는 고귀한 노동을 하는 우리가 이따위 개똥 취급
> 을 받아야 합니까.

"삶을 지탱하는 고귀한 노동"이란 말을 봤을 때 머리를 한 대 맞은 것 같았다. 맞다. 나의 삶은 버스가 이어주고 있다. 내 인생과 아무런 관계가 없는데도 정해진 약속에 따라 나를 태워주고, 목적지에 내려주는 사람들이 있다. 그런데도 나는 그분들을 개개인의 인격체로 본 적이 없었다. '버스 기사'로 뭉뚱그려 생각했다. 그러고 보니 매일 내가 타는 버스의 기사님 얼굴을 본 적이 있나? 없다. 버스를 내 앞에 세우기 위해 열심히 눈을 맞췄지만, 얼굴은 기억나지 않는다.

아. 단 한 명, 기억나는 분이 있다. 우리 동네를 지나는 초록버스 (지선버스)를 운행하는 기사님이다. 이분은 차 안에 늘 클래식 FM 채널을 틀어둔다. 버스에서 테너 마틴 힐이 부르는 스트라빈스키의 「풀치넬라」를 들어보신 분?(QR코드를 찍어보세요.) 그 기분은 말로 다 할 수 없다. 갑자기 나를 둘러싼 공기가 바뀐다. 분명 녹초가 되어 기운 빠진 상태로 터덜터덜 버스를 탔는

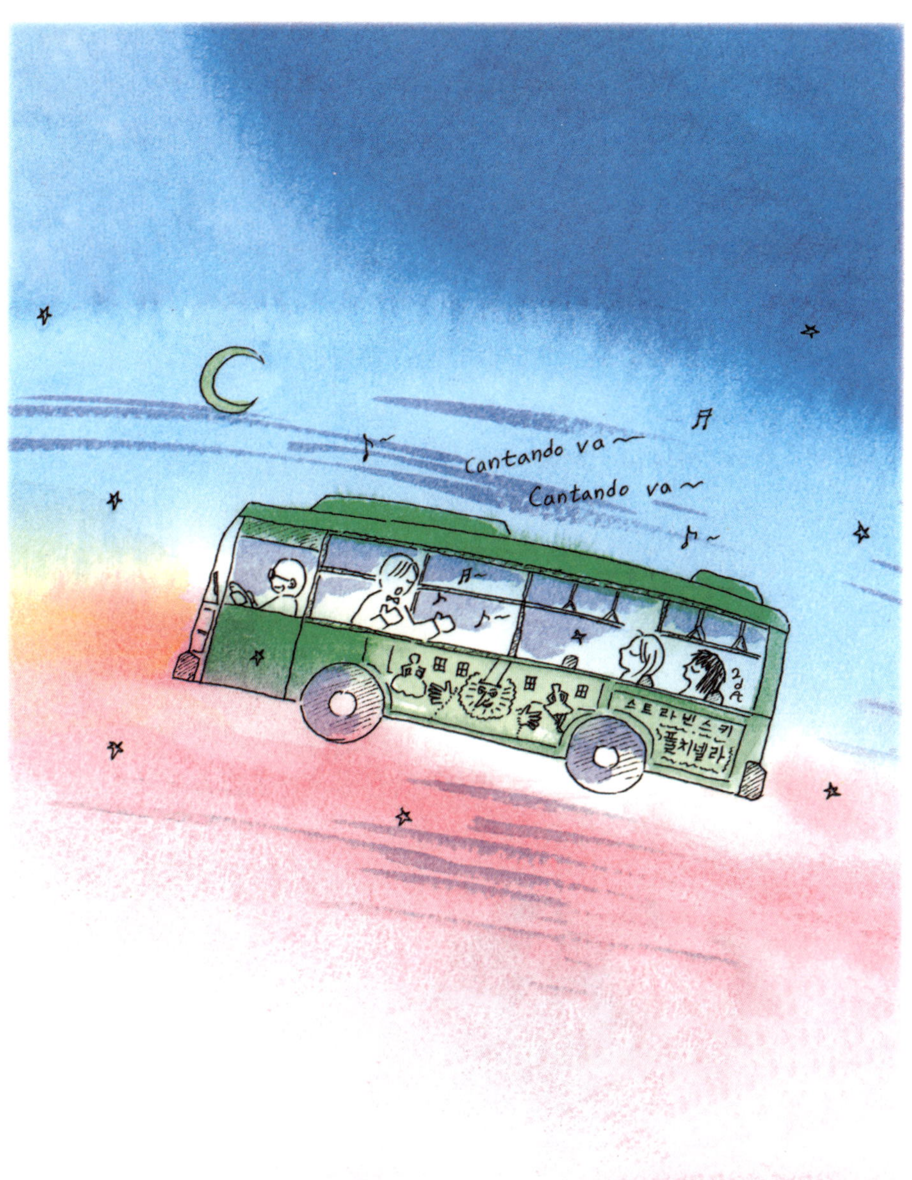
Cantando va~
Cantando va~
스트라빈스키
풀치넬라

데 말이다. 버스가 터널로 들어가자 소리에 더 집중된다. 여기가 어디지? 콘서트장인가? 갑자기 오늘 피로가 다 사라진다. 일상적인 소음과 버스가 움직이는 소리에 가곡이 더해지자, 이 순간 삶이 풍성하게 느껴진다.

그 후로 나는 클래식 기사님을 만나기를 은근히 기다리게 되었다. 초록버스를 탈 때마다 '이분인가?' 하며 얼굴을 봤다. 클래식이 나오면 그분이 맞는 거고, 안 나오면 그분이 아닌 거다. 그렇게 관찰하다 보니 몇 분의 얼굴이 익숙해졌다.

그러다 어느 날 저녁에 우연히 클래식 기사님을 다시 만났다. 운전석엔 노란 조화 꽃다발이 예쁘게 묶여 있다. 이 장면을 전에도 본 것 같다. "안녕하세요!" 나도 모르게 엄청 반갑게 인사했다. 기사님은 50대 정도의 나이에 삭발한 남자분이고 얼굴은 동그란 편이다.

차 안에는 역시 클래식이 흘러나오고 있다. 여긴 나만의 공연장이고, 기사님은 공연장 오너다. 공연장에 다른 관객들도 속속 들어온다. 휴대폰을 보며 들어온 여성분이 어느 순간 휴대폰 든 손을 내리고 음악에 집중하고 있다. 표정도 부드럽게 변했다. 대화하던 승객, 아니 관객들도 곧 대화를 멈춘다. 우린 함께 다른 시공간을 달리고 있다.

내리는 게 아쉽다. 이 버스를 타고 계속 빙빙 도시를 돌고 싶다. 그래도 집에 가야 한다. "안녕히 가세요!" 기사님이 크게 인사를 해주셨다. 나도 얼른 인사를 한다.

이 짧은 시간이 오래 기억에 남을 것 같다. 그리고 이 도시가, 이

도시에서 사는 것이 싫어질 때마다 떠올릴 수 있을 것이다. 클래식 FM을 트는 버스 기사님이 있고 그 버스를 타고 「풀치넬라」를 들은 적이 있다는 걸.

역시 버스는 삶을 지탱하는 고귀한 노동공간이 맞다.

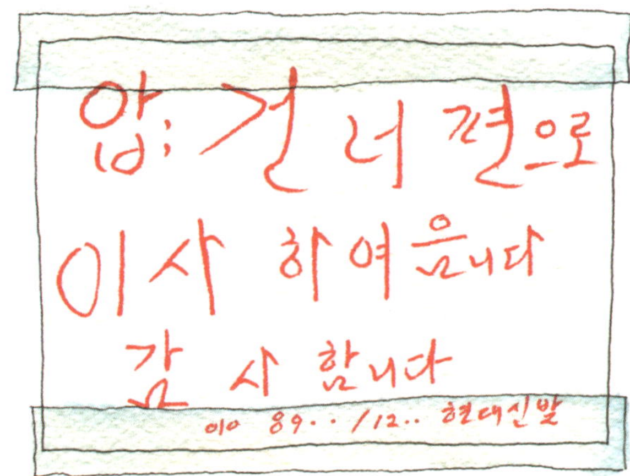

압:건너편이 어딘지
한참 생각한 알림문.
뒤를 돌아보니
길 건너편 맞은편에
신발가게가 있었음.

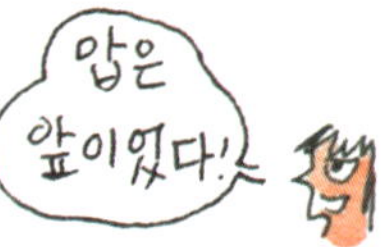

소 리 질 르 세 요 찌 하

광장한
명필.
소리질러
보고 싶었와
참음.

도봉구의 오래된 열쇠집에서
본 알림문.

주인이 사다리로
2층과 1층을 오가는 모양임.

끝내주는
오이지
있습니다!

대체 얼마나 맛있길래
자기집 오이지가 끝내준다고
할 정도지 하는 생각을
멈출수없는 알림문.
(훌륭한 카피!)

→ 끝내주는 오이지 집에 이후 붙은 폐업 공지....

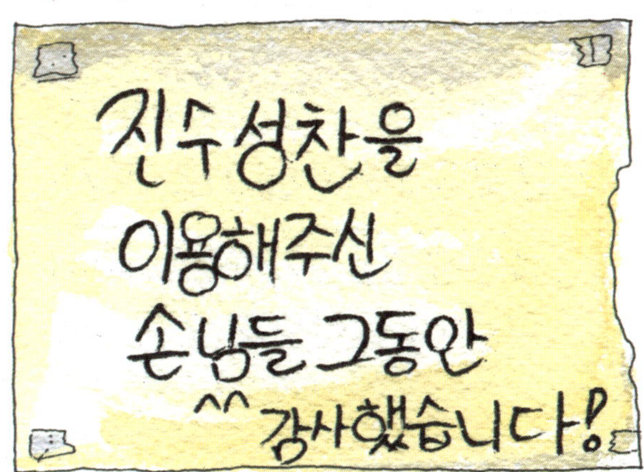

여러모로 레전드인 알림문.
구청에서 '실버 컴퓨터교육' 등을 받으며 만든게 아닐까 싶을 정도로
여러스킬(음영, 밑줄, 점선 등)이 들어가있음. 신사화, 구두를, 사서 -
신으실, 손님은요 , 처럼 쉼표와 마침표가 주인 마음대로 들어간 것도
매력포인트. (이 사람의 말투일까?)

이집은 아주 오래 운영했는지
80년대의 시트지간판과 00년대의 출력 간판이 한꺼번에
붙어 있음. (아게 박물관이지.)

그동안 성원에 감사드리며
미루었던 결혼을 하게 되었
습니다. 부득이 휴업합니다.
(5월 25일 ~ 5월 31일)
마이호프 주인장

'미루었던 결혼'이라는 말이
재미있는 알림문. 호프집 운영
때문에 미뤄뒀었던 걸까?
'부득이 휴업'이나 휴업기간이
짧은거보면 그동안 성실하게
가게를 운영한거 같음.

대림역에 붙은
독수리 증명사진

“저게 왜 저기에 있지?”

　가끔 거기에 있으면 안 되는 것들을 전철역에서 발견한다. 아니, 꽤 자주다. 오늘도 발견했다. 멋지게 돋아난 하얀 깃털에 날카롭고 선명한 동공, 날렵하게 호선을 그리는 노란 부리. 더없이 잘생긴 독수리(엄밀히 말하면 흰머리수리)의 얼굴이 대림역 엘리베이터 상단에 붙어 있다.

　지하철에서 아이돌 생일 광고는 맨날 보지만 이렇게 밑도 끝도 없는 독수리 증명사진이 붙어 있는 것은 처음 본다. 잘생긴 배우의 프로필 사진 같기도 하다.(이 사진을 쓴다면 당장 오디션 합격이다.) 심지어 크기도 크다. A4 용지 네 장에 나눠 인쇄해 코팅한 후 모자이크타일처럼 이어붙였다. 덕분에 독수리의 얼굴은 거의 가로

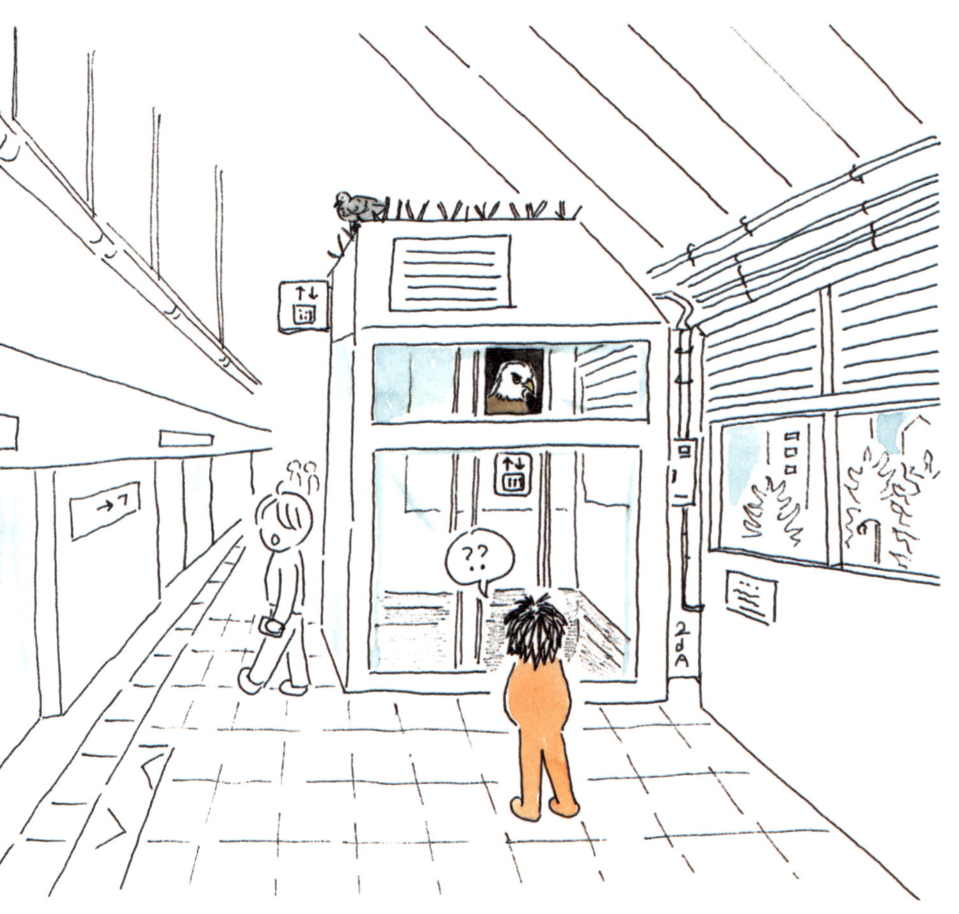
→7
??
2dA

40센티미터, 세로 60센티미터에 육박하는 존재감을 뽐낸다.

"이따 보고 지금은 가자, 이다야."

내 친구 모호연은 이런 상황에 익숙하다. 나랑 같이 걸으면 20미터를 쭉 똑바로 걷지 못한다. 내가 자꾸 "뭐지?" 하면서 멈추고 이상한 걸 찾아내기 때문이다. 불쌍한 녀석! 오늘도 친구들과 양꼬치를 먹으러 대림역에 온 건데, 산만한 이다가 웬 독수리 증명사진에 꽂혀 약속 시간에 늦게 생겼다. 이럴 때 목덜미를 잡아끄는 것이 모호연의 역할이다.

다행히 약속에 늦지 않았다. 하지만 친구들과 맛있게 양꼬치를 먹는 와중에도 내 머릿속에는 역에 붙은 독수리 사진이 떠돌고 있다. 테이블 아래로 몰래 검색해보고 싶은 마음을 꾹 참는다. (검색어: 대림역 독수리 사진)

모임을 끝내고 대림역으로 다시 왔다. 이번엔 반대쪽 엘리베이터에 가봤다. 그곳엔 하늘을 나는 독수리 사진과 부엉이 사진이 붙어 있다. 이들도 A4 용지 네 장에 인쇄해 커다랗게. 엘리베이터 상단이라 사람들에게 쉽게 보이는 위치도 아니다. 누굴 보라고 여기에 이걸 붙인 걸까?

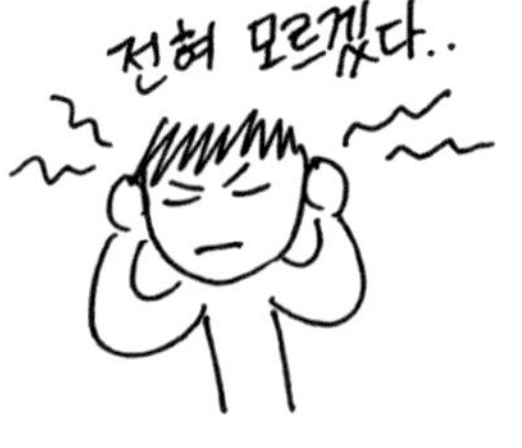

대체 뭐지? 내가 모르는 무슨 미신인가? 음양의 조화를 맞춰야 한다거나 그런 건가? 아니면 대림역장의 취미생활인가? 아니면 대림역에서 일하는 누군가가 새 덕후인가? 아니면 여기서 독수리가 열차에 치

여 죽은 적이 있어서 추모하는 의미로? 별별 생각을 다 해본다. 오랜만에 도시의 미스터리를 마주하자 아드레날린이 펑펑 솟구친다.

진짜 궁금하다. 너무너무 궁금하다. 하지만 인터넷에는 올리지 않았다. 혹시나 인터넷에 올렸다가 뭔가 문제가 되어 사진이 철거당할까봐 걱정됐기 때문이다. 이미 나는 혼자서 '역에서 일하는 누군가의 탐조 취미생활 및 자기가 찍은 새 사진 자랑'으로 결론을 낸 상태였다.

그러다 육 개월 후, 트위터(현 X)에서 낯익은 장면을 봤다. 합정역 1번 출구로 들어가는 계단 상단에 독수리 증명사진이 또 붙어 있었다. 내가 대림역에서 본 건 측면 사진이었는데, 이번엔 정면 사진이다. 그야말로 '지켜보고 있다' 그 자체다. 해당 트윗은 벌써 5000번 넘게 리트윗됐다. 인용 창을 열어보자 수많은 사람의 트윗이 보인다. "저 독수리 사진 뭐임", "저거 독수리 아니고 흰머리수리인데요", "미국하고 연관 있는 거 아님?". 그중 드디어 눈에 띄는 답을 발견했다. "아마도 비둘기 쫓으려고 붙인 것 같음".

딩동댕! 그제야 모든 것이 이해가 갔다. 지하철역에는 비둘기가 들어오는 일이 많다. 특히 지상에 있는 전철역은 비둘기가 거의 살다시피 한다. 비둘기가 승객들과 같이 승강장에 우뚝 서 있다가, 객차에 뚜벅뚜벅 걸어서 탔다는 도시 전설이 있을 정도다.

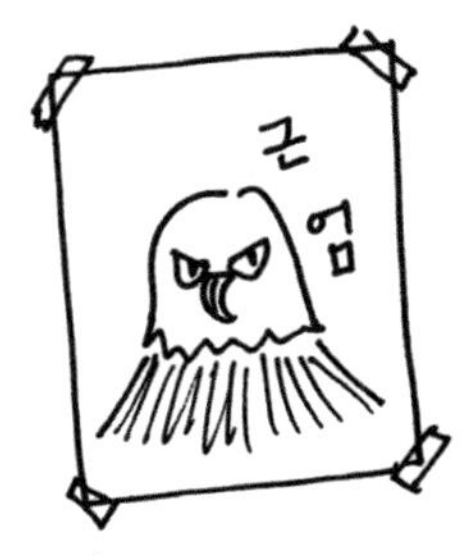

비둘기들은 대부분 맹금류를 무서워하

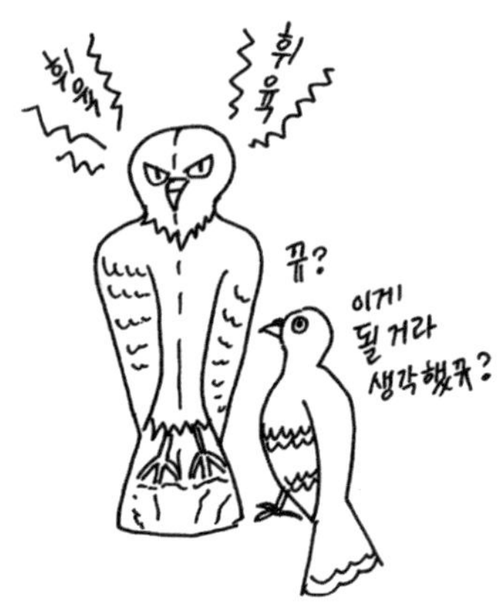

기 때문에 매나 독수리, 부엉이 같은 맹금류 사진을 붙이면 비둘기
가 퇴치될 거라 생각하는 것이다. 음, 역신을 쫓기 위해 처용의 초
상화를 붙이던 옛날 사람들 마음이 이런 걸까? '이런 걸로 퇴치가
되겠냐!'라고 생각했지만 이 방법은 제법 유명한 모양이었다. 검색
해보자 많은 사람들이 독수리 사진을 공유하고 프린트해서 붙이는
모습을 볼 수 있었다. 심지어 외국에는 독수리나 부엉이 모형을 비
둘기 퇴치용으로 팔고 있다. 360도 회전을 하고 눈에 불도 켜지고
심지어 울음소리까지 낸다고 한다.(약간 갖고 싶다.)

비둘기는 어디에나 있다. 광화문 처마 위에도, 불광천 다리 밑에도,
응암역 골목길에도, 구청 건물 창문에도, 고층 아파트 베란다에도.
게다가 한 번에 몇십 마리씩 떼를 지어 다닌다. 밖에 나가면 매일 비
둘기를 100마리 넘게 보게 된다.
  약간의 자리만 있으면 비둘기는 어디나 둥지를 틀 수 있다. 그래

서 마릿수도 많다. 마찬가지로 깡패라는 유명세가 따르는 까치가 매해 지붕과 출입구까지 갖춘 번듯한 둥지를 짓는 것과 달리 비둘기 둥지는 둥지라고 하기에도 민망하다. 나뭇가지를 몇 개 올리고 그 위에 바로 알을 낳는다. 특히 좋아하는 곳이 아파트 에어컨 실외기와 건물 처마 밑이라 사람들을 곤란하게 한다. 귀소본능이 강한 비둘기는 한번 둥지를 틀면 그 자리를 대대손손 기억하기 때문에 아무리 쫓아내도 소용이 없다.

강인한 생존력과 지독한 번식력, 사람을 두려워하지 않는 성정이 합쳐져 비둘기는 사람들이 가장 싫어하는 새가 됐다. 까치나 참새도 도시에 많이 살지만 대접이 다르다. 신분으로 따지면 비둘기는 최하층 천민이다. 사람들은 길에 비둘기가 걸어가면 마치 쥐를 본 것처럼 혐오스러운 표정을 짓는다. 깜짝 놀라 길을 돌아가거나, 욕을 하며 발을 구르는 사람들도 있다.

웬만한 동물은 다 좋아하는 나조차도 비둘기는 그리 호감이 들지 않는다. 슬쩍 보기에도 더러운 깃털은 색깔도 우중충한 회색인데다 대부분 도시 공기에 때가 타서 거무튀튀하다. 한마디로 땟국물이 줄줄 흐른다. 그런 와중에도 눈은 짙은 빨간색인 것이 조금 무섭다. 이렇게 비둘기에게 호감이 없으니 아무리 호기심 천국인 나라도 관찰을 할 리가 없다.

그런데 어느 날, 비둘기 두 마리가 내 앞에 나타났다. 정말 추운 겨울날이었다.

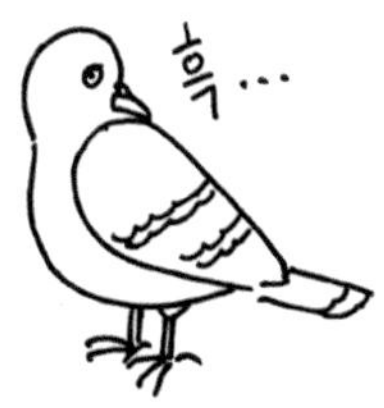

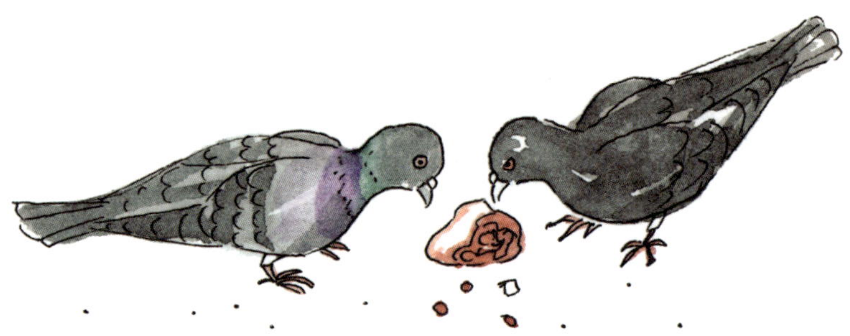

버스정류장에서 덜덜 떨며 버스를 기다리는데, 바닥에 누군가 떨어뜨린 만두 반쪽이 있었다. 아마 만두를 포장해 집에 가는 길에 한 개를 주섬주섬 꺼내 먹다 흘린 모양이다. 일 분도 안 되어 비둘기 두 마리가 날아오더니 바로 만두를 부리로 공격했다. 아니, 저게 먹을 걸로 보이나? 꽝꽝 얼어 돌멩이랑 별 차이도 없어 보이는데 신기하게 먹을 거라고 알아본 모양이다. 심지어 김치만두인데…….

비둘기 두 마리는 부리로 힘들게 만두를 쪼아먹기 시작했다. 협동이란 것은 없고 경쟁뿐이다. 평범한 인간의 생각으로는 한 마리가 발로 잡고 다른 한 마리가 쪼면 될 것 같은데, 서로 쪼려고 하다가 상대방 머리에 빵꾸를 내질 않나, 아스팔트 바닥에 부리를 박질 않나, 심지어 부리에 찍힌 만두가 공중에서 한 바퀴 멋지게 돌아 착지하는 모습엔 헛웃음까지 나왔다.

그런데 계속 관찰을 해보니 신기하게도 두 마리의 행동이 달랐다. 회색 비둘기는 '나는 쫀다.'가 머리에 입력된 기계처럼 마냥 쪼기만 했다. 반면에 검은 비둘기는 그냥 쪼는 게 아니라 상황을 보며 쪼았다. 회색 비둘기가 무작정 힘차게 만두를 쪼아 방향이 불편하게 바뀌자, 검은 비둘기가 부리로 만두의 방향을 조정했다. 게다가 회색 비둘기가 먹지 못하게 자기 쪽으로 조금씩 만두를 이동시키기까지 했다.

그 모습을 보고 영민한 검은 비둘기가 만두를 다 차지할 줄 알았다. 그런데 그렇지 않았다. 검은 비둘기가 만두를 효과적으로 쫄 때마다 안에 든 김치며 돼지고기 간 것이 조금씩 튀어나왔고 회색 비둘기는 그것을 부지런히 주워먹었다. 둘은 기어코 물 한 모금도 없이 김치만두 반쪽을 완전하게 먹어치웠다.

그 모습을 보자 이상하게 약간의 정이 생겼다. 둘은 이제 그냥 비둘기가 아니라 단순하고 포기를 모르는 회색 비둘기와 영민하지만 실속 없는 검은 비둘기라는 캐릭터로 인식됐다. 그러자 길가에 있는 다른 비둘기들과 달라 보였다. 에피소드가 생기자 앞으로 둘의 이야기가 궁금해진다. 둘은 계속 같이 다닐까, 아니면 제 갈 길을 갈까?

별것 아닌 것으로 보이는 것도 궁금해하다 보면 어느새 애정이 생긴다. 이상한 일이다. 있는 그대로 관찰만 했을 뿐인데 예전과는 다르게 보인다. 개성이라고는 없이 다 똑같이 보이던 비둘기인데 말이다.

그러고 보면 비둘기 입장에선 억울할 것이다. 모든 개체가 다 더럽고 병균투성이인 것도 아닌데 비둘기라면 그저 더럽다는 편견을 안고 본다. 만약 나를 그냥 '한국 사람'으로 뭉뚱그려 본다면, 또는 '여자들이란 다 그렇지.' 하며 일반화한다면 당연히 기분 좋지 않을 것이다. 우리 모두는 개별적인 존재다. 만두를 무작정 쪼고 보는 회색 비둘기와 자기 쪽으로 몰아서 쪼는 검은 비둘기가 다른 것처럼.

둘에게 남모르게 이름을 지어봤다. 회색 비둘기는 몽롱이, 검은 비둘기는 똑실이다. 몽롱이와 똑실이를 다음에 다시 보게 될까? 보게 된다면 그때는 지금과 다를 것이다. 그냥 비둘기에서 '내가 아는 비둘기'가 되었으니 말이다.

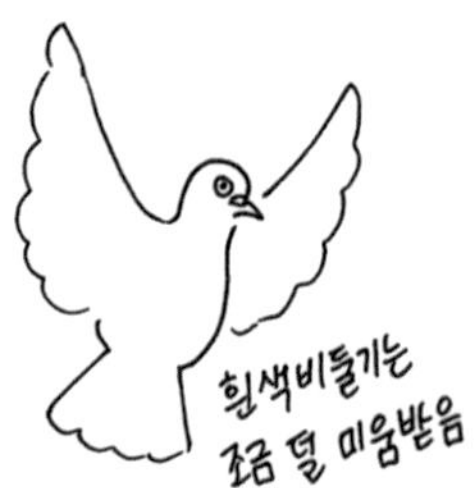

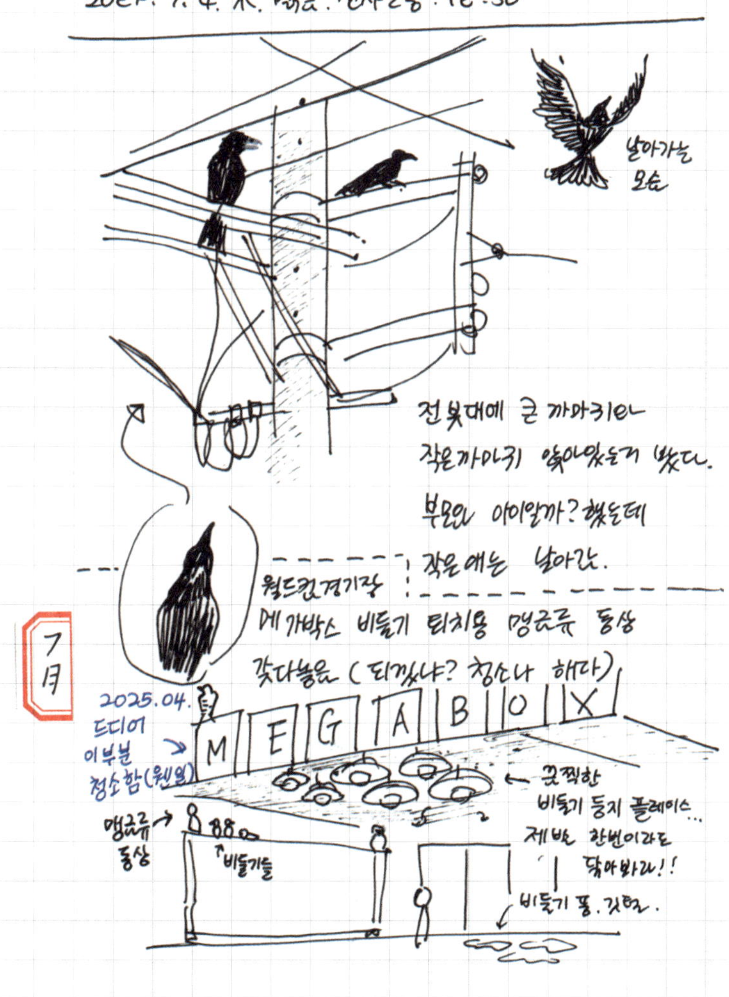
날아가는
모습
전봇대에 큰 까마귀와
작은까마귀 앉아있는거 봤다.
부모와 아이일까? 했는데
작은애는 날아갔.
월드컵경기장
메가박스 비둘기 퇴치용 맹금류 동상
갖다놓음 (되겠냐? 청소나 해라)
7月
2025.04.
드디어
이부분
청소 함(웬일)
M E G A B I O X
맹금류
동상
비둘기들
꿋꿋한
비둘기 둥지 플레이스...
제발 한번이라도
닦아봐라!!
비둘기 똥. 깃털.

남들이 꽃을 볼 때
나는 꽃을 보는 사람을 본다

찰칵, 봄에는 누구나 꽃 사진을 찍는다. 아이 어른 할 것 없이 꽃 앞에서 홀린 듯이 카메라를 들고, 카톡 친구들의 프로필 사진이 꽃과 함께 찍은 사진으로 바뀐다. 사람들이 보내오는 메시지에도 꽃이 가득하다. 꽃노래도 한두 번이라던 놈 누구냐. 노래면 몰라도 꽃은 반복되어도 절대 질리지 않는다.

"창경궁 홍매화 대박! 그런데 사람 미어터짐". 트위터에는 실시간으로 꽃 소식 중계가 올라온다. "드디어 봄이야 #벚꽃 #벚꽃스타그램 #봄날". 인스타그램 피드도 꽃 사진으로 가득하다. "불광천 벚꽃 피었나요?", "방금 보고 왔는데 이번 주말이면 만개할 거 같아요 ㅎㅎ". 동네 오픈채팅방에서도 언제 무슨 꽃이 피는지가 제일 중대한 이슈다.

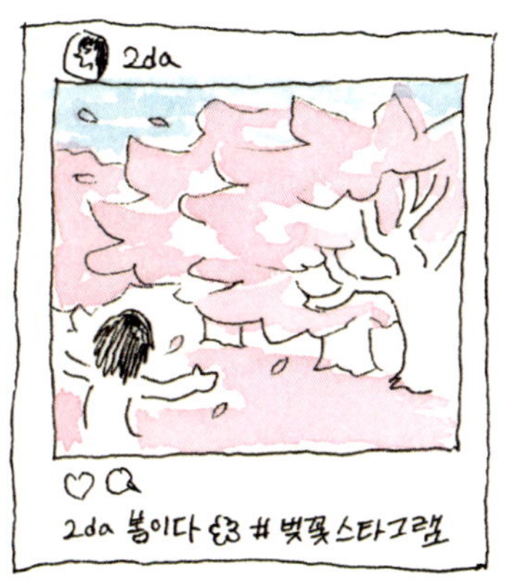

꽃이 피는 계절이 아닐 때에도 나는 도시를 관찰하면서 기록을 위한 사진을 찍는다. 이 사진을 참고해 나중에 그림을 그리거나 글을 쓰기도 한다. 그런데 주거지에서 사진을 찍는 것은 쉬운 일이 아니다. 남의 집 담벼락에 붙은 경고문이나 건물 앞에 놓인 주차금지 볼라드를 찍고 있으면 매번 의심 어린 눈초리를 받는다. "아가씨, 대체 뭘 찍는 거야?" 날 선 목소리가 금방이라도 뒤통수에 내다 꽂힐 것 같다. 그런데 의심할 만도 하다. 만약 우리 집 앞에서 누가 사진을 찍고 있다면 나도 마찬가지로 경계할 것이다. 저놈이 도둑놈인지, 아니면 구청 직원인지, 그것도 아니면 재개발 추진위원회가 아닌지 의심할 거다.

그런데 꽃을 찍을 때만은 자유롭다. 누구도 경계하거나 의심하지 않는다. 사람들은 꽃을 찍는 행위를 당연하게 받아들인다. 눈부시게 만개한 목련나무 앞에서 카메라를 들고 있으면 그것이 자신의 집 앞이라도 그럭저럭 눈감아준다. 아니, 오히려 집주인은 속으로 흐뭇한 미소를 지을지도 모른다. "보는 눈은 있어서 우리 집 꽃 예쁜 줄은 아네!"

꽃이 핀 곳을 지나갈 때면 "사진 좀 찍어주시겠어요?" 하는 요청을 가끔 받는다. 아무래도 셀카로는 꽃나무 전체의 모습과 사람을 동시에 담기 어렵다. 카메라를 건네받으면 최선을 다해 가로 두 컷, 세로 두 컷을 찍어준다. 꽃이 잘 담기면서도 사람이 외면당하지 않도록 구도와 수평도 성실히 맞춘다. 요청한 사람은 대개 사진을 확인하지도 않고 "감사합니다!" 인사하고 산뜻하게 자리를 떠난다. 사진이 잘 나왔든 못 나왔든 목적을 다 이룬 듯 즐거워 보인다. 갈 길이 있을 때 이런 요청을 받으면 약간 귀찮지만 그래도 기분이 좋은 일이다. 만약 나도 일행과 사진을 찍고 싶은 상황이라면 이런 요청이 반갑기도 하다. 카메라를 돌려주면서 "저희도 한 장 찍어주실래요?"라고 하면 되니까.

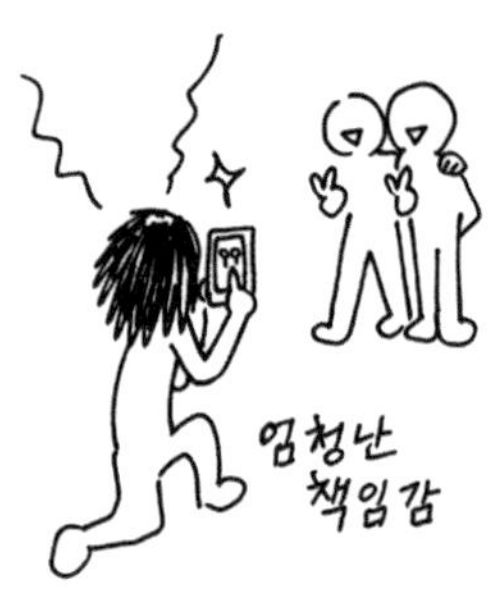

봄과 사진에 관해 이야기하다 보니 떠오르는 기억이 있다. 작년 봄에 있었던 일이다. 일 때문에 덕수궁 근처에 나왔다가 밥시간이 되었다. 이리저리 둘러보다 덕수궁 돌담길 옆 건물 2층에 있는 식당에 들어갔다. 비좁은 계단을 오르니 창밖 풍경이 제일 먼저 눈에 들어왔다. "오오…… 풍경 뭐야." 덕수궁 돌담길이 그대로 내려다보였다. 뜻밖의 횡재를 즐기며 곤드레밥을 주문하고 창가 좌석에 앉아 바깥을 구경했다.

열린 창문 밖, 내 눈이 닿는 곳에 있는 모든 사람이 행복해 보인다. 아침저녁으로 마주치는 무뚝뚝하고 어딘가 지친 얼굴의 행인들과는 다른 세계의 사람들 같다. 모두 하하호호 웃으며 즐겁게 사진을 찍고 있다. 언론에서 꽃 소식을 전할 때마다 언급하는 "시민들의 즐거운 한때"가 바로 여기 있었다.

그중 중년 여성 넷이 모인 무리가 눈에 띄었다. 여고 동창인지 서로에게 스스럼없이 친근하다. 이분들을 그룹A라고 칭하겠다. 그들은 돌아가며 돌담길에서 포즈를 취한다. "얘, 너도 찍어줄게!" 장난기 가득한 몸짓과 표정은 마치 학창 시절로 돌아간 듯하다. 한바탕 사진을 찍고 나자 그들은 결단을 내린다. "이번엔 우리 넷이 같이 찍자." "그래, 누구 하나 빠지면 서운하잖아." "그럼 어쩌지……아, 저기 실례지만 저희 사진 좀 찍어주시겠어요?" 그룹A가 사진을 찍어달라고 한 사람은 덕수궁 돌담길에 서 있는 안전요원 어르신이다.

아까부터 나는 그룹A와 함께 이 어르신도 관찰하고 있었다. 형광색 안전요원 조끼를 입고 검은 바지에 구두를 신은 노년의 남성이었다. 캡모자 아래는 하얗게 센 머리가 삐죽삐죽 튀어나와 있었다. 이 어르신은 돌담길 가장자리에 반듯한 자세로 서서 주변을 둘러보고 있었다. 내가 지켜

보는 동안 한 번도 주머니에 손을 넣거나 짝다리를 짚고 서지 않았다. 잠시도 딴청을 피우지 않는 모습이 신기했다. 휴대폰은 한 번쯤 열어볼 법도 한데 말이다. 어르신은 자신이 맡은 자리에서 해야 할 일(혹시나 근방에서 일어나는 안전사고에 대비하는 것)에 100퍼센트 전념하고 있었다.

그런데 그룹A가 어르신에게 사진을 찍어주십사 부탁하자, 그는 약간 어색한 자세로 휴대폰을 건네받았다. 이런 일이 흔하지는 않았던 모양이다. 그렇지만 나름대로 열과 성을 다해 서너 장의 사진을 찍어주었다. "오호호, 정말 잘 찍으신다~ 감사해요!" 그룹A는 어르신에게 고개를 숙이며 저마다 소란스러운 인사를 하고 떠났다.

그때부터 이 어르신은 약간 달라졌다. 자신의 임무에 '시민들의 사진을 찍어주는 것'이 추가된 것이다. 마침 20대 여성으로 이루어진 그룹B가 나타나자 어르신은 그쪽으로 다가갔다. 그리고 그들이 사진을 찍는 내내 뭔가 할 말이 있는 것 같은 자세로 엉거주춤 서 있었다.

그룹B는 어르신의 존재를 금방 눈치챘다. 하지만 왜 그러는지 이유를 알 리가 없다. 그들의 눈에는 어떤 할아버지가 자신들을 빤히 쳐다보는 모습밖에 보이지 않는다. 심지어 어르신은 진한 선글라스에 마스크까지 끼고 있어 표정도 읽지 못할 것이다. 차라리 "내가 찍어드릴까요?" 하고 물어본다면 좋다거나 싫다거나 의사 표시라도 할 텐데, 어르신은 또 그런 적극적인 성격은 아닌지 그저 그들을 쳐다보며 사진을 찍어줄 상황에 대비하고 있는 듯했다. 그룹B는 어

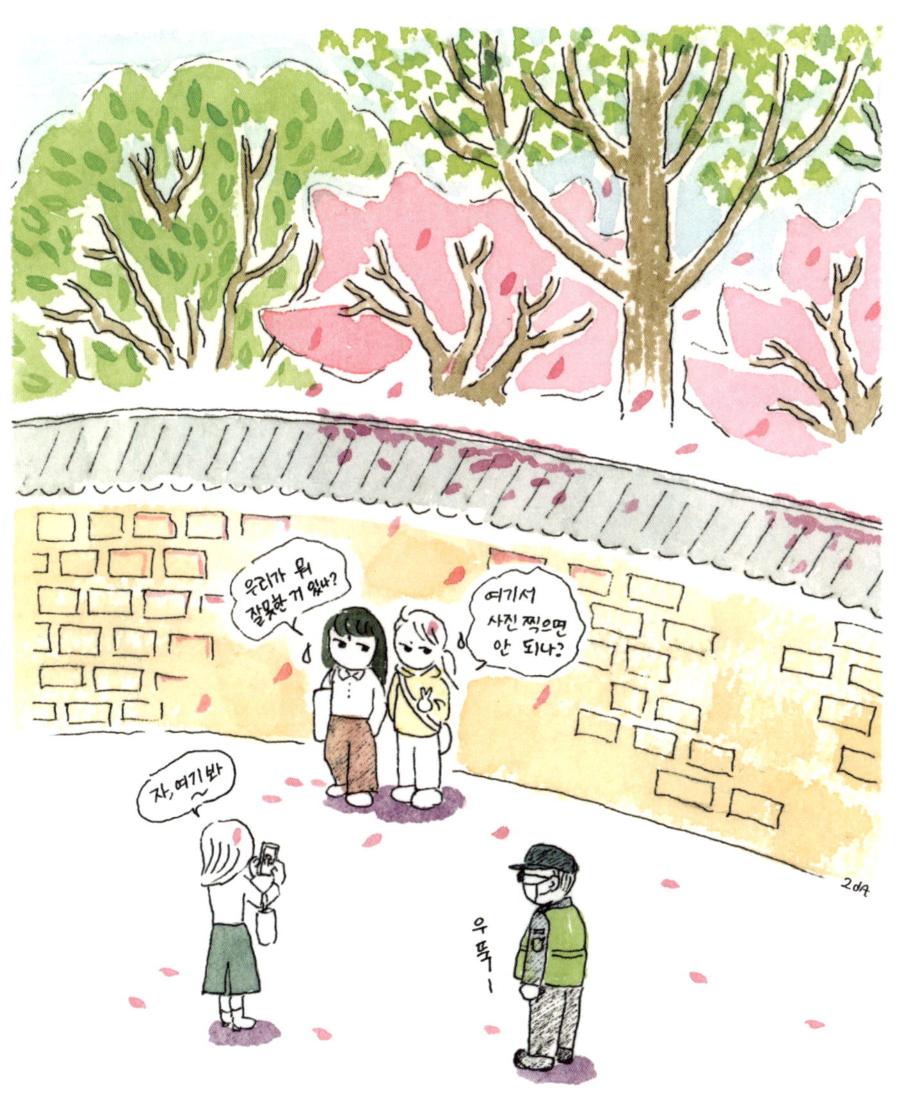
우리가 뭐 잘못한 거 있나?
여기서 사진 찍으면 안 되나?
자, 여기 봐~
우뚝-

르신의 시선을 불편해하면서 자리를 떴다. 이번에는 30대 남녀 커플인 그룹C가 등장했다. 어르신은 이번에도 그들이 사진을 찍는 바로 옆에서 자신의 의무를 다할 수 있기를 기다렸다. 그러나 그룹C 역시 영문도 모른 채 불편한 얼굴로 황급히 떠나버렸다.

답답해서 미칠 지경이다. 난 왜 이걸 봐버렸을까. 따끈따끈 김이 나는 곤드레밥에 집중해도 모자랄 마당에 남의 겸연쩍은 일화를 처음부터 끝까지 지켜본 것이다. 나라도 이따 가서 사진을 찍어달라고 해야 하는 건가? 이 에피소드의 맥락은 오직 나만이 처음부터 끝까지 안다. 그룹B와 그룹C는 어르신의 사정을 알 길이 없다. 그저 '덕수궁 돌담길에서 사진 찍고 있는데 어떤 할아버지가 옆에 서

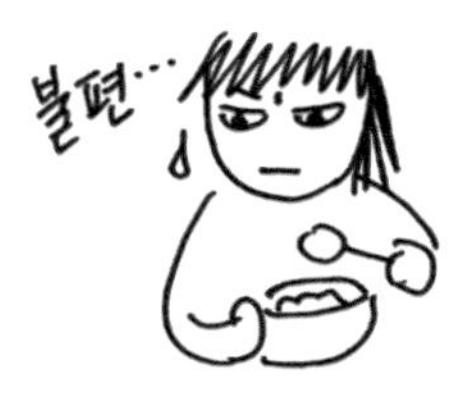

서 빤히 이상하게 쳐다보더라.' 하고 불쾌한 사건으로 기억할 것이다. 그들을 쫓아가서 "저 어르신은 사진 찍어주고 싶어서 그렇게 뻘쭘하게 서 있었던 거예요!"라고 알려줄 수도 없고, 그럴 이유도 없다.

마음은 불편했지만 어쨌거나 밥그릇은 싹싹 비우고 나왔다. 어르신이 아직도 뻘쭘하게 서 있다면 나라도 가서 사진을 찍어달라고 할 생각이었다. 그런데 그사이 어떤 외국인 가족에게 부탁을 받았는지 그들의 사진을 찍어주고 있었다! 어르신은 각도를 바꾸어가며 열심히 사진을 찍었다. 그 모습을 보니 막힌 데가 뚫린 것처럼 마음이 개운해졌다. 휴, 됐다. 이 에피소드는 해피엔딩이다.

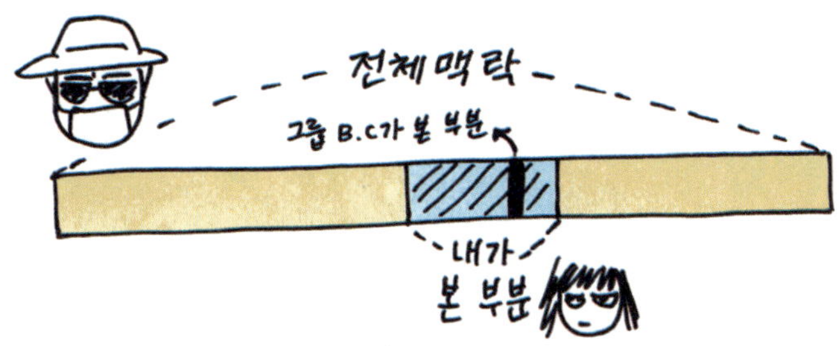

모든 사람에게는, 또 이야기에는 맥락이 있다. 하지만 타인은 전체가 아닌 짧은 부분만 볼 수 있다. 20회짜리 드라마에서 17회 초반 십 분만 보는 것처럼 말이다. 어쩌면 나도 저렇게 남을 오해한 적이 많지 않았을까? 사실은 멀리서 내려다본다면 전체 맥락은 그런 게 아닐 때가 많지 않았을까?

그룹B와 그룹C에게도 자신들만의 맥락이 있을 것이다. 그들이 덕수궁 돌담길에 도착하기 전 어떤 일이 있었는지 나는 보지 못했다. 나와 어르신의 입장에서는 '사진을 찍어주려는 호의를 이상하게 오해한 사람들'로 분절되어 보인다. 하지만 그들의 맥락에서 보면 또 이 에피소드는 전혀 다른 이야기일 것이다.

춥고 긴 겨울을 참아낸 한반도 사람들에게 봄은 축복이다. 수선스럽게 꽃구경을 하고 사진을 찍는다. 서울은 몇몇 명소를 제외하면 거대한 군락도 없고 배경은 모두 콘크리트나 벽돌이지만 이 삭막한 도시의 꽃구경도 제법 멋지다. 복잡한 건물들 사이 뜻하지 않게 드러난 목련나무 한 그루가 큰 감동을 주는 것처럼, 누군가의 에피소드를 살짝 들여다보는 것도 그 못지않은 경이로운 일이다.

날이 저물기 전에 다시 나가야겠다. 꽃 주변에서 어떤 이야기들이 또 생겨날지 모르니까 말이다.

2.12

북가좌동 정든일데 우리동네와 느낌이 많이 다르다.
좀더 터프하고, 먼저 생긴 느낌의
정체를 알수없는 건축도 많았는데 차마 못들어갔...

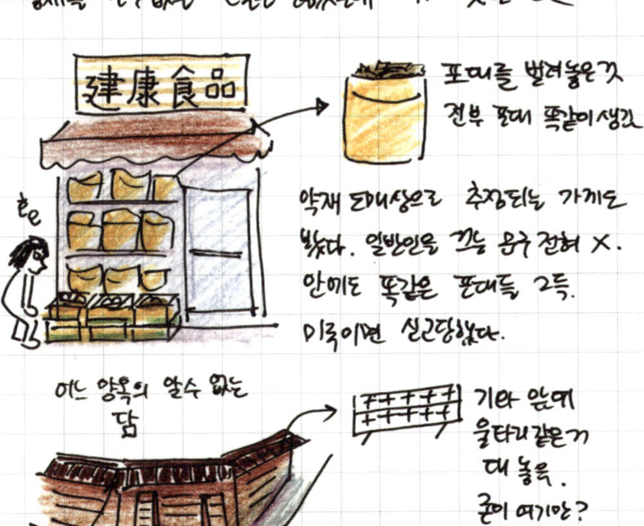

간만에 보는 잔지은
번듯한 양옥이라 이런저런
생각을 해봤다.

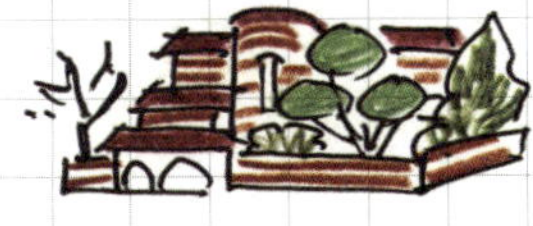

가끔은
다른 도시 관찰하기

오늘은 의정부에 간다. 지금부터는 의정부 도시관찰일기라고 해도 좋다. 내가 사는 서울 은평구에서 경기도 북부의 의정부까지는 지하철로만 한 시간 사십 분, 버스를 갈아타고 걷는 시간까지 합치면 오늘의 목적지 새말역까지 거의 두 시간 반이 걸린다. 이 정도면 짧은 여행이나 다름없다.

6호선 끄트머리인 응암역에서 시작해 1호선으로 갈아타는 동묘앞역까지 오십 분이나 걸렸다. 한산하기로 소문난 6호선에서 1호선으로 갈아타자 갑자기 사람이 두 배로 많아졌다. 대신 바깥이 보여 덜 답답하다. 대학 때 살던 석계역 부근으로 가자 눈에 들어오는 풍경이 익숙하다. 높은 건물도 생기고 지하철에 스크린도어도 들어섰지만 멀리 보이는 중랑천과 봉화산은 그대로다.

6월 11일 오후 5시 ~10시	장소	경기도 의정부 부용천 부근		
날씨	맑음	기온	최고온도 24℃/최저온도 15℃	기분	즐거움

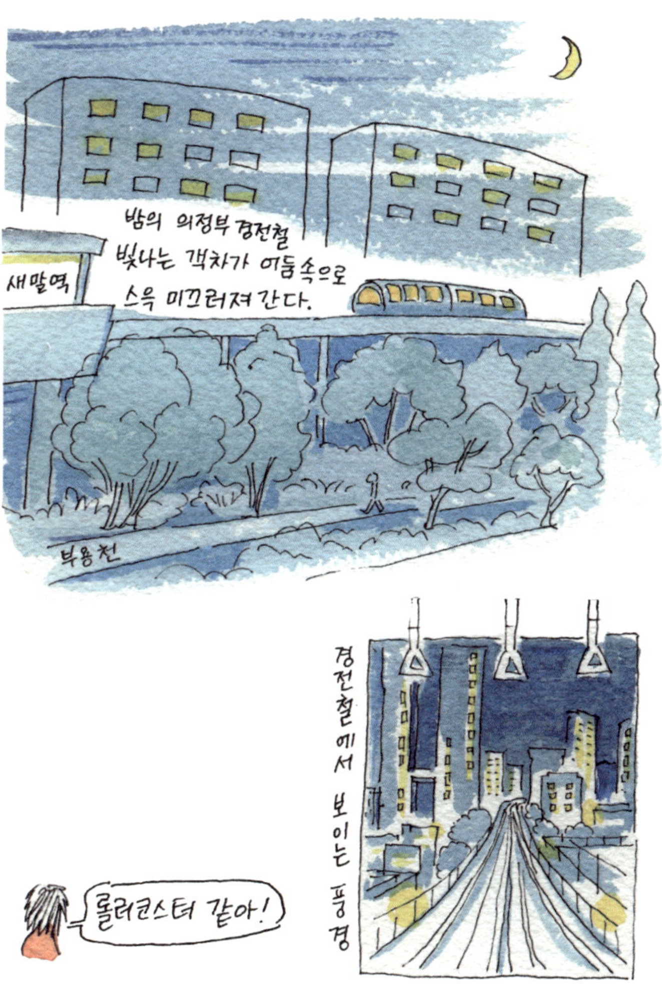

1호선을 타고 또 한참 가 회룡역에 내렸다. 여기서 의정부 경전철로 갈아타고 새말역까지 가면 된다. 회룡역에 와보는 것은 거의 십여 년 만이다. 어릴 때 사귀었던 남자친구 집이 여기라 몇 번 와봤었다. 예전 회룡역은 허허벌판이었는데 지금은 완전 시가지다. 거기가 어디였더라, 역에서 가까운 아파트였는데……. 집값 많이 올랐겠는데? 그런 쓸데없는 생각을 하며 경전철 승강장 쪽으로 발을 움직였다. 뜻밖에도 그 동네의 옛날 모습이 기억난다. 장소는 나의 기억을 끈질기게 붙잡고 있다. 얼마나 시간이 흘렀든지 그 시절로 나를 데려가는 것 같다.

경전철 승강장으로 갔다. '여기가 맞나?' 사람들이 줄을 선 곳에 서 있으니 얼마 되지 않아 장난감 기차같이 작은 객차가 조용히 들어왔다. '아니, 이거 트램이잖아?' 평범한 지하철 객차와는 완전히 다른 모습이다. 2량밖에 안 되고, 아주 작고 좁다. 좌석도 한쪽에만 있는데 서 있는 사람과 무릎이 닿을 정도다!

경전철이 곧이어 출발하자 감탄이 나온다. 잘못해서 크게 "우왓!" 하고 소리내 놀랄 뻔했지만 어른답게 꾹 참았다. 마치 롤러코스터 레일 같은 가느다란 선로를 따라 빌딩 사이를 아슬아슬 지나간다. 선로 자체가 공중에 높이 떠 있어 평소 기차나 지하철에서 보는 풍경과는 완전 다르다. 새가 되면 이런 기분일까?

그러고 보니 이 높이에서 도시를 이동한 적은 한 번도 없다. 나는 항상 도시의 가장 낮은 바닥에서 이동한다. 지하 아니면 지면이다. 건물 7층 높이에서 움직이는 것은 한 번도 경험해보지 못했다. 수

십 개의 오피스텔 창문이 밖으로 지나간다. 어떤 집은 옥상에 푸른 텃밭을 만들었다. 널어놓은 빨래도 바로 옆으로 보인다. 펄럭이는 노란색 티셔츠가 눈을 잠시 사로잡는다. 시선을 아래로 내리니 미니어처 같은 농구코트가 보인다. 탕, 탕 공을 튕기는 남자아이들의 모습이 마치 애니메이션의 한 장면 같다.

다른 사람들은 당연하게도 아무 관심이 없다. 매일 보는 풍경일 테니 말이다. 수상하게 보일까봐 입꼬리를 단속하고 덤덤한 척하고 있다. 창가에 딱 붙어서 동영상을 찍고 싶지만 사람이 많아서 힘들다.

객차 안에 붙어 있는 안내문을 읽어보니 놀랍게도 운전하는 사람이 없다고 한다. 경전철이 고장나면 자동으로 멈추니 문을 열고 나와 선로를 따라 이동하라고 한다. 잠깐, 이 높이에서 걸어서 이동을? 오싹하다. 그러고 보니 운전석이 없어 앞이 트여 있는 것이었다.

회룡역에서 목적지인 새말역까지는 제법 먼데 바깥 풍경에 정신이 팔려 있다보니 금방 도착했다. 아쉽다. 세 번 정도는 더 왕복하고 싶을 정도다. 내가 내린 경전철역은 공중에 높이 떠 있었다. 마치 롤러코스터 승강장과 비슷한 느낌이다. 뚫려 있는 옆면으로 노을의 따뜻한 빛이 가득 들어온다.

엘리베이터를 타고 내려오니 건너편에 식당이 몇 개 보인다. 슬슬 배가 고프다. 주변을 둘러보는데 '형부김밥'이라는 간판이 눈에 띈다. 아니, 이모김밥, 할머니김밥, 엄마김밥은 봤어도 형부김밥이라는 작명은 생전 처음 본다. 단지 흥미롭다는 이유만으로 가게에 들어가봤다. "어서오세요~" 남녀 두 분이 같이 일하고 있다. '형부와 처제인가…….' 밥 대신 계란 지단이 들어 있는 김밥을 주문했다.

김밥을 들고 바로 앞에 있는 부용천으로 내려간다. 팔에 문신을 한 아빠와 다섯 살 정도의 어린 여자아이가 잉어에게 뻥튀기를 던져주고 있다. 물 위로 입만 벌리고 있는 잉어 떼가 우글우글하다. "아빠, 징그러워." 아이가 뻥튀기를 힘주어 멀리 던진다. 잉어들이 뻥튀기 한 알을 먹으려고 입을 뻐끔 벌린 채 서로 타 넘고 난리가 났다. 지옥도의 한 장면을 보는 것 같다. 비둘기도 잔뜩 몰려들었다.

"쾅!" 갑자기 킥보드와 자전거가 부딪혔다. 비둘기를 피해서 가다 사고가 난 것이다. 두 사람 다 바닥으로 꽈당 하고 넘어졌다. 근처에 있던 모든 사람의 시선이 집중된다. 다행히 둘 다 다치진 않았는지 툭툭 털고 가던 길을 간다. 둘의 태연함이 대단하다. 조깅하는 사람이 훅훅 거친 숨을 몰아쉬며 지나간다.

길가에 있는 바위에 앉아 김밥 포장을 풀었다. 하나를 입에 넣고 씹으며 주변을 둘러본다. 시야보다 높은 곳에 내가 내린 새말역이 보인다. 저 멀리서 경전철이 달려온다. 속도를 늦추더니 새말역으로 쏙 빨려들어간다. 일 분 정도 있으니 반대편으로 빠져나와 다시 파란 하늘에 선을 그리며 멀어져간다. 오늘은 어떻게 날씨까지 좋냐! 이런 깨끗하고 맑은 하늘만 이어진다면 이 땅은 '헬조선'이 아니라 '헤븐조선'으로 불릴 것이다. 파란 하늘과 하천, 그 사이를 가르는 경전철 선로. 계속 바라보고 싶은 풍경이다. 잠시 의정부로 이사올까 하는 마음까지 생긴다.

시간이 되어 강연장으로 갔다. "안녕하세요, 저는 일러스트레이터 이다입니다." 오늘 의정부에는 '관찰일기 워크숍'을 진행하러 왔다. 나는 자연과 도시를 관찰하고 그것을 정해진 양식에 따라 글과 그림으로 기록한다. 신문에 연재하는 코너도 관찰일기장의 기록을 토대로 쓴다. 나에게는 관찰일기장이 소재수집함인 셈이다.

강연의 요지는 간단하다. 누구나 관찰을 할 수 있다는 것이다. 내가 의정부까지 오면서 관찰한 것처럼 말이다. 종이 한 장을 꺼내 상단에 오늘 날짜와 요일, 지금 시간을 쓴다. 날씨와 관찰한 장소, 최저온도와 최고온도도 기록한다. 오늘의 달 모양을 그려도 좋다. 그 밑에 줄을 죽 그은 후에 관찰을 시작한다. 관찰은 어디서나 할 수 있다. 전철 역에서도, 내 집 앞에서도, 아무것도 없는 허허벌판에도 관찰을 하려고 마음을 먹으면 반드시 볼 것이 있다. 뭐든지 보고 종이에 그림을 그린 다음, 옆에 설명을 같이 쓴다.

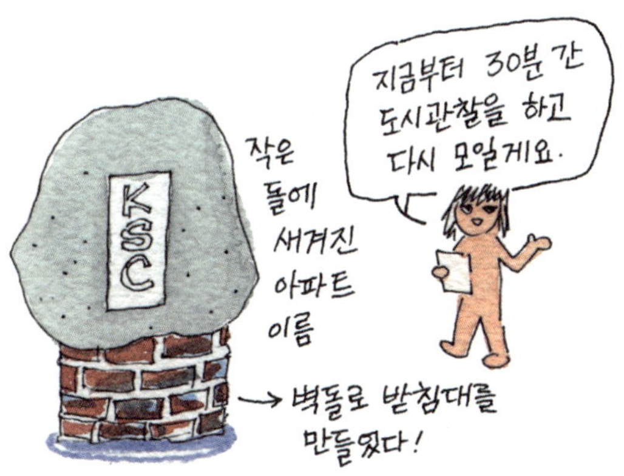

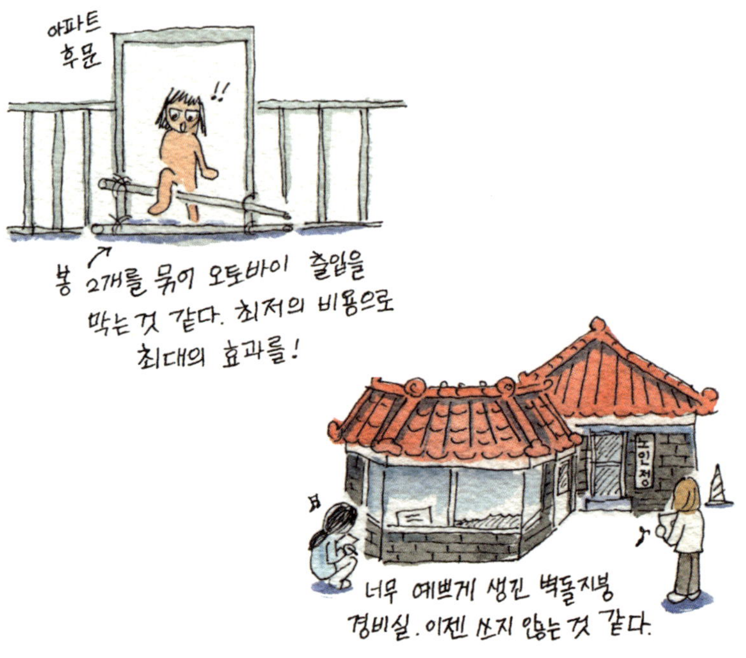

강연장 근처에는 재개발이 예정된 작은 아파트 단지가 있어 그 곳을 관찰 장소로 삼기로 했다. 이미 해는 져서 어둡다. 각자 관심 있는 것을 찾아본다. 처음에는 다들 어색해하지만 의외로 금방 재 밌는 것을 찾아낸다. 여러 사람들이 종이를 들고 뭔가를 보며 쓰고 있으니 경비 아저씨가 깜짝 놀라 플래시를 들고 달려온다. "여기 무 슨 일 있습니까?" 놀란 음성에 "저희 그림 수업 하고 있어요." 하고 대답하니 아저씨가 "아니, 여기 뭘 그릴 게 있어!" 하며 허허 웃고 가셨다. 흔하게 일어나는 일이다. 심지어 재개발 예정지니 부동산 이나 구청에서 나온 사람 정도로 오해할 만하다.

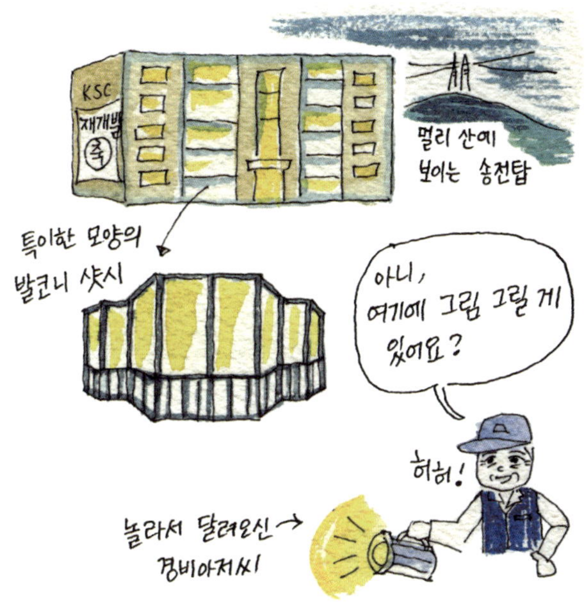

삼십 분 후 다시 모여 서로의 그림을 본다. 자기가 그린 관찰일기를 다른 사람들에게 보여주며 설명한다. 신기하게도 다들 본 것이 다르다. 트럭 위에 덩그러니 놓여져 있던 음료수병, 아파트 현관 앞에 주차된 것처럼 놓여 있는 시장 카트, 눈이 마주치자 도망간 길고양이, 분리수거장 위로 올라갈 수 있는 사다리, 재떨이로 쓰이고 있는 개 밥그릇, '여기는 화장실이 아닙니다'라고 쓰여 있는 경고문 등등. 그림을 잘 그리고 못 그리고는 중요하지 않다. 그림을 그리면 대상을 더 잘 볼 수 있기 때문에 그리는 것이다. 가장 중요한 것은 무엇을 보고, 무엇을 관찰했는지 기록으로 남기는 것이다.

다들 표정이 밝다. 즐거운 시간을 보낸 것 같다. 어린 시절 우리는 모두 학교 숙제로 자연관찰일기를 썼다. 물에 적신 솜 위에 콩 하나를 놔두고 거기서 싹이 트는 모습을 관찰하고 기록했다. 그때 느꼈던 즐거움은 아직도 내 마음속에 남아 있다.

관찰을 할 때는 나 자신이 중요하지 않다. 그것이 관찰의 핵심이다. 그러나 평소의 나는 나 자신에 대한 생각으로 가득하다. 자꾸만 예전의 잘못과 아쉬운 점을 되새긴다. '나는 왜 그럴까?' '나는 왜 그랬을까?' 모든 게 '나는', '나는'으로 시작한다. 하지만 관찰을 할 때는 잠시 나를 잊어버릴 수 있다. 내가 아니라 멀리 산꼭대기에 선 송전탑을 보고, 아파트 입구에 차단봉으로 눕혀놓은 쇠파이프를 본다. 그리고 그것들이 왜 있는지, 누가 이렇게 해놓았는지 생각한다. 관찰을 시작하면 보이지 않던 것들이 보이고, 내가 아닌 것들의 의미를 다시금 생각하게 된다.

워크숍을 마치고 다시 집으로 출발한다. 아까 관찰하며 왔던 길을 다시 거슬러 돌아간다. 경전철이 미끄러지듯 나아가며 의정부의 야경을 보여준다. '저건 뭐지?' 아까는 보지 못했던 또 새로운 무엇이 내 마음을 이끈다.

관찰은 언제나 새롭고, 어디에서나 할 수 있다. 돌아가는 길도 제법 즐거울 것이다.

월드컵 경기장 건너의 성산시영아파트 단지에
가봤다. (중동)

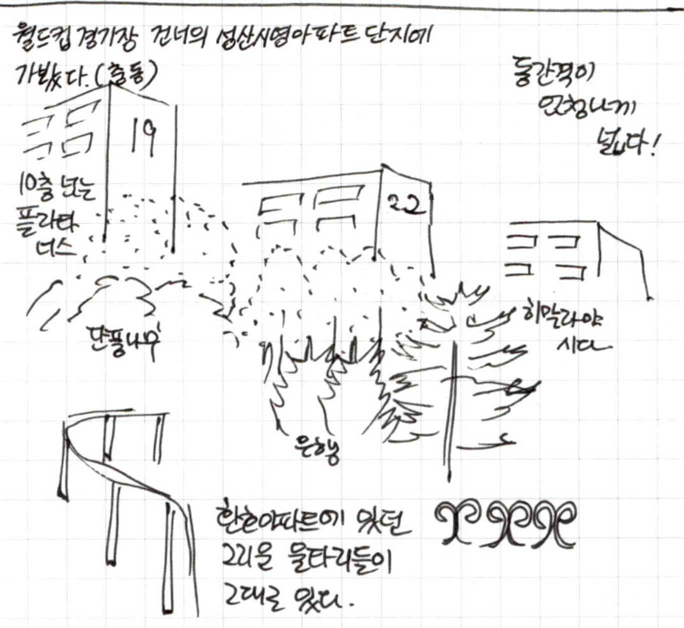

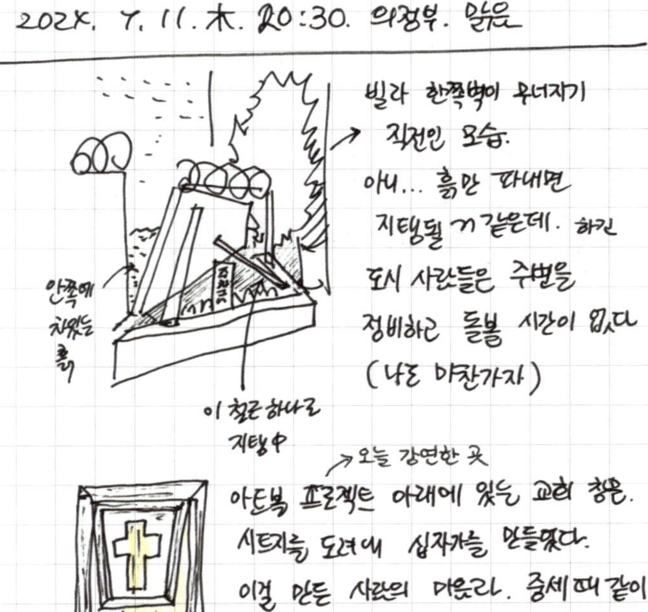

오늘 떠들썩 로스트 가는 길에 멋진 가게 봤a.

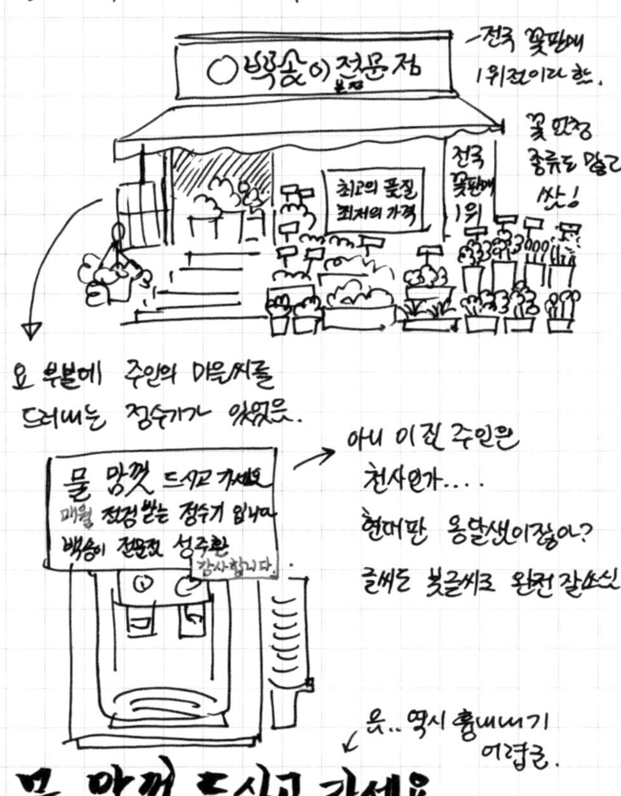

전국 꽃판매 1위점이라 한.

꽃 말정 종류도 많고 싼!

요 부분에 주인의 마음씨를
드러내는 정수기가 있었음.

아니 이집 주인은
천사인가....
현대판 옹달샘이잖어?
글쎄도 붓글씨로 완전 잘쓰심.

윽.. 역시 흉내내기
어렵군.

물 맘껏 드시고 가세요

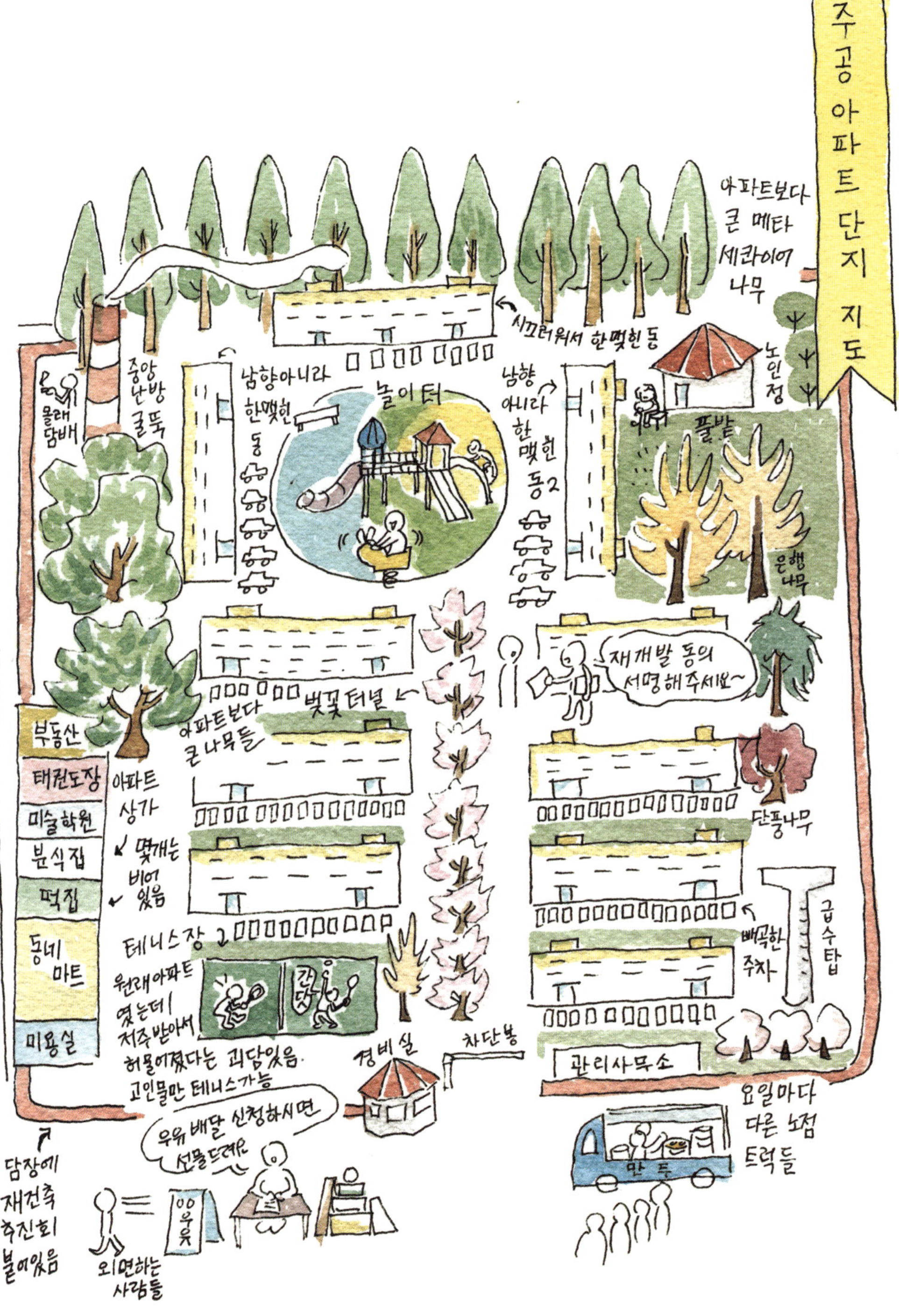

주공 아파트 단지 지도
아파트보다 큰 메타세콰이어 나무
시끄러워서 한맷힌 동
노인정
몰래 담배
중앙난방 굴뚝
남향아니라 한맷힌 동
놀이터
남향 아니라 한맷힌 동2
풀밭
은행나무
재개발 동의 서명 해주세요~
부동산
태권도장
미술학원
분식집
떡집
동네 마트
미용실
아파트 상가
몇개는 비어 있음
아파트보다 큰 나무들
벚꽃 터널
단풍나무
빽빽한 주차
급수탑
테니스장
원래 아파트 몇 동 있는더 저주 받아서 허물어졌다는 괴담있음. 고인물만 테니스 가능
경비실
차단봉
관리사무소
우유 배달 신청하시면 선물 드려요
요일마다 다른 노점 트럭들
만두
담장에 재건축 추진회 붙어있음
우유
외면하는 사람들

오늘 곳곳 식판데이줬다가 돌아오는 길이 월드컵경기장
FC서울 카페가서 바깥2층에서 음료 마셨다.
재밌는 거 봄.

다리
앞에서

채소노점 하시는 할머니가 장사가 끝나고 난후 (알뜰이었나?)
어디서 나온지 모를 빗자루로 자기가 있던 자리를
슥슥 쓸며 청소하심. 그리고 깔았던 박스는 풀숲에
숨겨놓음. 그러더니 그 뒤에 자리깔고 놀던 우리니
합류했음?! 그리고 노래
부르며 노심.

자전거인지 오토방인지   잘안보임. → 할머니 셕.
올라가던 할배(젊은)도
아는척 하더니 합류함. 사람들은 누구나 자신의 인생이 있다.

2024. 7. 20. 土. 12:50. 라이언베이커. 흐림

라이언베이커에 책도 보고
브런치도 먹으려 갔다.
라이언 베이커 창...
특히 개를 묶어놓고
덕분에 흥하다.

치아버터
샌드위치
(칠판지우개 아님)
재밌도게 많이 보인다.
...가는 사람들이 많아서

오늘 본 행복한 장면. 아빠가 아기를 꼭
강아지에게 아기를 보여줌...고 조심스럽게
아이에게 흐의의 웃음을... 우 행복해 보임!

2024. 01. 29. 16:13. 月. 디미씨역.   5/-5℃

다정한 광경 봤다. 디미씨 6호선 환승라인

행인 에스컬레이터에서
배웅하는 모습
엘리베이터기 최대 길이
다 올라가는 모습 불따가지

코를 베어가기는 커녕 남의 코에 관심도 없는 서울에서 스몰토크라니

'오늘도 한마디도 안 했네.'

집에 들어와 신발을 벗으며 깨달았다. 오늘 어디를 갔더라. 새로 생긴 국밥집에서 경상도식 소고기국밥을 먹고, 마트에 가서 버섯과 양배추를 사고, 카페에 들러 아메리카노를 마셨다. 그리고 버스를 타고 집에 돌아왔다. 그러는 동안 어떤 말도 할 필요가 없었다.

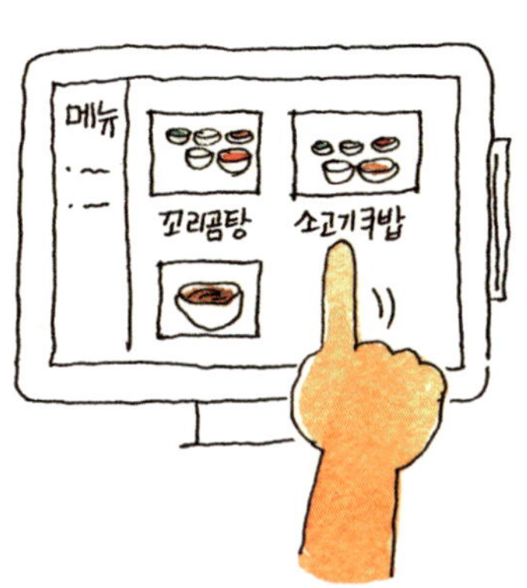

오늘 내가 간 모든 곳에 키오스크가 있었다. 단말기의 매끈한 화면을 들여다보며 국밥을 주문하고, 마트에선 셀프 계산을 했다.

카페에서도 키오스크를 썼고, 버스는 카드를 태그하면 끝난다.

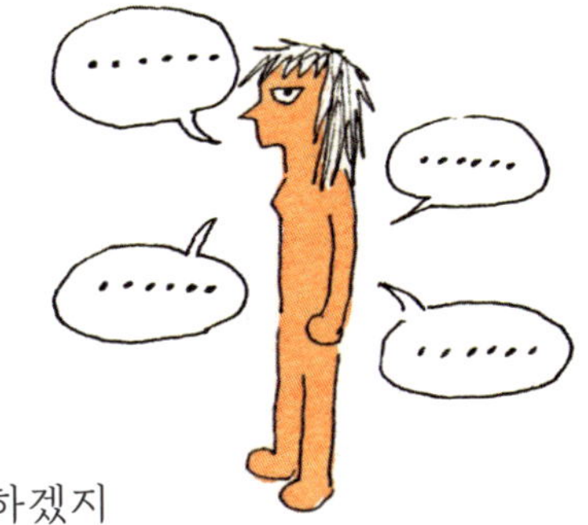

요즘 도시에서는 원한다면 한마디도 하지 않아도 아무 문제가 없다. 가게를 들어갈 때 "안녕하세요.", 물건을 받을 때 "감사합니다." 정도는 하겠지만 그걸 제외하면 대화랄 것은 전혀 없다. 옛날에는 길에서 붙잡고 길을 물어보는 사람이나 시간을 물어보는 사람이라도 있었지만, 요즘은 없다. 휴대폰 지도 앱에 위치를 넣으면 뭘 타고 어디서 내려서 어떻게 가는지 내비가 다 알려준다. 이렇다 보니 젊은 사람들은 대부분 이어폰이나 헤드폰을 끼고 다닌다. 우린 남의 말을 듣지 않고 남에게 말을 걸지 않아도 밥을 먹고 물건을 사고 길을 헤매지 않고 집에 돌아올 수 있다.

이게 좋은 걸까? 모르겠다. 어릴 때 내가 그리던 세상인 건 확실하다. 나는 원래 모르는 사람과 대화하는 것을 좋아하지 않았다. 모르는 사람과 얘기하기 싫어서 택시도 안 타고, 미용실도 잘 안 갔다. 카페나 식당에서도 주인이 조금만 친밀하게 말을 붙이면 다음부터 거기에 발걸음을 끊었다.

이러는 게 나뿐만이 아니니 이제는 택시를 타거나 미용실에 가도 사람들이 말을 안 시킨다. 하루 종일 돌아다녀도 사람과 대화하는 일은 드물다. 나는 도시와 사람들을 관찰하지만 멀리서 의도를 짐작할 뿐, 그 안으로 뛰어들진 않는다. 이대로 사는 것도 괜찮을까.

아니, 안 괜찮다. 이렇게 소극적인 관찰을 하다 보니 글 쓸 거리가 없다. 신문에 연재도 하고 있는데 기사에 쓸 재밌는 이야깃거리가 부족하다. 결국 직업적으로 스몰토크가 필요하다는 것을 깨달았다. 의도가 이미 불순하다.

(사람과 사람 사이에 간단히 주고받는 대화를 스몰토크라고 한다. 직역하면 작은 말, 곧 잡담이지만 그걸로는 의미가 온전히 전해지지 않는다. 대화보다는 가볍고, 잡담보다는 조금 더 의미가 있다. 모르는 사이, 혹은 서로 아는 사이에서 해도 그만 안 해도 그만인 작은 대화를 잠시 나누며 친밀감을 느끼는 행위 정도로 정의해본다.)

자, 지금부터 나도 스몰토크라는 것을 해보자. 이렇게 결심한다고 내 마음대로 당장 되는 것이 아니다. 스몰토크는 쉽지 않다. 미국 사람들은 모르는 사람에게도 "하우 아 유?"를 묻고 금방 아는 사이처럼 대화한다. 중국 사람들은 생전 처음 보는 나에게도 중국어로 이것저것 물어본다. 하지만 한국 사람들은 웬만해선 서로 말을 걸지 않는다. 특히 젊은 사람들은 뭐 물어보려고 "저기 죄송한데요."만 해도 소스라치게 놀란다.(사이비 종교단체들이 앙케트를 한다거나 길을 물어본다는 핑계로 포교하는 일이 많아진 다음 더 심해진 현상이다.)

기죽지 말자. 배움의 기초는 모방이라고 했다. 일단 먼저 남들이 스몰토크하는 것을 관찰하는 게 먼저다. 어린이들은 스몰토크를 잘하는 편이다. 나이가 비슷하면 "그게 뭐야?" 하는 식으로도 말을 잘 붙인다.(물론 유교 사회 일원들답게 나이를 금방 따져 위아래를

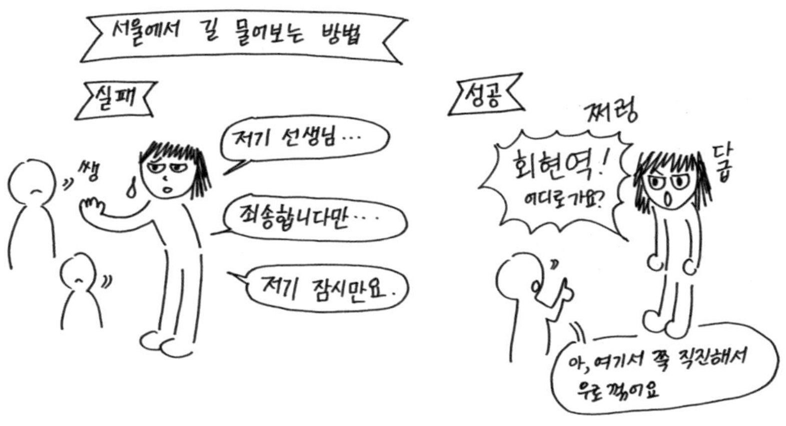

가린다.) 이에 반해 폐쇄성이 강해지는 청소년기부터는 스몰토크가 줄어들어 20, 30, 40대는 모르는 사람과 아예 말을 섞지 않는다. 이들이 모르는 사람과 얘기를 나누는 것은 "당근이세요?" 할 때 정도다.

반면 50대 이상 세대, 특히 60대 이상부터는 모르는 사람과도 대화를 스스럼없이 하는 게 보통이다. 공원에서 나물을 캐고 있는 백발의 할머니에게 지나가던 다른 할머니가 반존대로 툭 말을 던진다. "아줌마, 거기 뭐 캐시는 겨?" 대답하는 쪽도 놀라지 않는다. "아, 이거 하고초인데 된장에 지져 먹으면 맛있다길래." 목적을 이루었으니 대화는 더 이어지지 않는다. "아~" 정도의 대답도 없이 대화는 종료되고 질문자는 떠나간다. 아무렇지도 않게 툭툭 주고받고 헤어지는 것이 미국 사람 못지않다.

왜 이런 차이가 날까? 어쩌면 어릴 때 집집마다 텔레비전이 있던

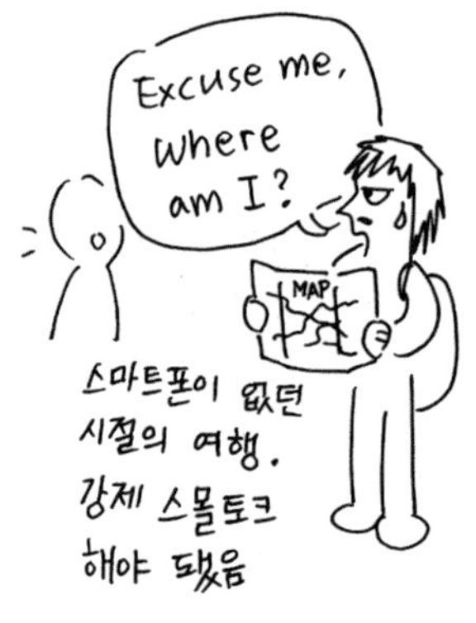

세대와 아닌 세대의 차이가 있으려나? 예전엔 새로운 소식과 정보를 얻기가 쉽지 않았다. 집 안에서 알 수 있는 건 한계가 있으니, 밖으로 나와 다른 사람에게 물어봐야 했다. 지도 앱 같은 게 어디 있나, 모르는 곳에 가려면 최소 대여섯 명이 넘는 사람에게 말을 붙여야 했다. 시계가 없으면 시계 찬 사람에게 몇 시인지 물어야 하고, 버스를 탈 때도 내가 타려는 게 맞는지 버스정류장 옆 노점에서 껌 한 통을 사며 물어봐야 했다.

그러다보니 지금의 어르신들은 스몰토크가 자연스레 몸에 붙은 건 아닐까. 스몰토크에서 어르신들은 대선배다. 존경심이 피어오른다. 지하철에서도 젊은 사람들은 무표정한 얼굴로 휴대폰만 보고 있는데 경로석에서는 하하호호 농담과 이야기가 잘도 오간다. "할아버지, 어여 앉으세요, 넘어져." "허허, 내가 스무 살밖에 안 됐는디 이런 데 앉아도 되나~?" 처음 보는 사람에게 자식 자랑을 하기도 하고, 정치 토론을 하며 목청을 높이기도 한다.

지역 차이도 있다고 한다. 일단 남쪽으로 내려갈수록 스몰토크는 좀 더 흔해진다. 특히 부산에서는 젊은 사람들도 스몰토크를 많이 한다고 한다. 마트에서 새로 나온 과자를 들고 있으면 뒤로 지나가며 "그거 별로예요." 하고 툭 던지는 사람이 있고, 식당 앞에 줄 서서 기다리고 있으면 "여기 맛있어요?" 하고 물어본다. 지하철에 타서도 어느 한 사람이 "이거 서면역 가요?" 하면 서너 명이 서로 가르쳐주려고 난리다.(그래서 부산 사람들은 서울에 올라가면 스몰토크를 하지 않는 문화에 적응하기 어렵다고 한다.)

눈 감으면 코 베어간다더니 이젠 베어가기는커녕 남이 코가 있든 말든 관심도 없는 차가운 서울. 하필 여기서 스몰토크를 도전하다니 성공할 수 있을 리가 없다. 다들 너무 바빠 보여서, 또는 기분이 안 좋아 보여서. 아무리 다녀봐도 말 붙일 핑계가 없다. 대체 어디서 무슨 말을 해야 하는가?

그러던 어느 날 마포구 망원시장에 갔다. 관광지로 유명한 시장답게 대형 관광버스가 서고 각국의 외국인들이 줄지어 내린다. 가이드가 유창한 영어로 '떡꼬치'를 설명한다. 데이트하는 커플은 고추튀김을 포장해 맥주를 들고 한강공원으로 향한다. 빨간 케첩소스가 줄줄 흐르는 핫바를 들고 멍 때리는 청소년, 방금 포장한 돈가스의 냄새를 맡아보는 남자, "잠시만 지나갈게요~" 배달할 짐을 싣고 부르릉 소리를 내는 오토바이. 혼란하다, 혼란해. 온갖 사람이 너무 많아서 걷기도 힘들다. 그 와중에도 동네 주민들은 꿋꿋하게 오이를 사고 젓

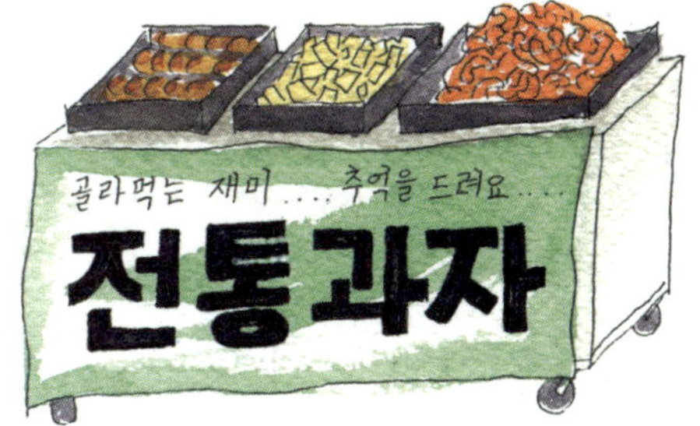

갈을 사고 두부를 산다.

"채소가 싸요, 싸! 대파 한 단에 이천 워언~!" 주인 아저씨의 우렁찬 목소리에 손님들이 우르르 몰려든다. 누군가 "어휴, 시들한 거 아냐?" 하는 혼잣말에 주인이 "보세요, 밭에서 방금 뽑아온 거 같지." 하면서 싱싱한 대파를 내민다. 또 어떤 이는 청경채를 집어들고 "이걸 뭘로 해먹나……." 하며 혼잣말을 하고, 옆의 아주머니가 "샤부샤부 해도 되고, 굴소스 넣고 볶아봐요, 맛있지." 하며 살아 있는 검색 결과를 제공한다.

헛, 바로 이거다. 스몰토크의 시작은 혼잣말이었다! 일부러 말할 거리를 지어내서 질문을 하거나 말을 걸 필요가 없었다. 그냥 혼자서 "단감이 좀 단단한 게 없나……." 하면 "저쪽 청과물상에 파는 거 봤어요." 하는 말이 어디서 훅 들어온다. 설령 대답이 돌아오지 않아도 혼잣말이었으니 체면이 상하지 않는다. 그러고 보니 나도 아까 버스정류장에서 누군가 "히익, 버스 이십 분 뒤에 온다고?" 하는 혼잣말에 "방금 갔어요." 하고 대꾸해줬던 게 생각난다. 이래서 어르신들이 자꾸 혼잣말을 하는 걸까?

이 정도는 나도 할 수 있을 것 같다. 공식을 알고 나니 용기가 생긴다. 두근두근, 이참에 내가 좋아하는 닭강정을 사러 갔다. 유명한 집이라 한참 줄을 서서 기다렸다. 드디어 내 차례가 왔다. "어서 오세요! 뭐 드릴까요?" 분위기는 떠들썩하고

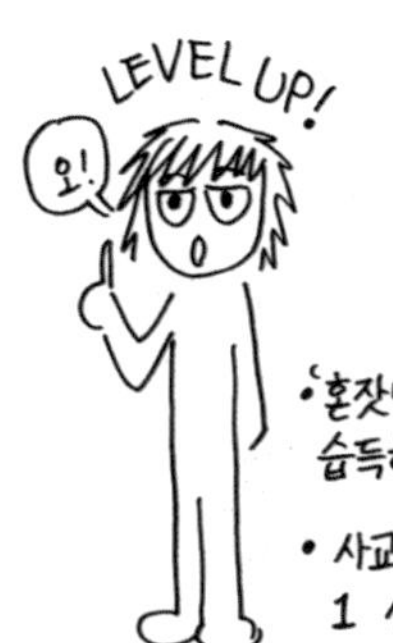

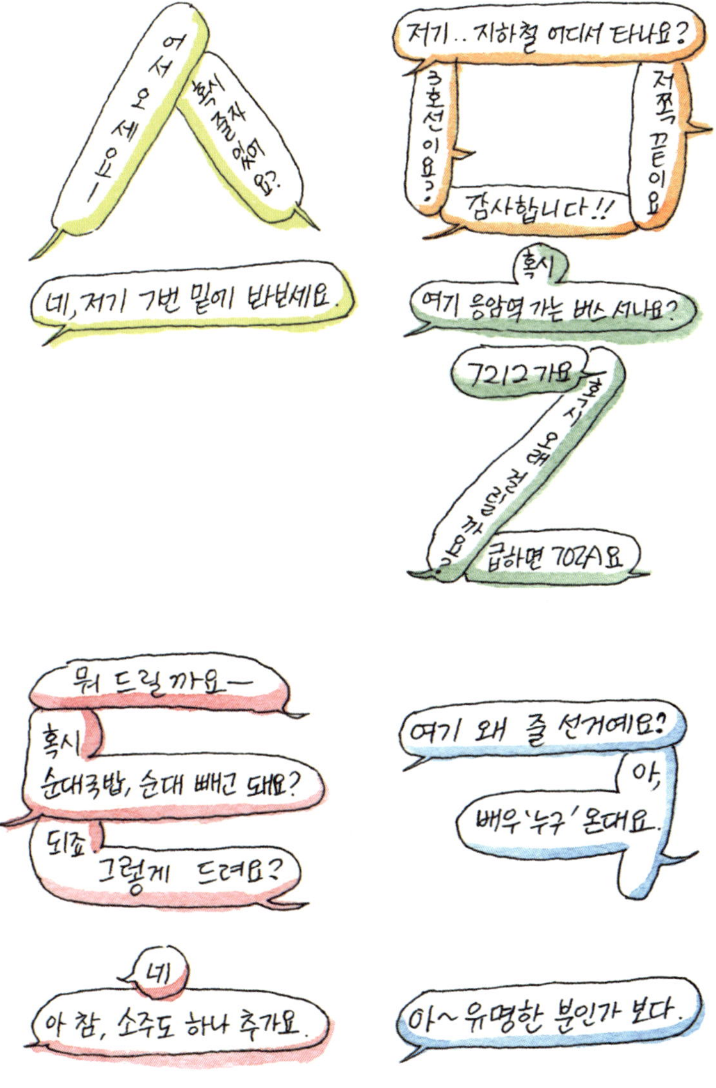
어서 오세요~
확실 할인 돼요?
네, 저기 7번 밑에 반반세요.
저기.. 지하철 어디서 타나요?
3호선이요?
저쪽 끝이요
감사합니다!!
혹시
여기 응암역 가는 버스 서나요?
7212 가요
혹시 오래 걸릴까요?
급하면 702A요
뭐 드릴까요~
혹시
순대국밥, 순대 빼고 돼요?
되죠
그렇게 드려요?
네
아 참, 소주도 하나 추가요.
여기 왜 줄 선거예요?
아,
배우 '누구' 온대요.
아~ 유명한 분인가 보다.

사장님도 활발해 어려워 보이지 않았다. 닭강정은 만 원에 두 가지 맛을 고를 수 있다. 오리지널을 고르고 나니 나머지 하나는 뭘 할지를 모르겠다. 매운 걸 고를까 말까. 그래, 이럴 때 혼잣말 스킬을 쓰는 거다!

"⋯⋯많이 맵나⋯⋯."

매운맛을 가리키며 혼잣말 아닌 어색한 혼잣말을 하자 사장님이 바로 "아니, 맛있게 매워요~ 내가 맵찔이인데 이건 잘 먹어." 하고 넉살 좋게 응수해준다. 용기가 조금 생긴다.

"그럼 매운맛은 다섯 알만 넣어주세요."

그러자 사장님이 씨익 웃으며 장난스럽게 말한다.

"후회할걸? 후회할걸?"

생각지도 못한 전략이다. 웃음이 터져나온다.

"ㅋㅋㅋ 걍 매운맛 반, 오리지널 반 주세요."

너무 자연스러운 대화다. 여기서 한마디를 더 해볼까, 말까. 에잇, 해보자.

"여기 전에 먹어보고 넘 맛있어서 또 왔어요."

순간 사장님의 눈썹 끝부분이 아래로 쓱 내려가고 눈은 부드러운 곡선을 그린다. 얼굴이 불을 켠 것처럼 밝아진다. 숨을 크게 한 번 들이마시고 나에게 크게 외친다.

"⋯⋯고마워요~~!"

누가 들어도 행복한 목소리다. 나도 대답한다.

"많이 파세요!"

성공이다. 그런데 해냈다는 성취감이 드는 대신 왠지 가슴이 찡하다. 아주 잠깐이지만 그 사람에게 내 마음이 바로 전달된 것을 느꼈다. 기쁨과 보람이 그 사람의 얼굴을 환하게 만드는 것을 목격했다.

그동안 이런 게 조금은 그리웠던 걸까? 화면에서 메뉴를 선택하고, 카드를 집어넣고, 알림이 오면 가서 포장된 음식을 받아오는 무미건조한 과정에선 절대 느낄 수 없는 것이 있었다.

게임 용어가 익숙한 젊은 세대가 사용하는 말 중에 NPC가 있다. non-player character의 준말인데 원래 게임 속에서 사람이 직접 조작하지 않는 캐릭터를 말한다. NPC는 게임의 일부로서 항상 제자리에 있고 같은 말을 한다. 부여된 설정은 있지만 인격은 없다. 그래서 누군가를 인간으로 대하지 않을 때 '사람을 NPC로 안다'는 표현을 쓰기도 한다.

게임 속에는 NPC가 있지만 실제 세상은 게임이 아니고 그 누구도 NPC가 아니다. 내가 이 사회에서 접하는 모든 사람은 실제로 존재한다. 나는 거기서 동떨어져 있지 않다. 여기 분명히 속해 있다. 이런 믿음은 바로 스몰토크의 효능이다.

확신하건대, 이 닭강정은 분명히 더 맛있을 것이다.

탄핵 집회,
관찰 대신 뛰어들다

"여러분, 나라가 망했어요."

12월 3일 밤, 타이베이의 한 게스트하우스에서 받은 메시지다. 나는 2주간의 대만 여행을 마치고 다음 날 입국을 앞두고 있었다. 짐도 다 싸고, 침대에 기대 여행일지를 쓰고 있는데 갑자기 휴대폰에 몇 개의 알림이 동시에 울렸다. "2024년에 계엄령이래요", "이거 가짜뉴스 아니에요?", "이다야, 한국은 큰일 났다". 읽을 틈도 없이 메시지 알림은 계속 이어졌다. 머리가 띵했다. 아니, 나 돌아가도 되는 거야?

혼란스러운 마음으로 공항에 들어섰다. 진짜 나라가 뒤집혔다. 뒤늦게 소식을 따라가느라 마음이 초조했다. 다행히 국민들의 힘으로 계엄은 해제됐지만 안심할 수 없었다. 토요일에 친구들과 탄핵 집회에 나가기로 약속했다.

결전의 날이 왔다. 기온은 영상 1도. 안에 내복을 껴입고, 기모 후드와 롱패딩을 입었다. 배낭에는 물과 간식, 손소독제와 방석을 챙겼다.

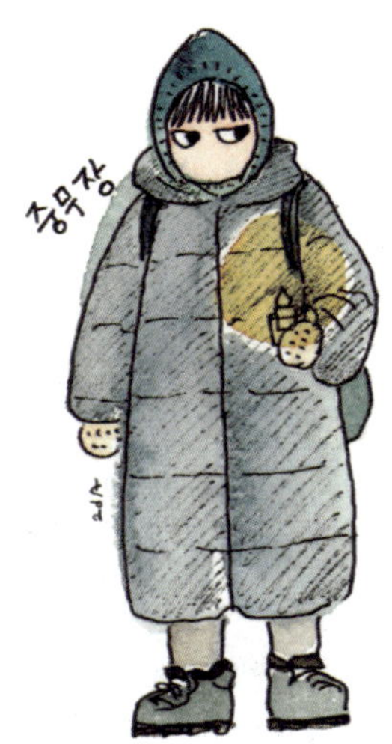

집회 장소는 여의도 국회의사당 앞이다. 사람들로 꽉 찬 지하철은 국회의사당역을 지나치더니 샛강역에 정차했다. 이 사람들을 뚫고 어떻게 내리지 생각할 틈도 없이 여러 군데서 "내릴게요!" 하더니 대부분의 사람들이 출구로 우르르 빠져나간다. 어어어, 나도 덩달아 떠밀려 자연스럽게 승강장에 도착했다.

이 많은 사람들이 설마 다 집회에 가는 건 아니겠지? 설마가 진짜였다. 내리자마자 검은 롱패딩의 물결이다. 손에 LED 촛불이나 응원봉을 든 사람들도 벌써부터 보인다.

사람들 표정이 평소와 다르다. 지하철에서 마주치는 사람들의 표정은 비슷하다. 과연 즐거운 일이란 게 있을까 싶은 정도로 건조하고 지쳐 있다. 하지만 오늘 사람들의 표정은 그렇지 않는다. 눈은 빛나고, 입은 굳게 다물려 있다. 그리고 단호한 발걸음으로 출구를 향해 성큼성큼 걷는다. 아무도 터덜거리거나 휴대폰을 보며 힘없이 걷고 있지 않다. 이것이 바로 결연함이구나 생각했다.

1번 출구에서 친구들과 합류했다. 다들 동시에 "이게 대체 무슨

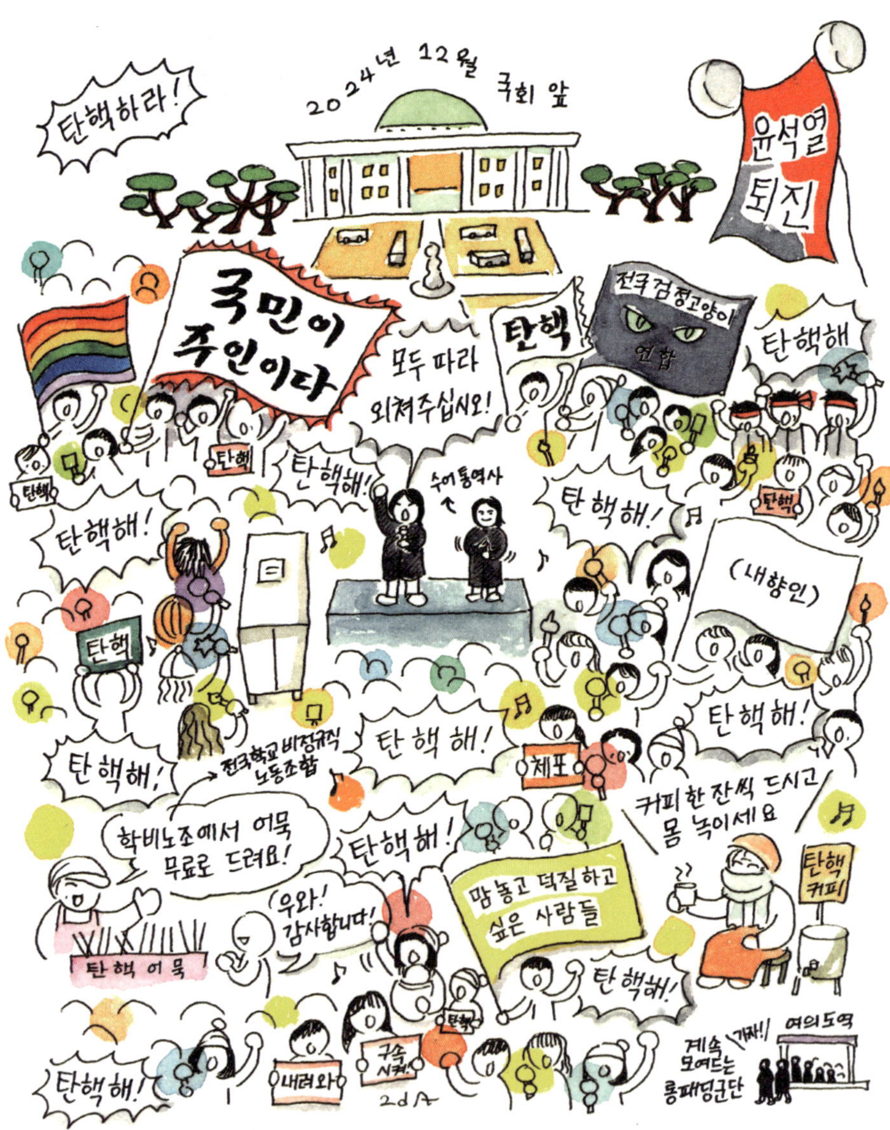
탄핵하라!
2024년 12월 국회 앞
윤석열 퇴진
국민이 주인이다
모두 따라 외쳐주십시오!
탄핵
전국검정고양이 연합
탄핵해
탄핵해!
탄해
탄핵해!
수어통역사
탄핵
탄핵해!
탄핵
탄핵해!
(내향인)
탄핵해!
탄핵해!
탄핵해
전국학교 비정규직 노동조합
체포
커피 한 잔씩 드시고 몸 녹이세요
학비노조에서 어묵 무료로 드려요!
탄핵해!
맘 놓고 덕질하고 싶은 사람들
탄핵 커피
탄핵 어묵
우와! 감사합니다!
탄핵해!
탄핵
내려와
구속시켜!
탄핵해!
계속 모여드는 롱패딩군단
기자!
여의도역

일이야!"를 외쳤다. 익숙한 얼굴들을 보니 긴장이 약간 풀린다. 지하철역 주변에는 우리처럼 누군가를 기다리는 사람들이 많았다. 바로 옆에도 무지개 깃발을 든 여성들이 누군가를 기다리고 있다. 깃발을 보고 "혹시 ○○님?" 하면서 사람들이 합류한다. 아마도 트위터 등에서 만난 친구들과 모여서 가는 모양이다. 지하철역 출구에서 나온 사람들과 버스에서 내린 사람들이 모두 한 방향을 향해 뚜벅뚜벅 걸어간다. 이대로 그냥 따라만 가면 될 것 같다.

보통 집회는 광화문 앞 광장에서 열린다. 광화문은 탁 트여 있고, 넓다. 시야를 가리는 설치물도 별로 없다. 그런데 여의도는 길 자체도 광화문에 비해 좁은 데다 가운데 가로수길까지 있다. 발을 깡총거리며 내다봐도 시위대의 전체 모습이 보이지 않는다. 그러다 누군가 먼저 "윤석열을— 탄핵하라!!" 외치자 모두가 기다렸다는 듯이 "탄핵하라!"를 따라 외쳤다.

꽉 막힌 군중 속에서 구호만 외치며 이십 분이 지났다. 힘들진 않지만 답답했다. 탄핵소추안이 가결됐는지 부결됐는지, 여당 의원들이 얼마나 투표에 참여했는지도 모르겠다. 인터넷도 전화도 안 터진다. 그런데 누가 "지금 국힘 의원들이 본회의장에 안 들어오고 있대요!" 하고 크게 외쳤다. 사람들의 탄식과 야유 소리가 들린다. "국민의힘— 돌아와라!" 누군가가 선창하자 모두가 "돌아와라!"를 외쳤다.

안 되겠다. 더 앞으로 가야겠다. 내가 앞장서고 친구들은 등 뒤에서 앞사람의 가방끈을 잡았다. "뒤에 있지?" "응!" 지금 잃어버리면

미아가 되는 거다. 한 줄로 이어진 우리는 약간의 틈을 공략하며 한 걸음씩 앞으로 나아갔다. 록페스티벌에서 사람들을 뚫고 전진하던 경험이 이럴 때 유용하게 쓰일 줄 몰랐다.

커다란 나무 사이를 요리조리 빠져나가자 갑자기 탁 트인 광장이 나왔다. 여기가 그 유명한 여의도공원인가? 공원에 오자 이제야 사람들의 얼굴이 보인다. 아이 손을 잡은 엄마와 아빠, 가지각색의 깃발을 든 젊은 여성들, 애니메이션 캐릭터 인형을 가방에 주렁주렁 매단 남성, 노조 조끼를 입은 중년 남성들, 등산복을 입고 등산 모자를 쓴 노년 부부 등 평소에는 한 공간에서 보기 어려운 사람들이 한데 모여 있다.

"저기 국회 돔 보인다!" 고지가 보이니 멈출 수 없다. 앞에서 빠져나오는 사람들이 있어 그 틈으로 조금씩 들어가다보니 마침내 커다란 전광판이 보인다. "윤석열을— 탄핵하라!" 진행자의 카랑카랑한 목소리도 제대로 귀에 꽂힌다.

주변에는 응원봉을 든 젊은 여성들이 압도적으로 많았다. 펄럭이는 깃발들도 보인다. '전국까만고양이연합회', '얼룩말연구회', '집요정권리운동본부' 등. 이런, 나도 만들어올 걸 그랬다. 뭐가 좋을까, 불광천청둥오리수호단? 전국비공식도시관찰자협회? 뭐든 좋을 것 같다.

"전해주고 싶어, 슬픈 시간이— 다 흩어진 후에야— 들—리지만—" 소녀시대의 「다시 만난 세계」가 울려퍼진다. 2016년 이화여대 점거 농성 이후 젊은 여성들의 민중가요가 된 명곡이다. 손에 든 작은 LED 촛불을 흔들며 큰 소리로 노래를 따라 부르는데 왠지 모르게 목이 멘다. 가사가 지금 상황 같아서다. "수많은 알 수 없는 길속에— 희미한 빛을 난 쫓아가—" 뒤를 돌아보니 친구들의 눈도 촉촉하다. 이런 일을 겪는 것이 슬프고 화가 나지만 동시에 가슴이 벅차다. 이 많은 사람들이 뜻을 함께한다는 게 감격스럽다.

"Whip—whiplash—" 에스파의 「Whiplash」 전주가 나오자 모두가 열광했다. "구호를 따라 외쳐주십시오! 탄—핵, 탄—핵, 윤석—열 탄핵!" "탄—핵, 탄—핵, 윤석—열 탄핵!" 스피커 출력이 굉장하다. 귀는 터질 것 같고 박자에 맞춰 심장이 두근거린다. 눈물이 쏙 들어갔다. 사람들이 응원봉을 격하게 흔든다. 박자에 맞춰 어깨를 들썩이고, 빛이 사방에서 흔들린다. 여기가 집회 현장이 맞나? 탄핵 클럽 아닌가? 아니 탄핵 콘서트?

집회 현장의 분위기가 박근혜 탄핵 때와는 완전히 달랐다. 그땐 광장에 신나는 음악이 없었다. K팝도 없었다. 사람들은 민중가요를 불렀고, 침착하게 촛불을 들었다. 구호를 외치지 않는 동안에는 무거운 침묵이 내려앉았다. 이렇게 흥이 넘치는 분위기는 아니었다.

"뚜룻뚜뚜뚜두두— 뚜룻뚜뚜뚜두두— 내가 제일 잘 나가—♩♪"

으아악! 2NE1이다! 해가 지니 점점 추워져 발도 얼었는데 갑자기 몸에 힘이 솟구친다. 같이 온 친구들도 어느새 리듬을 타고 있다. 뭐지, 이 흥겨움은? "야, 이래도 되나 싶은데 솔직히 너무 재밌다.” “미친, 나도.” 배를 잡고 웃었다. 주변의 낯선 사람들의 표정도 모두 밝다. 이럴 수가, 집회가 재밌다니!

이어 거북이의 「빙고」, 로제의 「APT.」, 그리고 바로 이어 윤수일의 「아파트」, 김연자의 「아모르 파티」, 신해철의 「그대에게」, BTS의 「불타오르네」가 나왔다. 최고의 선곡이다!

안타깝게도 이날 탄핵소추안 표결은 무산됐다. 아마 집에서 이 소식을 접했다면 절망했을 거다. 하지만 현장에 나와 수많은 사람들과 함께하는 건 달랐다. 외롭지 않았다. 왠지 다음에는 가능할 것 같다는 희망을 느꼈다.

사실 난 그동안 집회에 별로 나간 적이 없다. 더구나 20대에는 정치에 관심을 갖지 않았다. 턱도 없는 이상주의를 지향했고 무정부주의자라고 스스로 칭했다. 모든 국회의원과 정당을 혐오했다. 목소리를 높이는 쪽에 조금이라도 흠결이 보이면 ‘역시 정치하는 놈들은 다 똑같아.’ 하고 욕했다. 집회 현장에서 조금만 맘에 안 드는 부분이 보이면 쉽게 실망했다. 그리고 다시 참여하지 않았다.

지금 생각해보면 그때 나는 정신적으로 고립되어 있었다. 다른 사람과 어울리는 방법도 잘 몰랐다. 정치에 대해 말하면 “잘 알지도 못하면서 의식 있는 척하네.” 하고 경멸당할 것 같았다. 사람들이 다 아는 사건이나 정치인을 나는 몰라서, 또는 다른 사람들과 의견이 같지 않아서 망신당하거나 실망을 끼칠까봐 두려웠다. 아예 침묵하면 누구도 실망시킬 일이 없을 거라 생각했다. 참여하지 않으면, 관찰하는 상태로 있으면, 욕을 먹지 않으니까.

하지만 이제 알겠다. 나는 완벽할 필요가 없다. 정치에 대해 아주 잘 알 필요도 없다. 그냥 뜻이 있는 곳에 머릿수 하나 보태는 거로도 충분하다. 완벽하지 않은 상태로도 원하는 바를 주장할 수 있다는 것을 알겠다.

제인 구달의 책 『희망의 이유』에는 이런 구절이 나온다. "모든 사람은 중요하다. 모든 사람은 자신만의 역할이 있다. 모든 사람은 변화를 일으킬 수 있다." 이제 이 말에 공감한다.

12월 14일, 다시 여의도 집회에 참여했다. 지난주를 교훈 삼아 가방을 아주 가볍게 싸고 발등엔 핫팩을 붙였다. 응원봉도 챙겼다.

지난주보다 사람이 더 많다. 그새 익숙해진 경찰의 통제 라인을 따라 발을 옮겼다. 어쩌다보니 방송사 트럭 뒤에 자리를 잡았다. 전광판도 안 보이고 매연도 심했지만 열심히 "탄핵!"을 외쳤다.

그리고 마침내 "가결되었음을, 선포합니다."라는 우원식 국회의장의 목소리가 스피커를 통해 울려퍼졌다. "와아아아아아아아아!" 배경음악처럼 「다시 만난 세계」가 시작된다. 사람들이 노래를 따라 부르다 말고 북받쳐 운다. 절정을 향하던 영화의 클라이맥스에 다다른 느낌이었다. 혼란이 정리되기까지는 앞으로도 갈 길이 멀다. 하지만 어두움을 밝히는 수많은 불빛 속에서 나는 더 이상 관찰자가 아니었다. 시민의 한 사람으로서

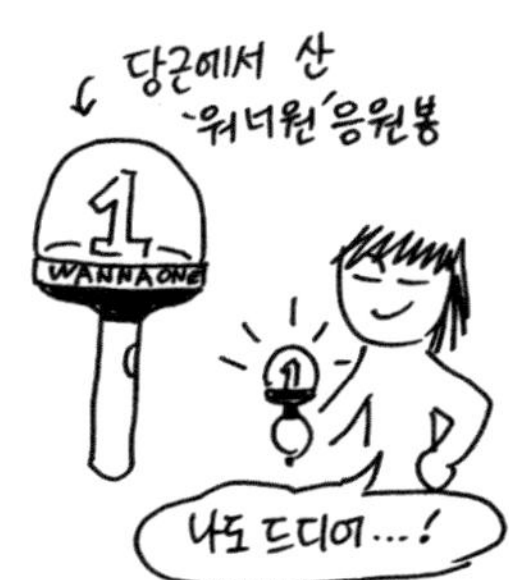

여기 한가운데 있다.

집회가 끝나고 돌아가는 길. "쓰레기 버릴 것 있으세요?" 한 20대 여성이 쓰레기봉지를 들고 와서 물어본다. 주변을 보니 함께 쓰레기를 줍는 여성들이 보인다. "여기 턱 있어요. 조심하세요!" "빨간불이에요. 다음에 이동하세요!" 전철역으로 가는 동안 인파를 통솔하던 젊은 여성들의 목소리가 귓가에 쟁쟁하다.

나는 이런 사람들과 한 사회에서 살아가고 있다. 그것만으로도 희망은 충분하다.

2025. 4. 1. 火. 맑음.

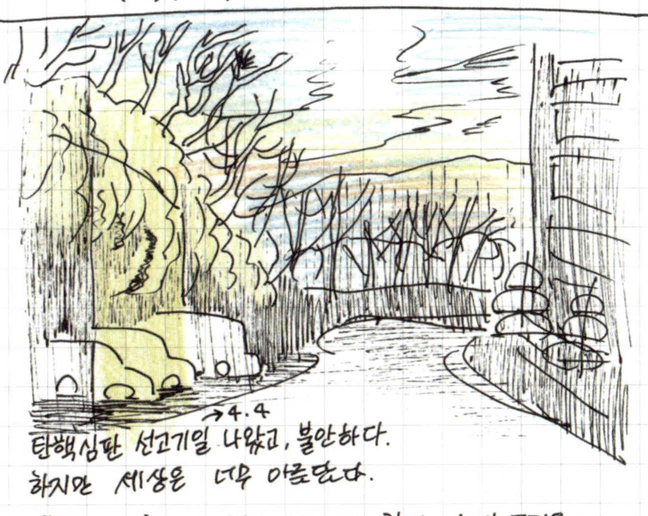

→4.4
탄핵심판 선고기일 나왔고, 불안하다.
하지만 세상은 너무 아름답다.

신공항에서 현대아파트로 내려가는 길에 벽에 드리운
노란 개나리에 지고 있는 해의 빛이 가닿은 모습을
보는 것은 아름답다. 세상은 가치가 있다.

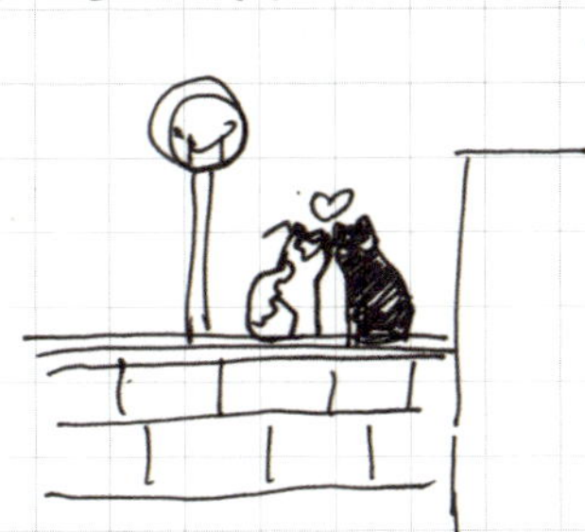

돌아오는 길에 😊 빌라
담장에서 서로 머리를
맞대고 있는 치즈/깐냥이를
봤다. 찍으려하니까 재빨 비켜서
까맹이가 개째려봄.
가끔 어떤 순간은 사진을 찍으려
하면 없어져 버린다.

오늘도
같은 곳에서 같은 것을

오늘은 안 가야지. 그럴 돈 모아서 집 사야지. 결심해보지만 자동으로 몸이 그쪽으로 향한다. 간판을 보면 충동을 이길 수 없다. 목이 말라도, 마르지 않아도 일단 그냥 들어가보고 싶은 곳이다.

"어서 오세요—"

카페는 누구나 갈 수 있다. 여름엔 시원한 에어컨이 있고 겨울엔 따뜻한 히터가 있다. 음악이 흘러나오고 바깥과 달리 벌레나 바람도 없다. 음료수 한 잔 살 돈만 있으면 쾌적한 공간과 시간을 살 수 있다. 시간제한이 따로 있는 것도 아니다.(오래 머물 때 음료 한 잔을 더 시키는 건 어디까지나 체면 때문이다.)

"주문하시겠어요?"

요즘 카페의 메뉴는 대부분 비슷하다. 굵은 글씨로 ICED AME-

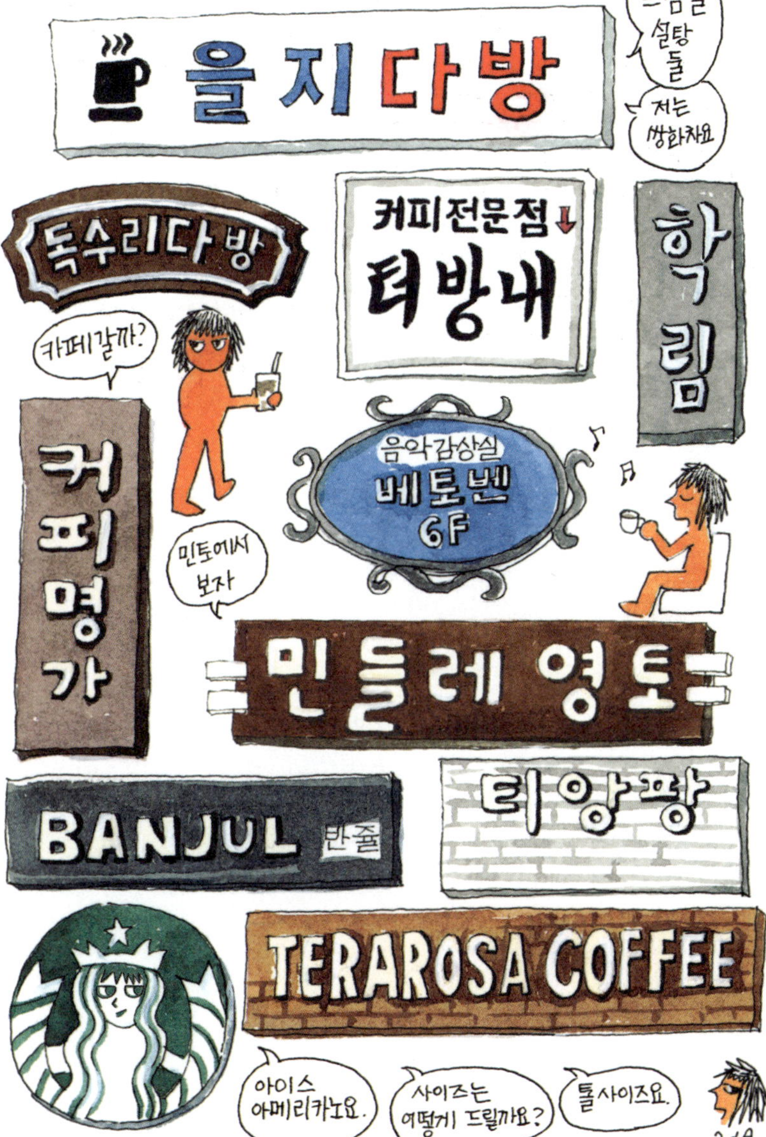
프림들 설탕들
저는 쌍화차요
을지다방
커피전문점
터방내
독수리다방
학림
카페갈까?
커피명가
음악 감상실
베토벤
6F
민토에서 보자
민들레 영토
BANJUL 반줄
티앙팡
TERAROSA COFFEE
아이스 아메리카노요.
사이즈는 어떻게 드릴까요?
톨 사이즈요.
2dA

이상적인 메뉴판 ⇩

아메리카노	핫	아이스	4.000
CAFE AMERICANO	HOT	ICED	
카페라테	핫	아이스	4.500
CAFE LATTE	HOT	ICED	
홍차	핫	아이스	4.000
BLACK TEA	HOT	ICED	

실제 ⇩

CAFE AMERICANO	4.0
CAFE LATTE	4.5
CAFE MOCHA	5.0
EARL GREY	4.0

* 1인 1메뉴 입니다.

* 1인 1음료 필수

RICANO, CAFE LATTE, CAFE MOCHA 하며 영어가 쓰여 있고(엄밀히 말하면 이탈리아어), 옆에 눈곱만한 크기로 한글이 쓰여 있다.(아예 한글을 안 써놓는 가게들도 있다. 그런 가게들은 '1인 1음료 주문해주세요'는 열심히 한글로 써놓는다.) 가격은 대체로 5.0, 6.0 하고 약식으로 쓰여 있다. 오천 원이면 5000원이지, 5.0은 대체 어느 나라 돈이란 말인가. 모르는 척 5원을 내밀고 싶은 심정이다.

맨날 카페에 와도 맨날 메뉴로 고민한다. 뭘 먹지? 역시 아메리카노인가? 좀 딴걸 먹어보고 싶은데……. 하지만 카페라테는 우유가 싫고 카페모카는 달아서 싫다. 그렇다고 차를 시키면 물에 티백만 풍덩 빠뜨려서 나올 것 같다. 스무디나 과일주스를 시키려니 당 때문에 부담스럽다. 고민을 아무리 해봐도 역시는 역시.

"아이스 아메리카노 주세요."

이탈리아에서 에스프레소가 탄생했고 미국 사람들은 거기에 물을 타 아메리카노를 만들었다. 그리고 몇십 년 후, 아이스 아메리카노는 동아시아의 작은 나라에서 전국을 제패한다.

"드시고 가시나요?"

"아니요, 여기서 먹을게요."

"편하신 곳 앉으시면 돼요."

편하신 곳은 어디인가. 사실 아까 카페에 들어올 때부터 창가 좌석이 빈 것을 봤다. 그래서 들어온 걸지도 모른다. 나는 일단 바깥이 보이는 자리를 선호한다. 그 창밖 풍경이 좋든 구리든 말이다. 탁 트여 있으면 최고이고, 그게 아니라면 약간의 초록이라도 보이면 좋다.

사람들이 편안함을 느끼는 기준은 다 비슷해서 보통은 창가부터 자리가 차고, 그다음이 벽 쪽이다. 사방이 남에게 노출되는 자리는 마지못해 앉는다. 인간은 본능적으로 안전한 자리를 늘 찾는다고 한다. 주위 전망을 볼 수 있어 어떤 일이 일어나는지 바로 파악할 수 있으나, 내 위치는 접근이 어려워 위험을 대비할 수 있는 곳 말이다. 카페에서 위험이 닥칠 일은 없지만 이런 이유에서 창가 자리에 집착한다고 핑계를 대본다.

위잉— 원두 가는 소리, 치익 증기 빠지는 소리, 탕탕 하며 울리는 커피 원두 찌꺼기 버리는(전문용어로 '노킹'이라고 한다고) 소리. 제법 큰 소음이지만 이것 역시 카페의 일부다.

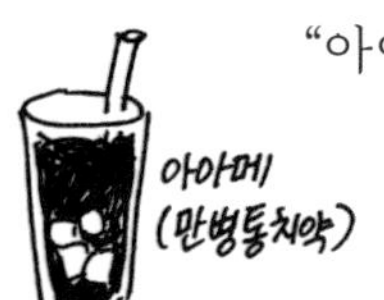

"아이스 아메리카노 나오셨습니다—"

아아메가 나오셨다니 얼른 가서 모셔와야겠다. 이상한 존댓말이지만 그 나름의 이유가 있다. 이렇게 하지 않으면 왜 반말을 하느냐고 항의를 하는 사람들이 있다고 한다. 불친절한 사람으로 찍히느니, 차라리 무식한 사람이 되는 게 편하다는 거다.

아이스 아메리카노를 들이켠다. 날씨는 쌀쌀하지만 그래도 아이스가 좋다. 쓰고 시원한 맛. "캬—" 소리라도 내야 할 것 같다. 잘은 모르겠지만 뭔가 속이 싹 내려가는 기분이다. 옛날엔 아아메 없이 어떻게 살았을까?

내가 어릴 때는 카페보다 다방이 훨씬 많았다. 다방의 주메뉴는 일명 '다방 커피'로 불리는 믹스커피다. 인스턴트 커피와 프리마, 설탕을 배합한다. "프림 하나에 설탕 둘"같이 내 맘대로 커스텀하는 것도 가능했다. "카페라테에 우유는 오트밀크로 변경하고 바닐라 시럽 추가해주세요." 하는 것과 별반 다르지 않다. 믹스커피는 뜨거운 것만 가능했고 시원한 커피는 '냉커피'로 따로 분류됐다.(냉커피는 집집마다 레시피가 달랐다.) 이외에 쌍화차, 율무차를 팔고 오렌지주스, 콜라 같은 기성 제품도 있었다. 아이들에게는 주로 파르페나 아이스크림을 시켜줬다. 맨 아래에는 콘푸로스트 시리얼을 깔고 그 위로 딸기, 바닐라, 초코 아

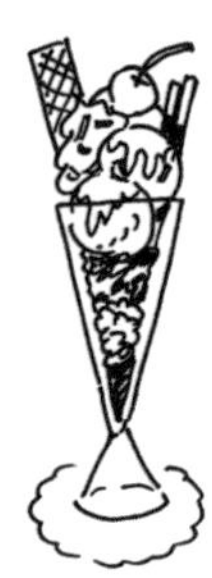

이스크림 세 스쿠프를 올려 초코 시럽을 뿌리고 웨하스와 빼빼로를 꽂아서 장식한 파르페는 아직도 기억에 생생하다.

옛날 다방의 파르페를 떠올리자 곧 그때의 분위기도 생각난다. 이름은 보통 장미다방, 을지다방 하는 식으로 총 네 자가 되는 경우가 많았다.(참고로 을지다방은 아직도 서울 을지로에서 영업 중이다.) 요즘 카페가 대부분 1층에 있고 통유리창으로 내부가 환하게 보이는 것과 달리 다방은 천장이 낮고 어두컴컴했다. 창문이 아예 없는 지하 다방이 많았고 창문이 있어도 유리에 커다랗게 붙어 있는 글자 때문에 밖이 잘 보이지 않았다. 좌석 사이사이에도 파티션을 세우는데 주로 커다란 화분이나 어항을 놓았다. 그런 장치들 덕분에 지금의 카페들보다 좀 더 프라이버시가 보장됐다. 그래서인지 처음 카페에 갔을 때 길 한가운데 앉아 있는 기분에 조금 당황스러웠다.

다방 시대에도 직접 원두를 갈아서 커피를 내는 집들이 있었다. 이런 집들은 다방이 아닌 '커피전문점'이라고 불렸다. 매장 인테리어에는 짙은 갈색을 많이 썼고 언제나 클래식이 흘러나왔다. 주인은 40~50대의 안경 낀 남성일 때가 많았다. 커피 좀 좋아한다 하는 사람들은 옛날에도 다방보다 커피전문점을 찾아다녔다.

2000년을 기점으로 현대식 카페가 나타나기 시작한다. 종업원이 메뉴판을 들고 주문을 받으러

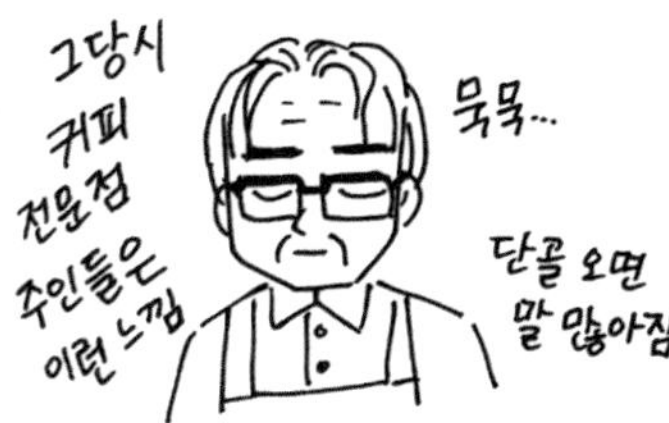

오고 음료를 가져다주는 대신 손님이 직접 카운터에서 주문하고 음료를 받아가는 시스템이 생겼다. 서울부터 다방은 점점 사라져갔다. 달콤한 다방 커피 대신 쓰고 개운한 아이스 아메리카노가 전 국민의 입맛을 평정했다.(아직도 다방 커피를 그리워하는 사람이 많은데 바닐라 라테가 그 맛과 가장 비슷하다고 한다.)

현대식 카페가 막 생기던 초창기에는 젊은 사람들, 특히 20대 여성들이 주 고객이었다. 이들에겐 밥보다 더 비싼 커피를 마시는 '된장녀'라는 멸칭이 붙었다.(남자들이 먼저 그랬어도 '된장남'이 되었을까?) 지금 생각해보면 앞서나간 사람들이다. 요즘은 아저씨들은 물론이고 할머니, 할아버지들도 카페를 이용한다. 어느 카페나 연령대가 다양하다. 동네 카페에선 모임을 하는 것도 자주 본다. 거의 동네 사랑방이나 지붕 달린 정자나 마찬가지다.

그러고 보니 부산의 한 카페에서 재밌는 장면을 본 적이 있다. 내 건너편 자리에 70대 초반으로 보이는 두 남성이 앉았다. 시간은 오후 9시, 카페에 오기엔 다소 늦은 시각이다. 둘은 따뜻한 아메리카노를 시켰다. 음료가 나오자 자연스럽게 받아와 각자 앞에 커피를 놓았다. 둘은 커피잔을 들고 가볍게 '짠'을 했다. 저게 술잔이라면, 여기가 카페가 아니라 선술집이나 고깃집이라면 더 어울릴 분위기다. 둘은 커피를 한 모금씩 홀짝홀짝 마시면서 수다를 떨었다. 정치 얘기를 했다가 동창 얘기를 했다가 자식 얘기, 건강 얘기까지 주제가 광범위하다.

그러다 한 어르신이 테이블 한쪽에 치워둔 쟁반에 자기가 먹던 커피잔을 뒀다. 아마도 테이블에 커피 얼룩이 생기는 것이 신경 쓰였던 것 같다. 그러자 다른 어르신이 탐탁지 않은 목소리로 "왜 커피를 거기에 둬." 하며 다시 상대방 앞으로 잔을 옮겼다. 그리고 자기 커피잔을 들어 또 '짠'을 요구했다.

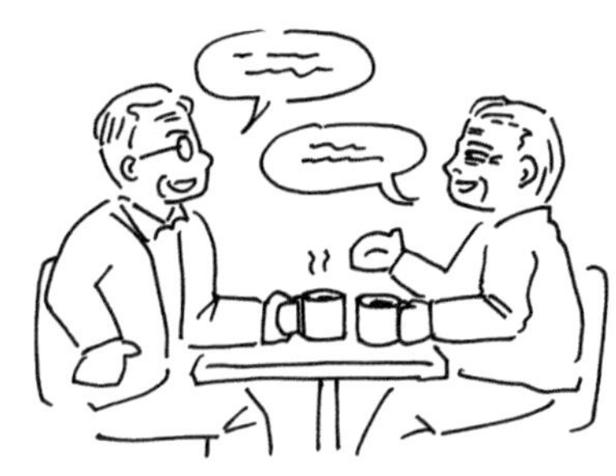

이 둘 사이에서 커피는 완벽하게 술잔을 대신하고 있었다! 마치 잔을 빨리 비우지 않는 사람을 타박하거나 술잔을 치워놓은 사람을 비난하는 것처럼 말이다.

이 어르신들은 다방에서 커피전문점, 카페까지 모든 변화를 경험했다. 내가 나이가 들면 이 세상은 어떻게 바뀔까? 지금의 카페에서 변화할 수 있는 것이 더 있나? 그때가 되면 스타벅스가 지금의 을지다방처럼 레트로 명소가 될지도 모른다. 그렇지만 그때도 '실내 공간에서 커피와 앉을 곳을 제공한다'는 목적 자체가 사라지진 않을 것이다. 카페를 닮은 그 무언가는 인류가 존재하는 동안 영원할 것이다.

인간은 아는 사람이 아니더라도 다른 사람들 사이에 있으면 스트레스가 줄어든다고 한다. 우리는 모르는 사람과 한 공간에서 평화롭게 있을 수 있다. 신기한 일이다. 낯선 존재를 극도로 경계하는 침팬지들이라면 벌써 커피잔을 던지고 쟁반을 내동댕이치며 싸움이 일어났을 거다. 하지만 우리는 모르는 부족끼리 한 공간에서 각자 음료를 즐긴다. 서로 인사하지 않는다. 대화를 하지도 않는다. 음료를 나눠 마시지도 않는다. 같은 공간에서 서로의 존재를 용납하며 함께 잠시 존재한다.

"또 오세요—"

카페를 나선다. 약간의 에너지가 차오른 듯하다. 이제 또 걸어볼까. 다리가 아파도 괜찮다. 언제든 내 앞엔 쉬어갈 카페가 있을 테니.

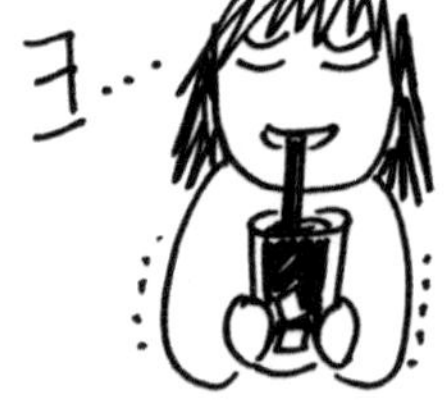

<u>202X. 1. 31</u>

시장카페 (사실상 다방)에서 멋쟁이 신사와
아즘마들의 대화 들음

→겉만...

노인 근지
이중석 무언승차 얘기하려고
인트로 까는거임.

69금
대화

멋: 세상에서 제일 맛있는 술이 뭐여.

줌: 입술

멋: 아니 그건 들어야돼.
　　잘못하면 징역 살아부러.

홍미진진
솔깃

★카페안에서
멧비들기가
방앗간 곡식 훔쳐
먹는것 봄
(지나가면 아저씨가 휘이: 핫)

듣기싫음→
시큰둥

여긴
카페인가.
대합실인가.

풉
학
(뿜은편)

중절모

← 젊었을 때
　　끼나이었을 듯

옛날에 나도 삼성 다녔어—
임원은 모 했지만—

빨간 마후라

핏이 딱 맞는 정장

말 안 하고 있을땐 멋있어 보였음.

내가 모르는
세상

어느 날 망원시장에서 생전 처음 보는 것이 눈에 띄었다.

이게 붙어 있던 곳은 된장과 고추장을 파는 집이다. 빵집에서 빵 나오는 시간을 적어놓은 건 흔히 본다. 정육점에서 소 잡는 요일을 간판에 새겨놓은 것도 본 적 있다. 하지만 장 담그는 날을 따로 알려주는 건 처음 봤다. 더 신기한 건 그날이 바로 '손 없는 날'이라는 거다. 손 없는 날에 이사하는 건 나도 안다. 이때 이사를 하면 비용이 더 올라간다. 그런데 손 없는 날과 고추장의 상관관계는 도통 모르겠다.

생각하다보니 몇 달 전 일이 떠올랐다. 같은 빌라에 사는 아주머니가 김장을 했다며 김치를 주신 적이 있다. "우리 김장하느라 많이 시끄러웠죠, 아휴, 좋은 날 받아서 하느라……." 웃으며 김치를 받으면서도 속으론 물음표 열 개를 띄웠다. 김장하는 데 좋은 날을 받았다는 게 대체 무슨 말이지? 좋은 날씨에 한다는 건가, 아니면 휴가를 냈다는 건가?

망원시장에서 손 없는 날에 장을 담근다는 안내를 보자 갑자기 이해가 됐다. 아주머니가 김장을 한 "좋은 날"은 바로 손 없는 날이었다!

김장은 한두 명이 하는 게 아니니 참여자들의 스케줄을 맞춰야 하고, 야외에서 하는 경우도 많으니 비도 오면 안 된다. 스케줄과 날씨를 맞추는 것도 힘든데 거기에 손 없는 날까지 따져 김장을 했다니 놀라웠다. 아니, 솔직히 말해서 손 있는 날 김장을 한다고 무슨 큰일이 난단 말인가. 끽해봤자 김치 맛없는 것 말고 닥칠 일이 뭐가 있다고.(물론 김치가 맛없는 것은 심각한 일이 맞긴 하다.)

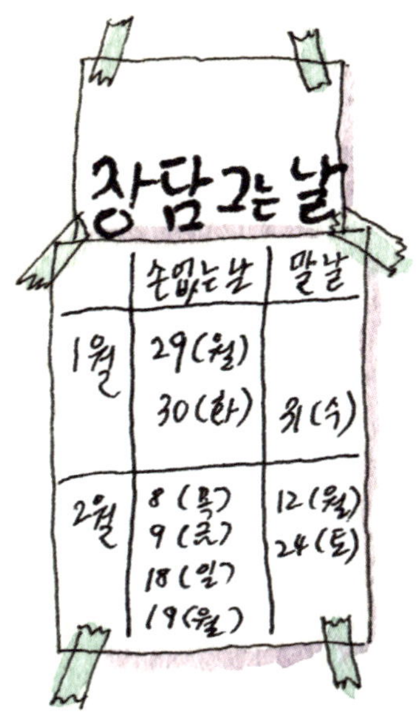

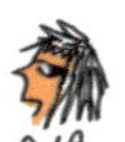
말날은 마지막 날이란 뜻이 아니라 말(히이잉 우는 말)의 날이다. 말날은 길일로, 뭘 해도 잘 되는 날이다. 특히 이날 장을 담그면 맛있다고 하는데 그 이유가 말도 콩을 좋아해서라고 한다. (옛날 사람들 귀엽다.)

한국민족문화대백과사전에 검색해보니 손 없는 날에 장을 담그거나 김장을 하는 건 생각보다 보편적인 문화였다. 여기서 '손'이란 귀신이다. 더 전문적으로 들어가보면 인도 밀교 경전에서 정식으로 처음 등장한다는 귀신 '태백살'인데(잠깐, 인도 귀신이 왜 한국까지?) 이틀 간격으로 동서남북으로 옮겨 다니며 해코지를 하는 나쁜 놈이다. 이 귀신은 딱히 한 맺힌 개인은 없는지 사람과 김치를 가리지 않고 공평하게 액운을 뿌린다.

지금은 이사 정도에나 손 없는 날이 적용되지만 예전엔 전쟁의 출전, 배 타기, 결혼, 장례, 나무 베기, 집수리 같은 온갖 대소사에 모두 손 없는 날을 따졌다고 한다. 심지어 장 담그기와 음양오행설을 이어붙이는 사람도 있었다. 장은 눅눅하고 습하기 때문에 '화火' 기운이 있는 날에 담가야 맛있게 된다는 거다.

그러고 보니 은행에서 나눠주는 커다란 달력에는 항상 음력 날짜와 24절기, 그리고 손 없는 날이 표기되어 있었다. 반면 어릴 때 우리 집에 있던 교회 달력에는 고난주간과 부활절이 표기되어 있다. 두 세계관은 완전히 다르다. 지금 우리는 달력과 세계관을 선택할 수 있다. 심지어 내 마음대로 도시관찰달력 같은 걸 만들어 써도 아무도 뭐라고 할 사람이 없다. 옛날엔 이런 일이 절대 있을 수 없었다. 달력을 만들 수 있는 것은 오직 나라님이고 모두가 하나의 달력과 세계관을 따랐다. 조선시대에는 개인이 달력을 만드는 건 사형감이었다고 한다.

지금처럼 이렇게 다양한 세계관을 가진 사람들이 섞여 살게 된 것은 100년 정도밖에 안 됐다. 에이미 추아의 책 『정치적 부족주의』에 따르면 인간의 몸은 현대에 살지만 뇌는 아직 부족사회에 머물

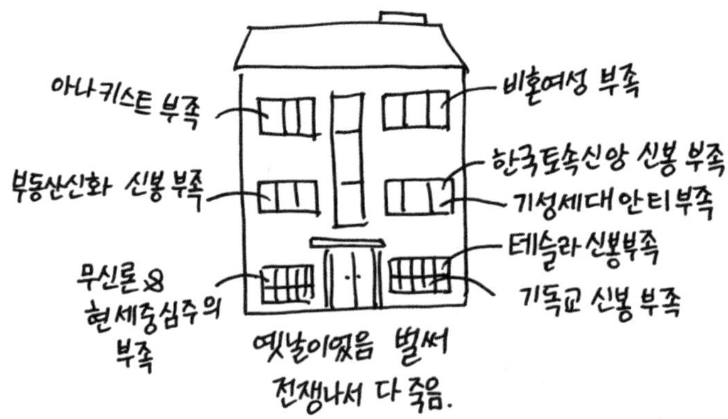

러 있다. 우리는 각기 다른 세계관 속에서 내가 속한 부족의 신념에 따라 살아간다. 아랫집과 윗집에 살아도, 심지어 피를 나눈 한 가족이라도 속한 부족은 서로 다를 수 있는 것이다.

나는 내가 속한 부족의 눈으로 세상을 판단한다. '80년대에 태어난 여성이자 결혼을 하지 않은 프리랜서 그림 작가'라는 부족이다. 내 사고방식이 여기서 벗어날 수 있을까? 나와 다른 사람들의 세상에 어디까지 접속할 수 있을까? 내가 관찰을 하고 그림을 그리는 것도 결국은 다른 사람의 세상이 궁금해서인지도 모른다.

그러던 어느 봄날, 나는 생각지도 못한 누군가의 세상을 잠시 엿보았다.

서울에 있는 모 공원에서 본 일이다. 이 공원은 다른 데와 마찬가지로 낮에 가면 어르신들이 많이 모여 있다. 입구 근처에 있는 편의

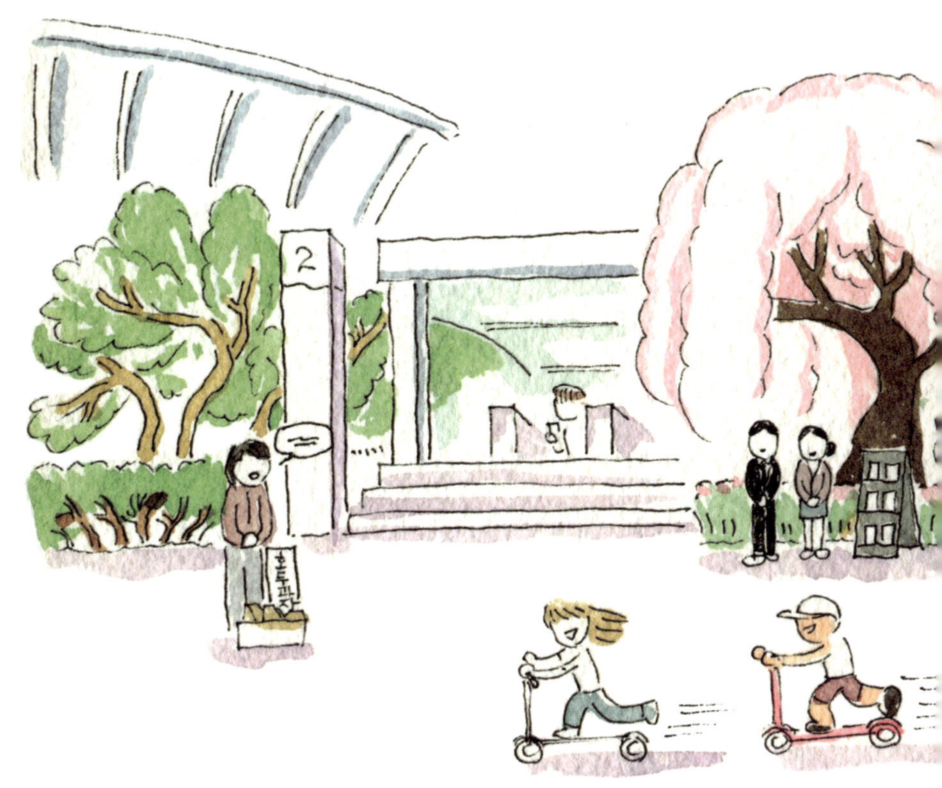

점에는 낮술을 즐기는 분들도 많은데 그 열기가 어느 헌팅포차 못
지않다. 보통 어르신들은 남녀칠세부동석을 지킨다. 그래서 할아
버지들 노는 곳과 할머니들 노는 곳은 철저히 분리되어 있다. 하지
만 이 공원은 신기하게도 성별과 상관없이 서로 어울리는 분위기
이다. 큰 나무와 작은 관목들 사이엔 박스를 깔고 잠을 청하거나 장

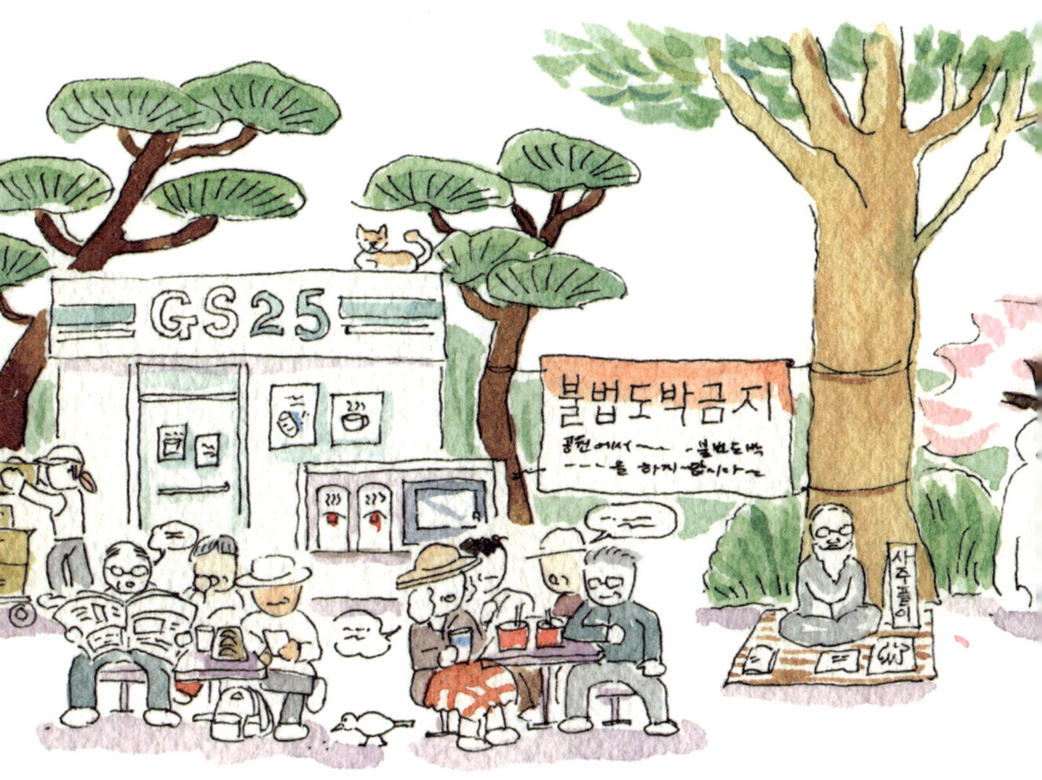

기를 두는 무리들도 있다. '도박금지'라는 현수막이 걸려 있는 것으로 보아 꽤나 재밌는 일들이 많았을 것 같다.

공원 건너편엔 오래된 주공아파트 단지가 있다. 그곳 주민들은 지하철에서 내려 집까지 가는 길에 이 공원을 지나가야 한다. 퇴근길엔 사람이 꽤 많은 편이다. 출구 앞에는 호두과자를 파는 사람도

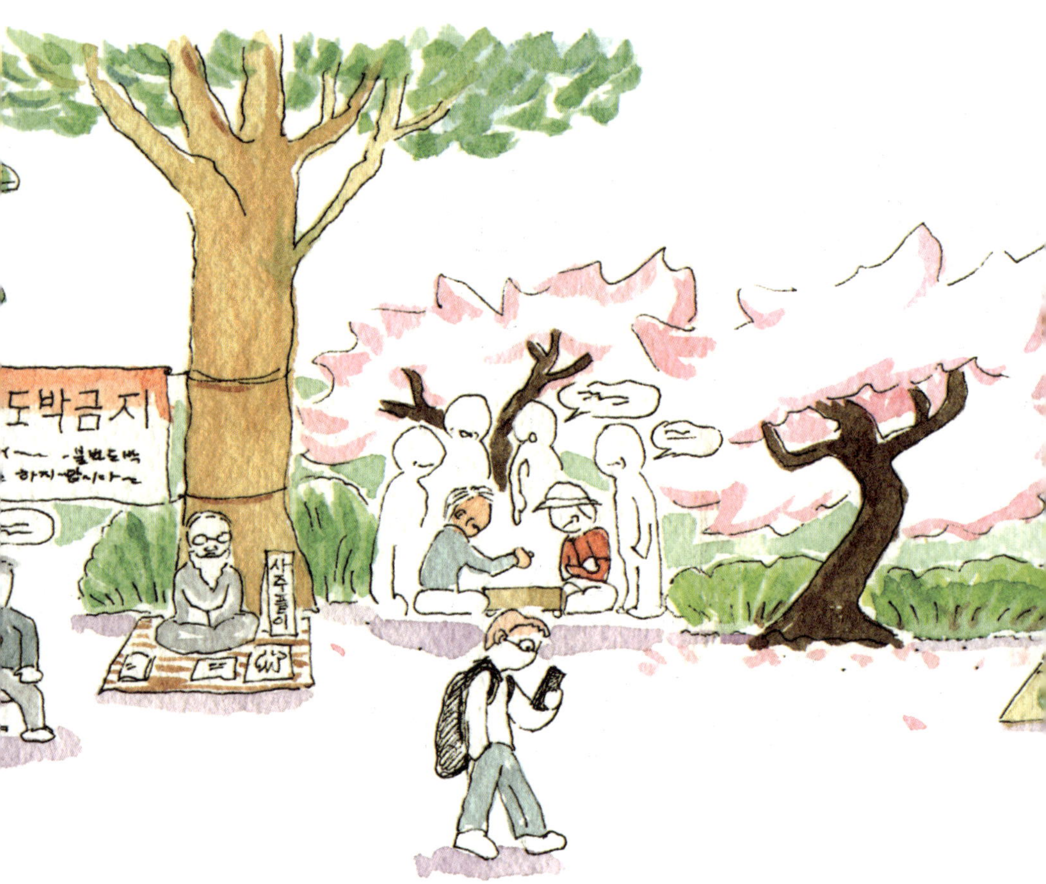

있고 사주풀이 하는 어르신도 있다. 큰 나무가 그늘을 드리운 아래
엔 박스를 깔고 채소 몇 가지를 파는 할머니들도 있다.

　그날은 봄이지만 매우 더웠다. 이 부지에 유일하게 있던 카페에
서 좀 쉬어가기로 했다. 전망이 보이는 2층 발코니에 앉아 시원한
스무디를 들이켜려는데, 아래쪽 소나무 숲에 어르신들이 자리를

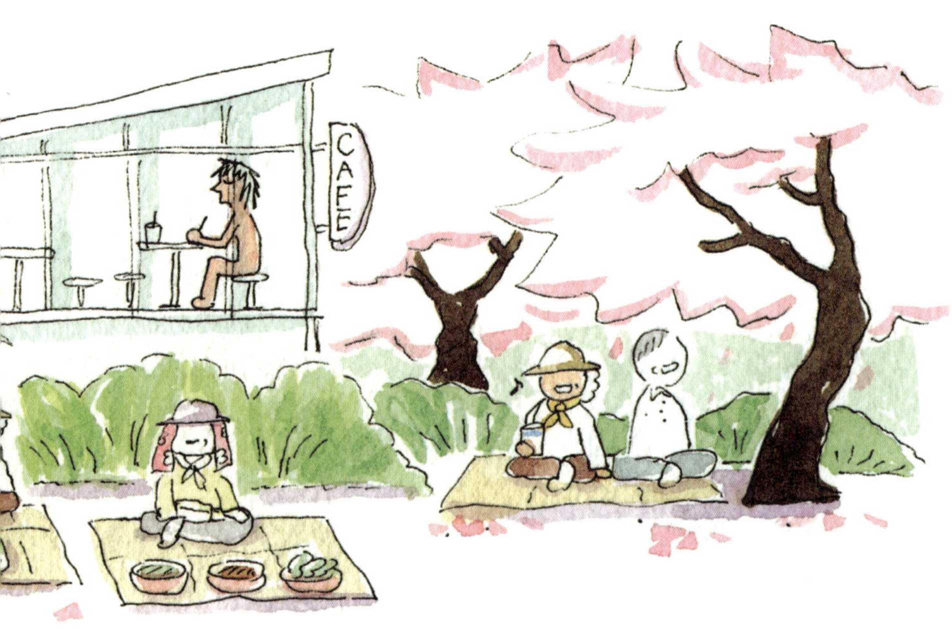

깔고 앉아 있는 게 보였다. 약간 떨어진 곳에는 채소를 팔고 있는 선
캡 쓴 할머니의 뒤통수도 보였다.

시간이 흘러 5시쯤, 해가 낮게 기울자 채소 노점 할머니가 장사
를 마쳤다. 그리고 어디서 나왔는지 모를 싸리나무 빗자루로 자기
가 있던 자리를 슥슥 쓸었다. 노점은 차려져 있는 것만 보았지, 철

수하는 광경은 처음 보았다. 바닥에 깔았던 박스는 내일 또 쓰는 건지 버리지 않고 잘 접어 관목 사이에 숨겨두셨다.

이제 퇴근하시는 건가? 이 동네에 사시는 걸까, 아니면 전철을 타고 멀리 가시는 걸까? 궁금했던 찰나 할머니는 가방을 챙기더니 박스를 숨긴 관목을 스윽 타넘어갔다. 그러고는 뒤에 자리를 깔고 있던 어르신 무리에 자연스럽게 합류했다! 무리는 늘 있었던 일처럼 할머니를 기쁘게 반겼고, 비닐봉지에 싼 떡을 권했다.

"어—이!" 그때 마침 자전거를 타고 지나가던 할아버지 한 분이 멈춰 서더니 무리를 향해 손을 흔든다. "이제 끝나셨어?" 묻더니 자전거에서 내려 또 무리에 합류했다!

벚꽃은 마지막 꽃잎을 흩날리고, 틈새로 나무에 점점이 돋아나는 연두색 새싹까지 더없이 아름다운 풍경이다. 노점 할머니는 선캡을 벗고 흰머리를 손으로 슥슥 빗어넘겼다. 그리고 몸을 가볍게 흔들며 비처럼 내리는 벚꽃잎을 바라본다. 잘 들리지 않는 대화가 이어진다. 웃음소리도 들리고 가끔 "캬~" 하는 감탄의 소리도 들린다. '평온한 한때'라는 건 바로 저런 걸 두고 말하는 걸까?

"붙잡아도, 뿌리치는— 목포행— 완행—열차~"

어디서 고운 가락이 들린다. 자세히 보니 채소 노점 할머니가 한 곡조 뽑고 있다. 어깨도 왔다 갔다 박자에 맞춰 흔들린다. (나중에 찾아보니 이 노래는 조용필의 「대전 블루스」였다.) 무리는 할머니의 노래를 듣고 있다. 한 명은 손뼉을 치며 흥을 돋운다. 즐겁다. 몰래 지켜보는 나까지도 저절로 웃음이 난다.

그냥 스쳐갈 때는 몰랐다. 길가에 앉아 채소 몇 가지를 바구니에 담아 놓고 파는 할머니들을 보면 늘 안타까웠다. 저게 장사가 되나, 집에서 쉬시는 게 차라리 낫지 않나, 하는 생각도 했다. 너무 고생스러운 삶이라고 건방지게 생각했다.

그런데 아니었다. 그들의 일상에도 지극히 평온하고 즐거운 순간이 있었다. 단지 내가 보지 못했을 뿐이었다.

도시는 넓고 사람은 많다. 매일 밖에 나가 돌아오는 순간까지 수백, 수천 명의 사람을 스쳐 간다. 그 모두에게 지금까지 살아온 삶의 궤적이 있고, 자신만의 세계가 있다니. 버겁고 또 벅차기도 하다.

관찰하지 않으면 결코 알 수 없다. 이 지구에 사는 사람의 수만큼, 관찰할 세계는 끝없이 많다. 역시 나는 아직 모르는 게 너무 많다.

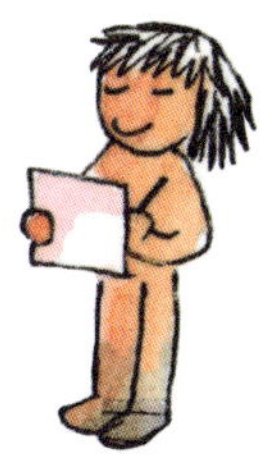

202X. 2, 11.日, 14:00. 맑음. 6/-3℃ 신서2동

멋진 보도블럭 틈새.
너무나 많은 도시의
것들이 보이지않는
사람의 손에서 손으로
만들어진.
그냥 보도블럭을 까는게
아니라. 모서리와
각기모두 다른 땅모양을 맞춰야함.
쉬운일은 하나도 없음. 빈틈없이 채워진
보도를 보면 감동스러움.

다 하고 위에
흰모래를 뿌림.
흰모래가 틈새로 들어가 더 강하게
고정이 되는 것 같음

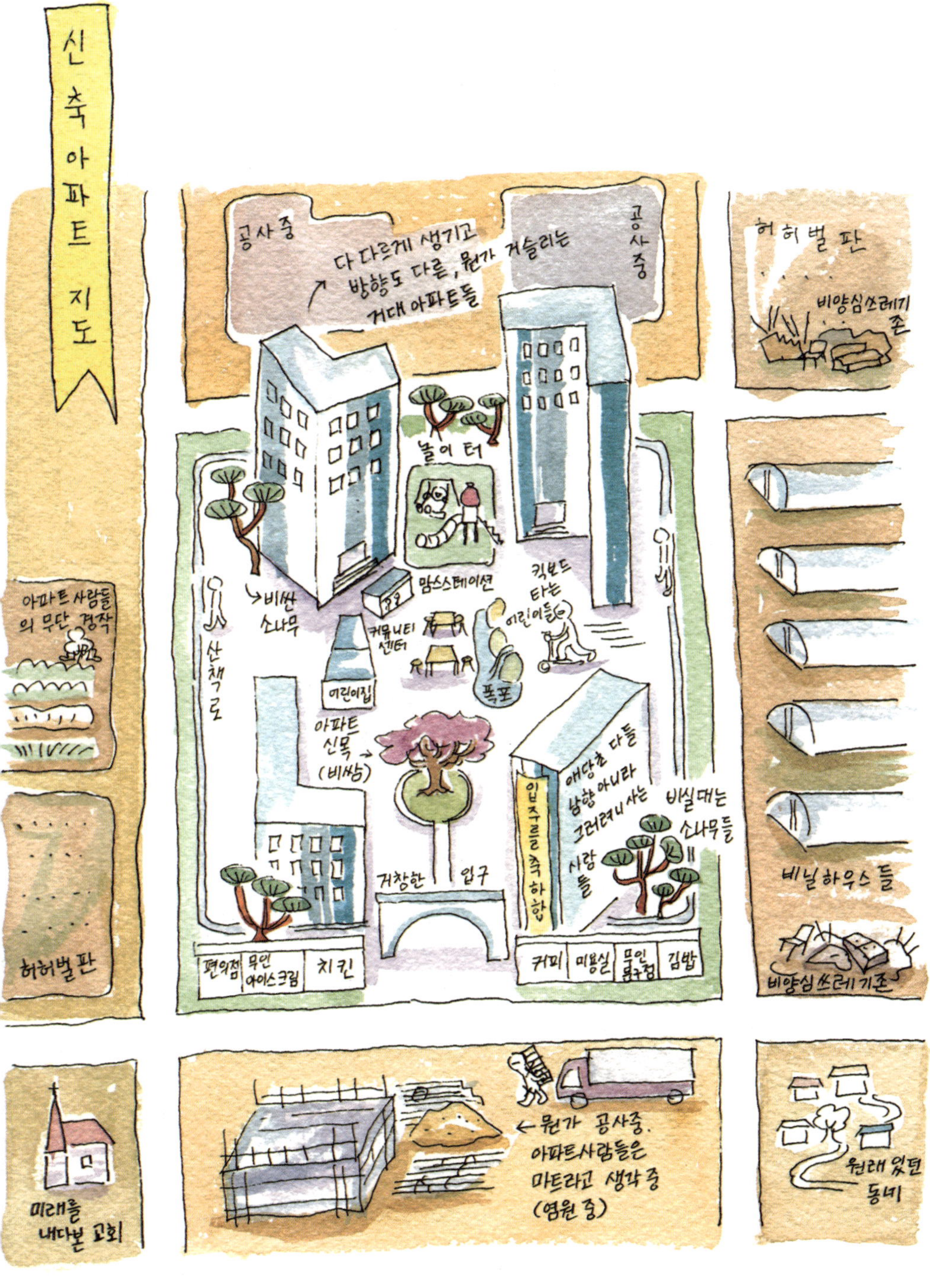

신축 아파트 지도
아파트 사람들의 무단 경작
허허벌판

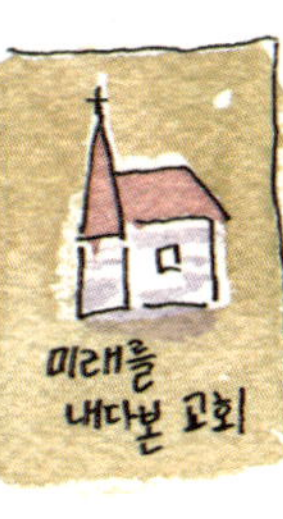

미래를 내다본 교회

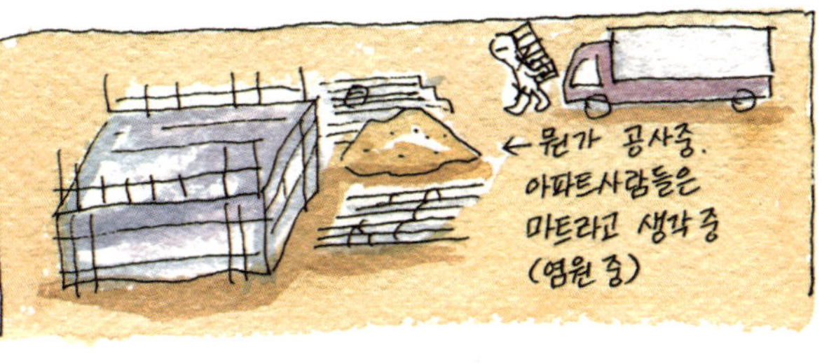

← 뭔가 공사중.
아파트사람들은
마트라고 생각 중
(염원 중)

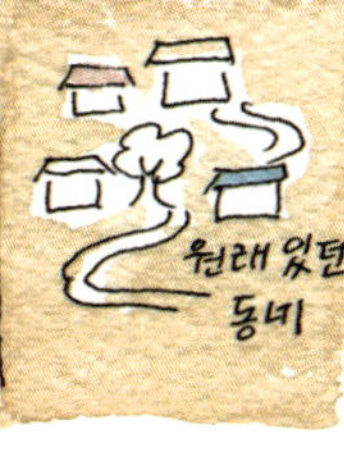

원래 있던 동네

공사 중
다 다르게 생기고 방향도 다른, 뭔가 거슬리는 거대 아파트들
공사 중
허허벌판
비양심 쓰레기 존
놀이터
비싼 소나무
산책로
커뮤니티 센터
맘스스테이션
킥보드 타는 어린이들
어린이집
폭포
아파트 신목 (비쌈)
입주를 축하함
애당초 다들 방향 아니라 그러려니 사는 사람들
비실대는 소나무들
거창한 입구
편의점
무인 아이스크림
치킨
커피
미용실
무인 문구점
김밥
비닐하우스 들
비양심 쓰레기 기존

관찰을 마치고
집에 돌아간다.
빈손으로 나왔는데
전리품이 그득하다.

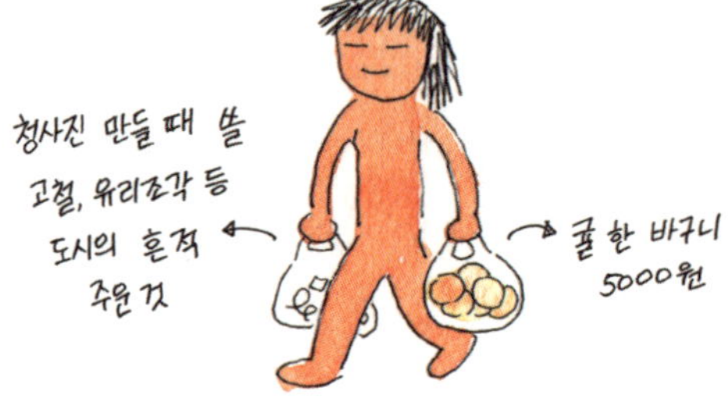

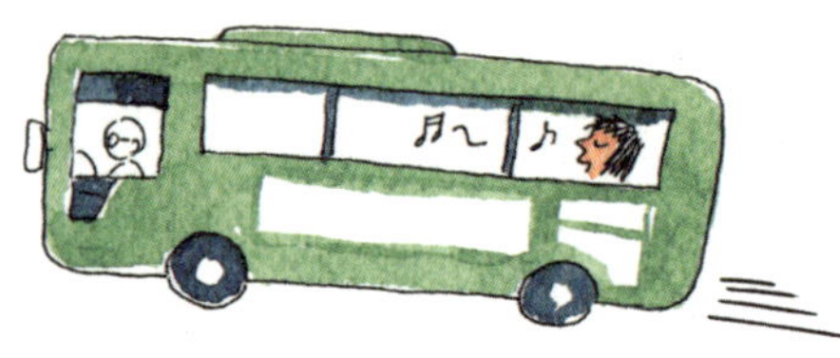

돌아오는 길에
클래식 기사님을 만났다.

오늘의 선곡은
왕립 스코틀랜드 국립관현악단이
연주한 하차투리안의
「가면무도회」 왈츠곡이다.

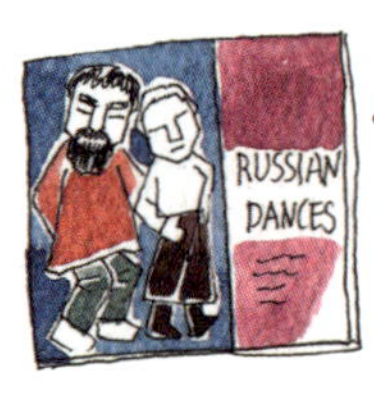

핸드폰을 열어보니
피크민 모종도 많이 자랐다.
기분이 좋다.

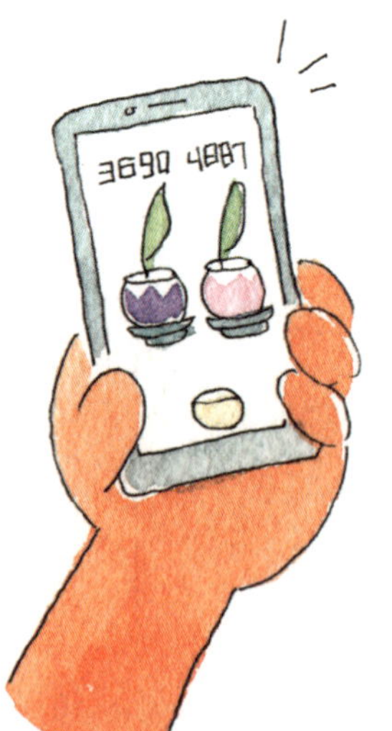

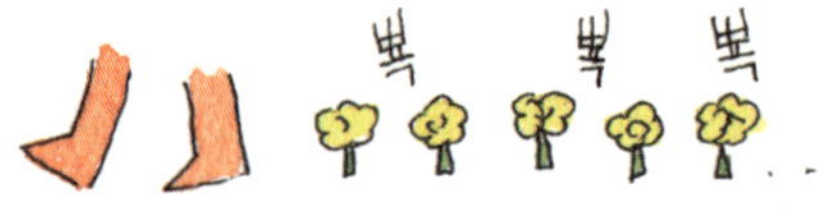

내가 걷는 곳에 꽂아 심기는 게임.
도시관찰 & 산책과 병행하면 좋다.

집에 돌아와 오늘 본 것들을 바로 기록 ……한 것은 아니고,
일단 소파에 드러눕는다.

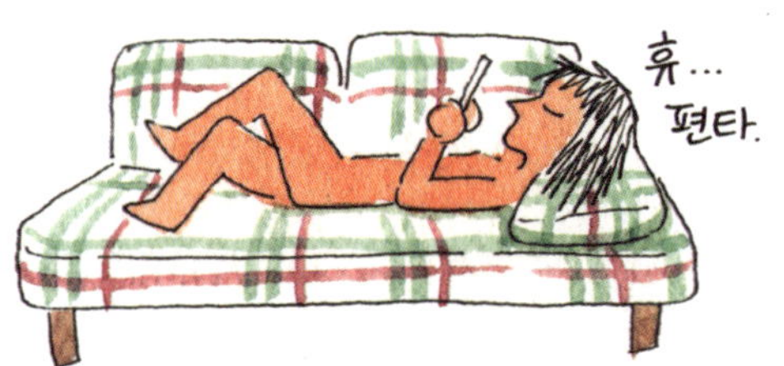

(사실 매일 산책하고
기록한다고 했지만
밀린 지 한참 됨)

방학숙제 밀린 기분… ♪

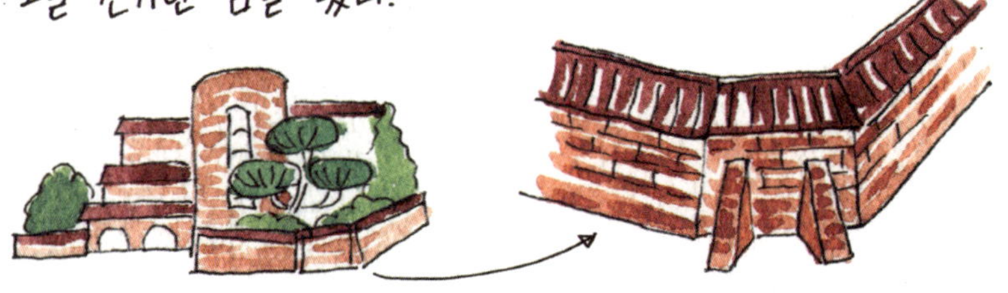

오늘 신기한 담을 봤다.

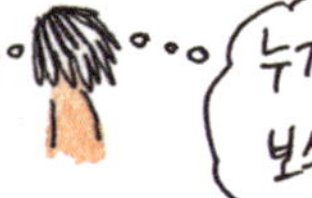

＊아시는 분은
제보 바랍니다.

신기한 빌라 간판도 봤다.

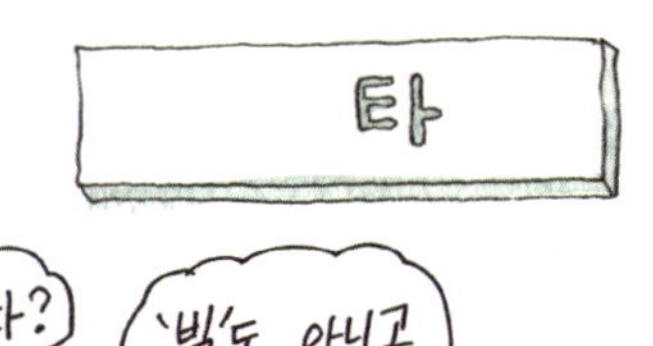

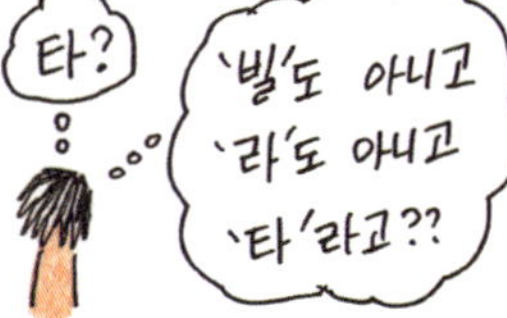

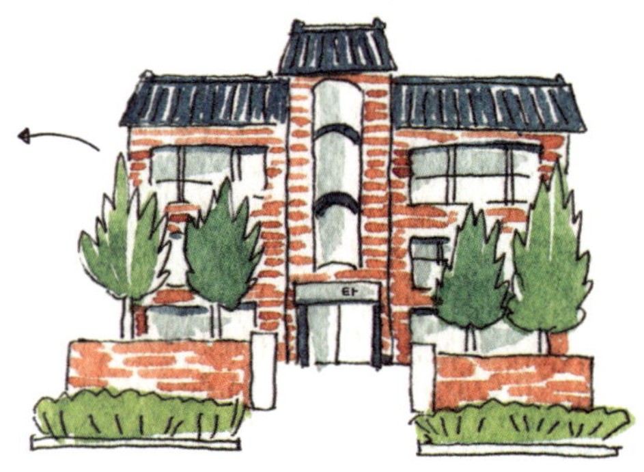

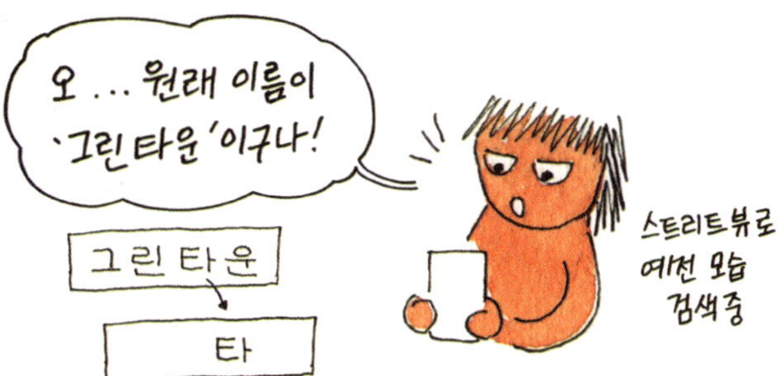

이런 순간이 좋다.

아무도 신경 쓰지 않고,
언제 없어질 지
모르는 것들을
내가 기록해
영원히 보존하는 순간
말이다.

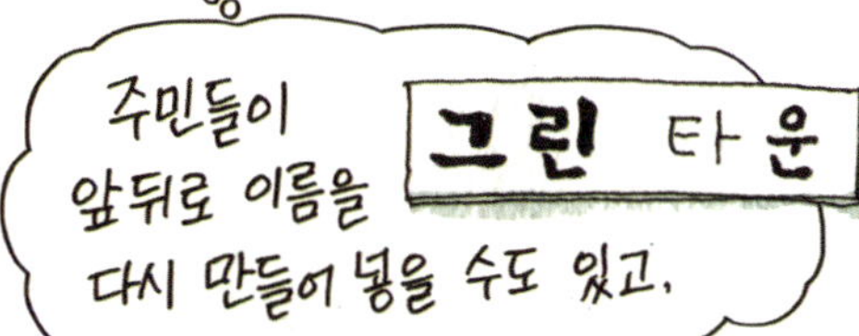

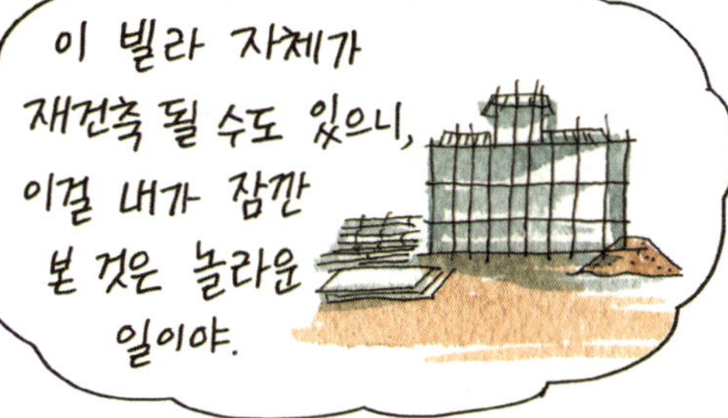

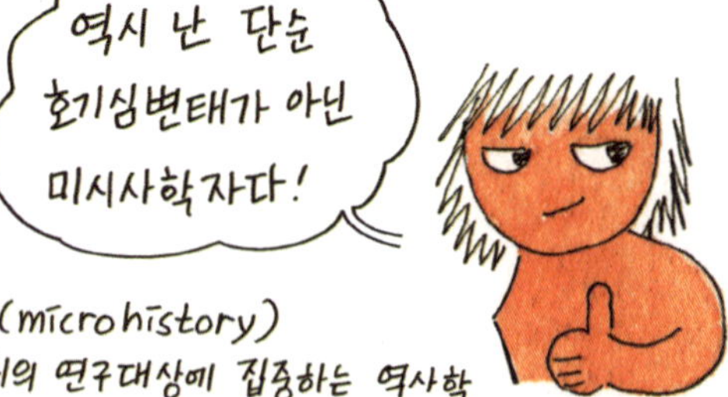

*미시사 (microhistory)
작은 단위의 연구대상에 집중하는 역사학

도시의 모든 것은 바뀐다.
늘 겪는 일이지만 변화를 받아들이는 건 쉽지 않다.

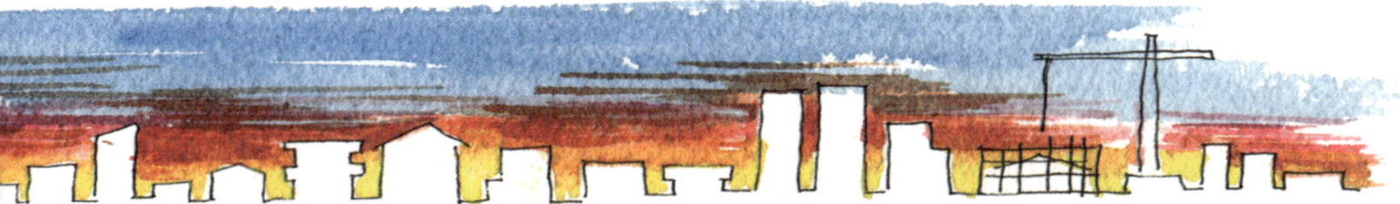

내가 도시관찰일기를 쓰는 건 변화를 받아들이는 과정일지도.

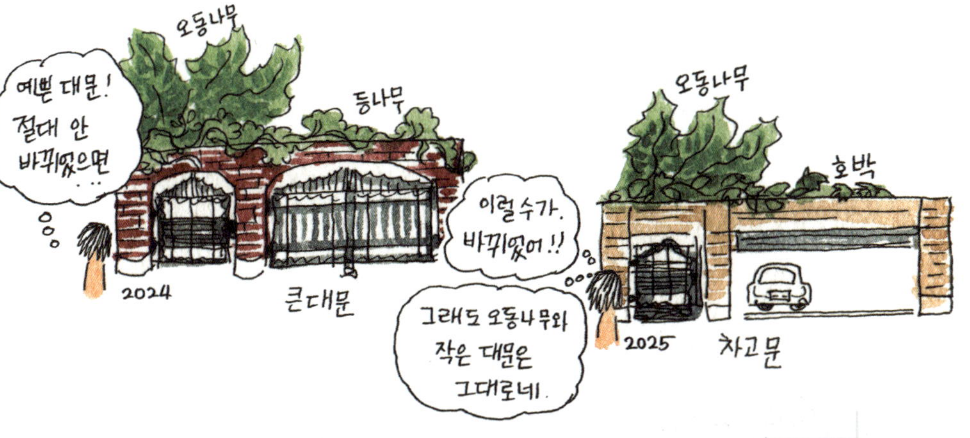

그렇게 이 도시 안에서 내가 아는 맥락을 넓혀 간다.
이 도시는 드디어 '나의 도시'가 된다.

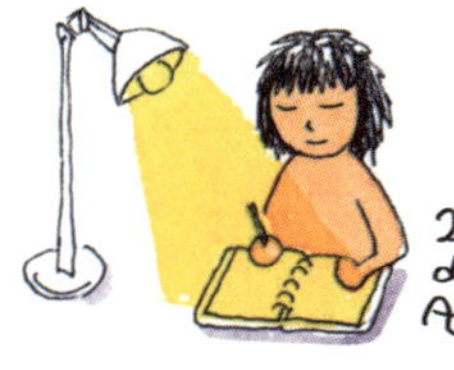

지금까지 이다의 도시관찰일기를
읽어주셔서 감사합니다.

경고문

- 누가 썼나?
- 손글씨인가, 활자인가?
- 감정적인 표현이 포함되어 있는가?
- 주변에 다른 경고문이 있는가?

주차금지 설치물

- 기성품인가, 직접 만든 것인가?
- 원래의 요소에 덧붙여진 것은?
- 창의성이 있는가?
- 경고문이 있는지 찾아본다.

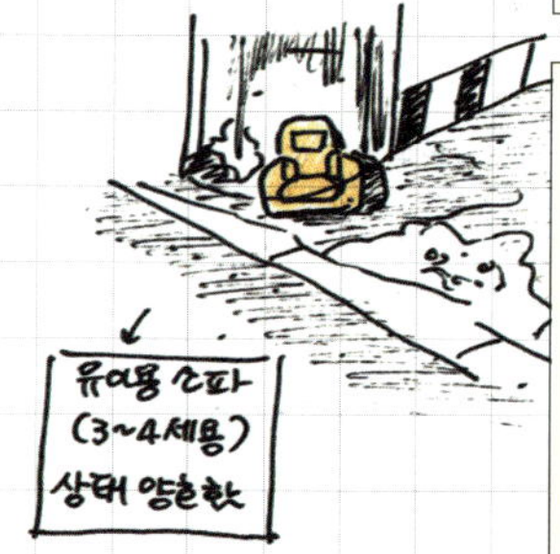

의자

- 버려진 것인가?
- 누가 앉은 흔적이 있는가?
- 정기적으로 사용되고 있는가?
- 나도 앉아보자. 어떤 풍경이 보이는가?

화분

- 무엇을 키우고 있는가?
- 내가 아는 식물인가?
- 누가 키우는 걸까?
- 화분의 소재는?
- 오래된 것인가, 새것인가?

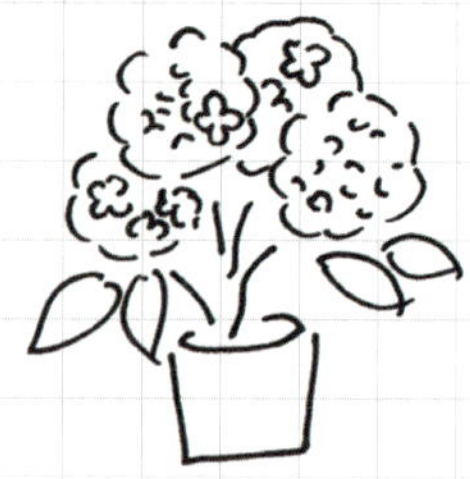

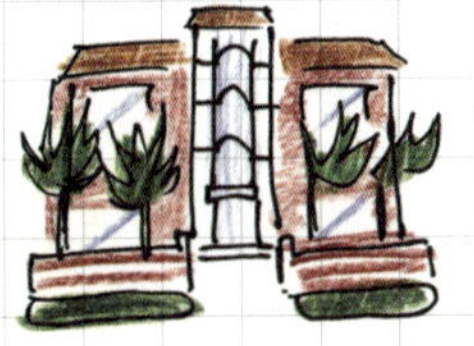

쓰레기

- 뭐가 버려져 있는가?
- 쓸 만한데 버려져 있는 것은?
- 주변에 경고문 같은 것이 있는가?

빌라

- 몇 가구가 사는가?
- 빌라의 이름은 무엇인가?
- 벽 페인트칠을 한 지는 얼마나 되었는가?
- 집집마다 창문이 어떻게 다른가?

심화편 **창문**

- 무슨 모양인가?
- 창가에 뭐가 있는가?
- 창틀의 재질은 뭘까?

나무

- 나무의 이름은 무엇인가?
- 나무는 잘 살고 있는가?
- 몇 살 정도 됐을까?

새

- 새의 이름은 무엇일까?
- 울음소리는 어떤가?
- 주변에 무리가 있는가?

심화편 **비둘기**

- 비둘기의 모습은 어떤가?
- 다른 비둘기와의 차이점은?
- 발가락은 몇 개인가?

고양이

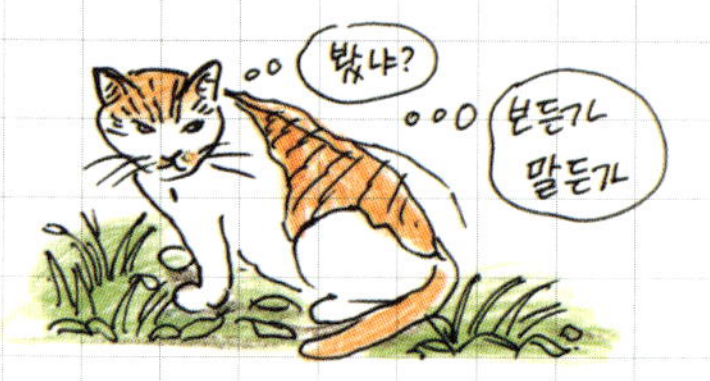

· 몸의 무늬와 눈 색깔은?

· 몇 살 정도 되었을까?

· 사람을 경계하는 정도는?

· 근처에 밥그릇 등이 있는가?

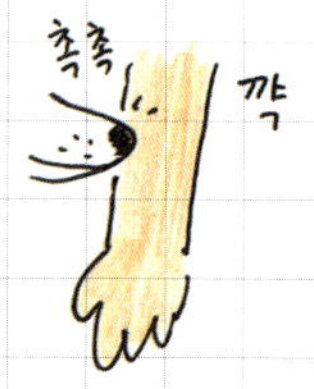

개

· 겉모습은 어떠한가?

· 어떤 주인과 같이 다니는가?

· 성격은 어떤가?

· 나를 보고 어떤 반응을 보였는지?

사람

· 어떤 사람이 보이는가?

· 이 동네 사람인가?

· 바빠 보이는가, 한가해 보이는가?

· 어떤 행동을 하고 있는가?

· 그 사람이 어떤 하루를 보냈을지 상상해본다.

상가 건물

· 가게가 몇 개나 입점해 있는가?

· 어떤 가게들인가?

· 건물의 나이는 얼마나 되어 보이는가?

· 건물의 색깔과 재질은 어떤가?

· 간판만 남기고 이제 없는 가게가 있는가?

가게

- 무엇을 파는 가게인가?
- 언제 문을 열고 닫는가?
- 장사는 잘되어 보이는지?
- 주인이 붙여놓은 메뉴나
  알림문 관찰하기.

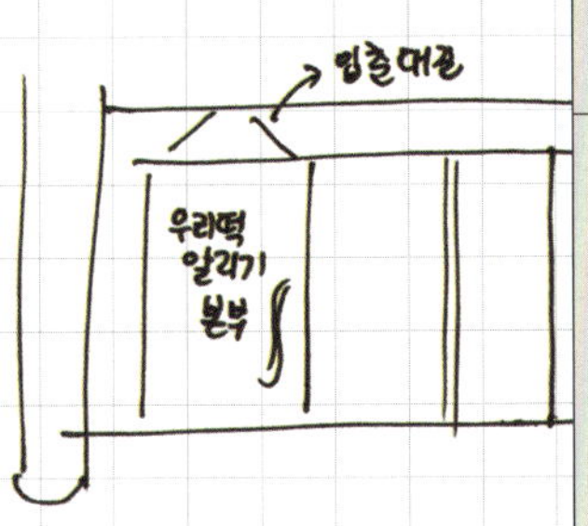

 ## 식당

- 손님이 얼마나 있는가?
- 다들 맛있게 먹고 있는가?
- 일하는 직원은 몇 명인가?
- TV를 틀어놓았는가?
  아니면 배경음악이 있는가?
- '○○의 효능' 등 안내문을 찾아본다.

 ## 카페

- 언제 문을 연 카페인가?
- 카페의 손님은 몇 명인가?
- 다른 카페와 다른 점은?
- 카페 안에서 보이는 풍경을 관찰해보자.

간판

- 무슨 가게의 간판인가?
- 언제 만들어졌을까?
- 새것인가, 아니면 낡았는가?
- 간판에 사용된 캐릭터가 있는가?

 ## 캐릭터

- 언제쯤 만들어진 것으로 추정되는가?
- 전문가의 솜씨인가?
- 캐릭터를 따라 그려보자.

버스

- 어디에서 어디까지 운행하는 버스인가?
- 몇 명 정도 타고 있는가?
- 어떤 사람들이 타고 내리는가?
- 사람들이 많이 타고 내리는 곳은?

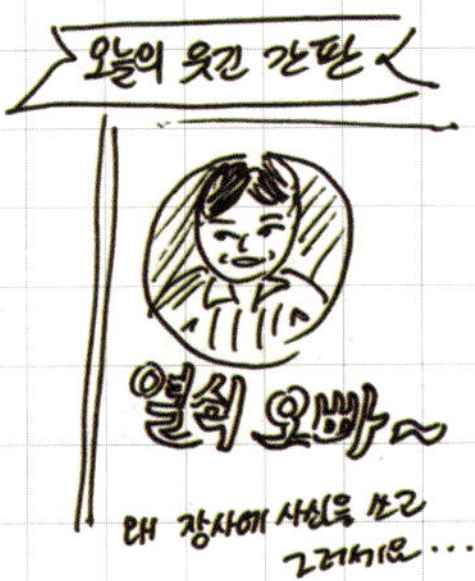

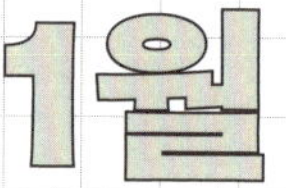

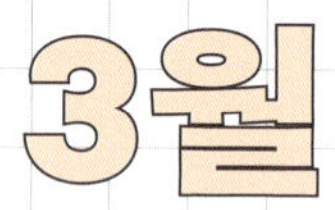

· 1월 1일이면 운동하는 사람이 많아진다.
· 길에 내놓은 음쓰가 얼어 있다.
· 하천에 청둥오리가 많아진다.
· 하늘이 선명하다.
· 길에서 붕어빵과 어묵을 판다.
· 패딩 안 입은 사람을 찾기 힘들다.
· 수도관 동파되는 곳이 많다.
· 카페에서 따뜻한 음료를 마신다.
· 핫팩이나 방한용품을 상점 진열대 앞쪽에 진열한다.

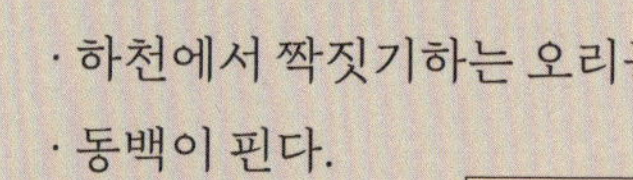

· "입춘대길/건양다경"을 붙여놓은 곳이 보인다.
· 동네마트나 잡화점에서 화분을 잔뜩 들여놓는다.
· 시장에 딸기가 나오기 시작한다.
· 설날이 다가오면서 과일값이 오른다.
· 명절 대목에 맞춰 대작영화가 개봉한다.
· 까치가 둥지를 짓는다.
· 하천에서 짝짓기하는 오리들이 보인다.
· 동백이 핀다.

· 철새 무리가 북쪽으로 날아가는 게 보인다.
· 관상목을 가지치기한다.
· 길가에 민들레가 보인다.
· 사람들이 경량패딩이나 바람막이를 많이 입는다.
· 젊은이들은 가볍게 입고 다니기 시작한다.
· 카페에 딸기 디저트가 나온다.
· 가로수 가지 끝이 발갛게 변한다.
· 산수유, 목련, 매화, 진달래가 핀다.

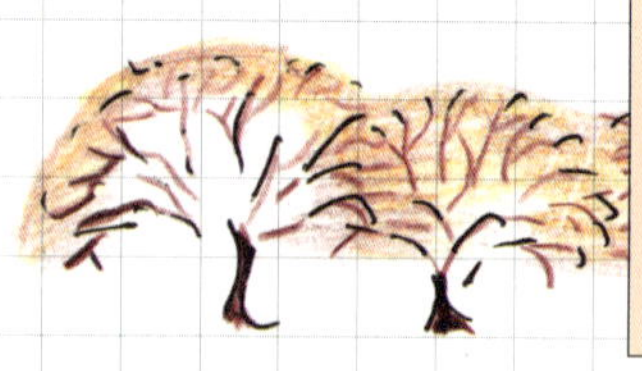

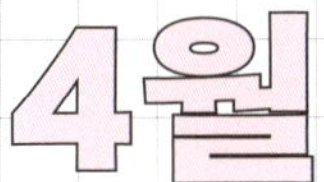

4월

- 꽃이 만발, 길에 사람들이 많아진다.
- 반바지, 짧은 치마, 반소매가 처음으로 등장한다.
- 밖에 빨래를 말린다.
- 사람들이 정원, 화단을 꾸민다.
- 다들 열심히 꽃 사진을 찍는다.
- 지역마다 꽃 축제를 연다.
- 월초에 개나리, 벚꽃, 살구꽃, 사과꽃이 핀다.
- 중순에는 라일락, 모란, 겹벚꽃, 철쭉, 조팝나무꽃이 핀다.

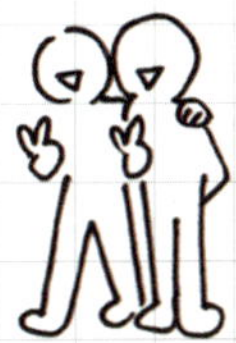

5월

- 소쩍새와 꾀꼬리가 운다.
- 저녁 7시에도 아직 밝다.
- 샌들, 양산, 부채 첫 등장.
- 에어컨 틀어야 하나 갈등 시작.
- 벌써 참외와 수박을 팔아서 깜짝 놀란다.
- 아이스 음료를 마시는 사람들이 늘어난다.
- 1년 중 가장 좋은 날씨가 이어진다.
- 가정의 달을 맞아 각종 행사와 축제가 열린다.
- 아카시아, 장미, 이팝나무꽃이 핀다.
- 하천에 날벌레가 많아진다.

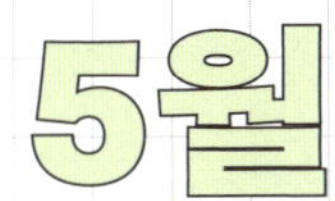

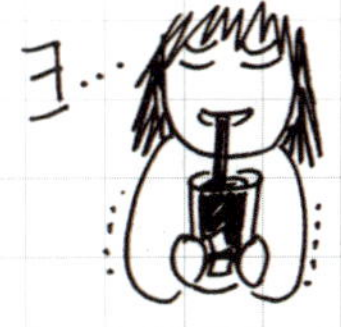

6월

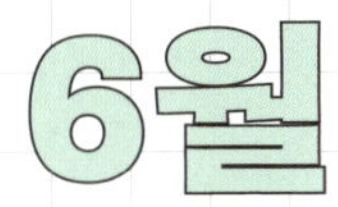

- 사람들이 샌들을 신는다.
- 느닷없이 소나기가 내린다.
- 사람들이 아이스 음료를 한층 더 많이 들고 다닌다.
- 과일, 채소 값이 내려간다.
- 살구, 복숭아, 천도복숭아를 판다.
- 해가 길어져 저녁에도 거리에 사람들이 많다.
- 밀화부리와 뻐꾸기가 운다.
- 에어컨 당당히 개시.
- 모기 등장!
- 러브버그 창궐!!!

· 사람들이 아이스크림을 물고 다닌다.
· 양산을 많이 쓴다.
· 비가 많이, 오래 내린다.
· 레인부츠를 많이 신는다.
· 수박을 많이 판다.
· 아침부터 밤까지 에어컨을 켠다.
· 중순부터 매미 소리가 들린다.
· 나무에 매미 허물이 붙어 있다.
· 무궁화, 호박꽃, 배롱나무꽃이 핀다.

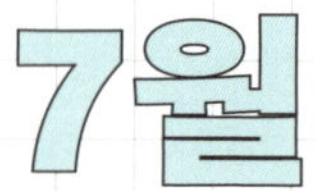

7월

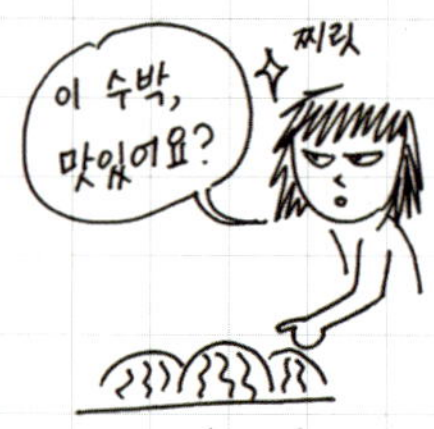

8월

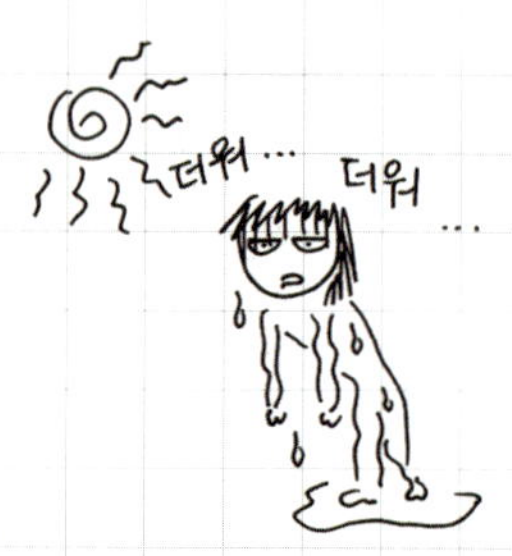

· 하늘이 예쁘다.
· 한낮에 나가면 마치 위에서 누가
  조명을 쏘는 것 같은 느낌이다.
· 잠깐만 밖에 있어도 땀으로 옷이 젖는다.
· 7월보다 해가 짧아졌다.
· 밤에 사람들이 많이 활동한다.
· 한밤중에도 매미가 운다.
· 월초에는 휴가 기간이라 문 닫은 가게가 많다.
· 카페에서 빙수를 먹는 사람이 많다.
· 나팔꽃, 산수국, 주걱비비추, 맥문동이 핀다.

9월

· 일교차가 커져 감기에 잘 걸린다.
· 긴소매를 입는 사람이 늘어난다.
· "아직도 덥다"는 말을 많이 한다.
· 추석이 다가오면서 물가가 오른다.
· 마트에 명절선물세트가 진열되어 있다.
· 하늘이 높아지고 선명해진다.
· 매미 소리가 들리지 않는다.
· 풀벌레가 많이 운다.

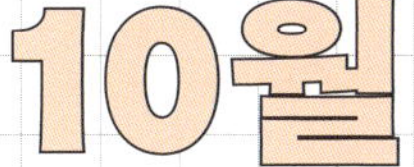

10월

- 슬슬 시원해진다.
- 밤에 반소매를 입고 나갔다가 감기에 걸린다.
- 바닥으로 떨어져 터진 감이 보인다.
- 은행이 땅에 떨어져 냄새가 진동한다.
- 장미가 아직도 꿋꿋하게 피어 있다.
- 지자체들이 갈대축제를 연다.
- 가로수들의 채도가 낮아진다.
- 밤 파는 트럭이 돌아다닌다.
- 전기담요 개시!

11월

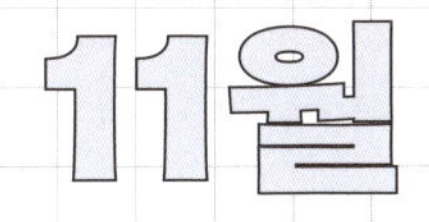

- 해가 짧아져 오후 5시면 이미 어둡다.
- 갑자기 추워진다.
- 패딩을 꺼낸다.
- 낮이 짧아져 억울한 기분이 든다.
- 가로수에 단풍이 든다.
- 길에 낙엽이 많아진다.
- 시장에 귤이 나온다.
- 벌레가 드디어 줄어들었다!

12월

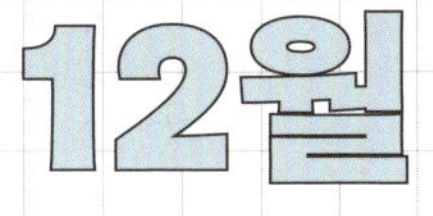

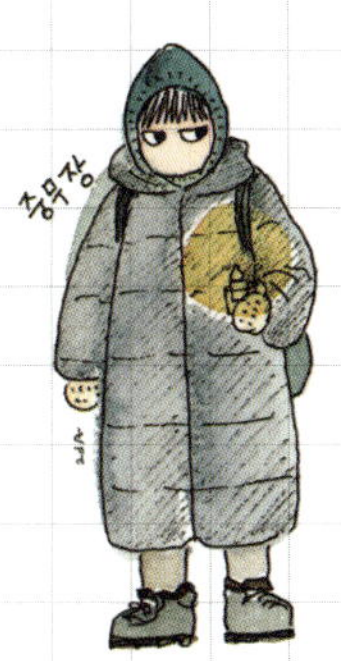

- 창문에 성에가 낀다.
- 목도리, 모자, 장갑을 낀다.
- 시장에서 팥죽을 판다.
- 너 나 할 것 없이 패딩을 입는다.
- 마트에서 내복 특가 세일을 한다.
- 폭설이 내린다.
- 길에 쌓인 눈이 녹지 않는다.
- 밤에 번화가에 나가면 취한 사람들이 많다.
- 거리에 크리스마스 장식을 한다.
- 문구점에 크리스마스 카드를 판다.

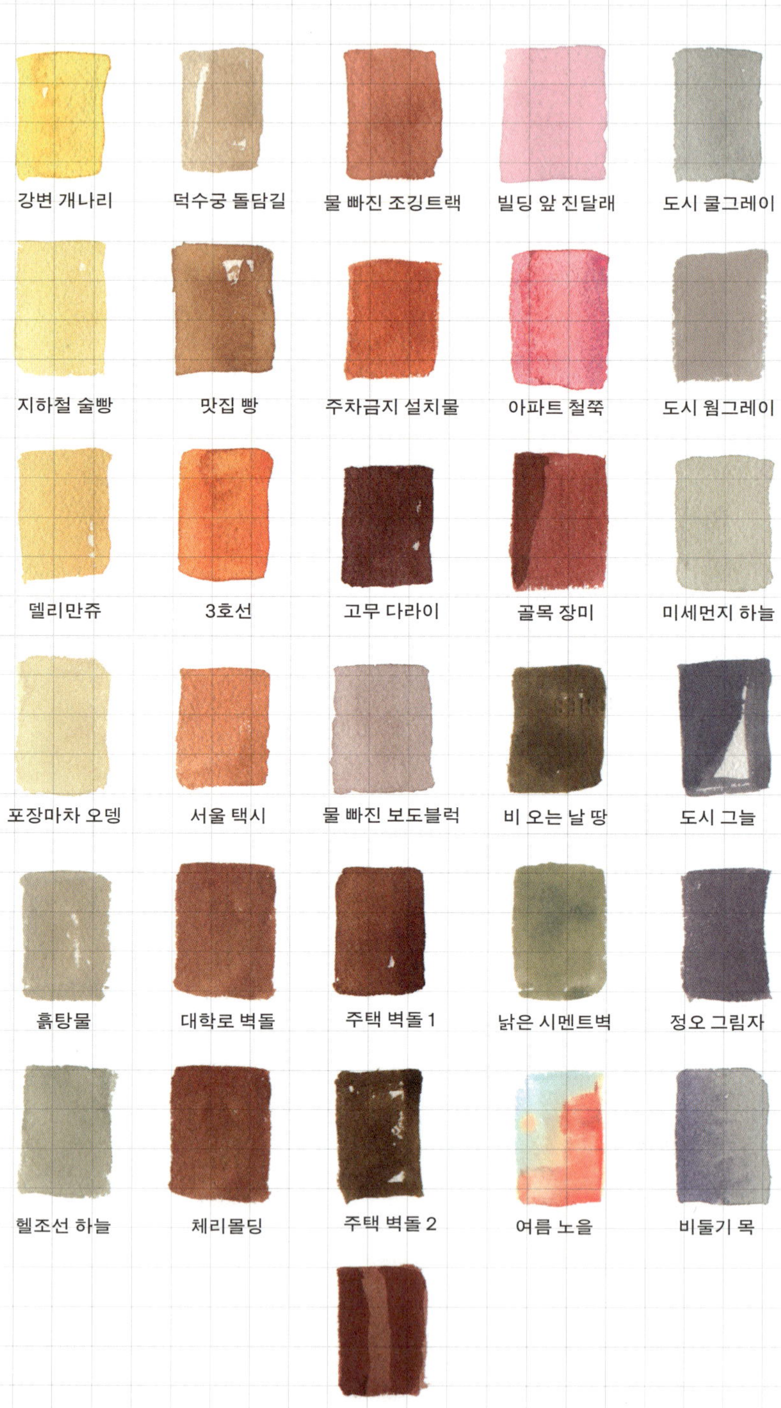

강변 개나리
덕수궁 돌담길
물 빠진 조깅트랙
빌딩 앞 진달래
도시 쿨그레이
지하철 술빵
맛집 빵
주차금지 설치물
아파트 철쭉
도시 웜그레이
델리만쥬
3호선
고무 다라이
골목 장미
미세먼지 하늘
포장마차 오뎅
서울 택시
물 빠진 보도블럭
비 오는 날 땅
도시 그늘
흙탕물
대학로 벽돌
주택 벽돌 1
낡은 시멘트벽
정오 그림자
헬조선 하늘
체리몰딩
주택 벽돌 2
여름 노을
비둘기 목
주택 벽돌 3

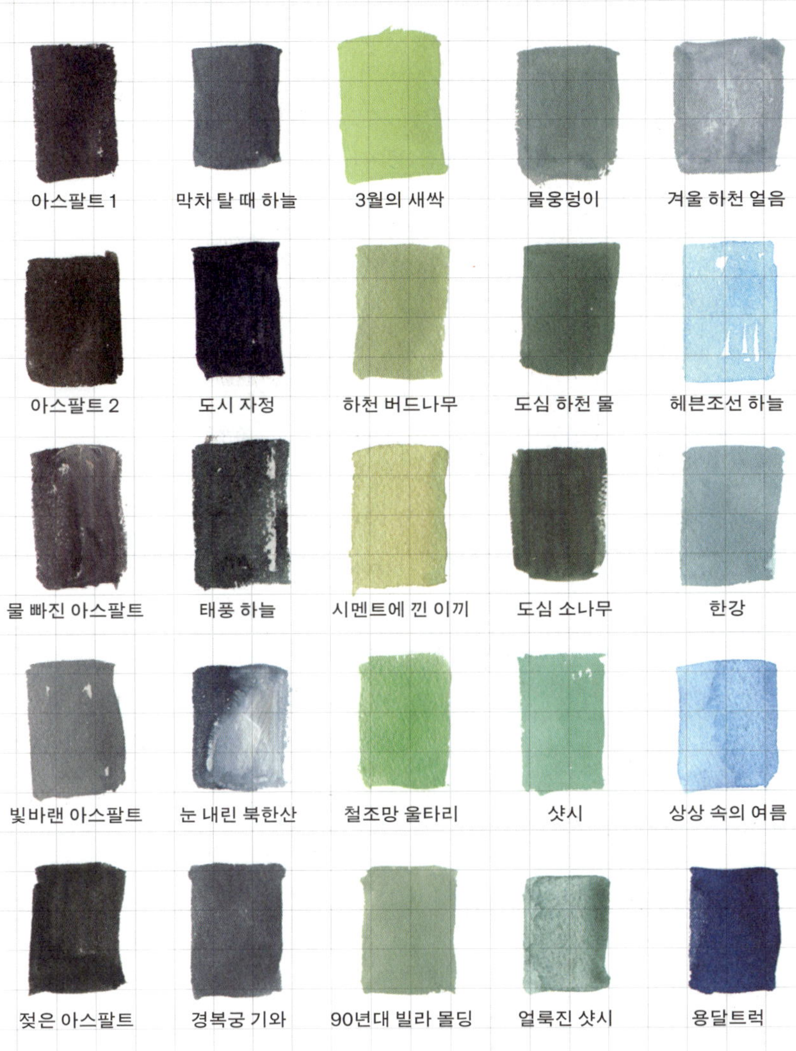

아스팔트 1
막차 탈 때 하늘
3월의 새싹
물웅덩이
겨울 하천 얼음
아스팔트 2
도시 자정
하천 버드나무
도심 하천 물
헤븐조선 하늘
물 빠진 아스팔트
태풍 하늘
시멘트에 낀 이끼
도심 소나무
한강
빛바랜 아스팔트
눈 내린 북한산
철조망 울타리
샷시
상상 속의 여름
젖은 아스팔트
경복궁 기와
90년대 빌라 몰딩
얼룩진 샷시
용달트럭
도시에서 만난 색

2024. 1. 31 (水) 08~09시 / 맑음 / 14°C / 4°C / 광주

광주 출장 이틀차. 호텔 조식으로 전라도 밥상을 먹음 (대박!)
↳ 사실상 모텔에 더 가깝지만 그래도 비지니스호텔임.

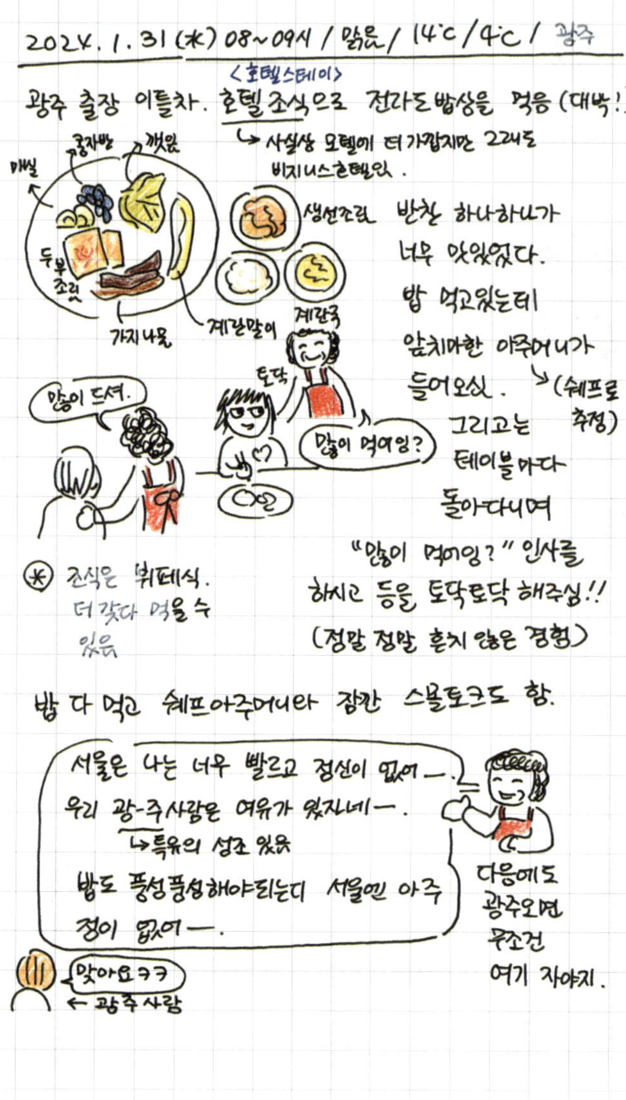

✱ 조식은 뷔페식.
더 갖다 먹을 수
있음

밥 다 먹고 쉐프아주머니랑 잠깐 스몰토크도 함.

2024. 5. 2*19:00. 새절역. 맑음.   24/14°C

새절역에서 길 건너다가 반려견 순찰대 봤다.

이런 표정

너무 아는 척 하고 싶었지만
꾹 참음. (횡단보도라)

2024. 5. 3. 금. 15:00. 북가좌동
맑음.

오늘 키티시계 당근 찾으러 북가좌동 가다가 도로에 금세

재포장하는걸 봤다. (너무 더워보였음)

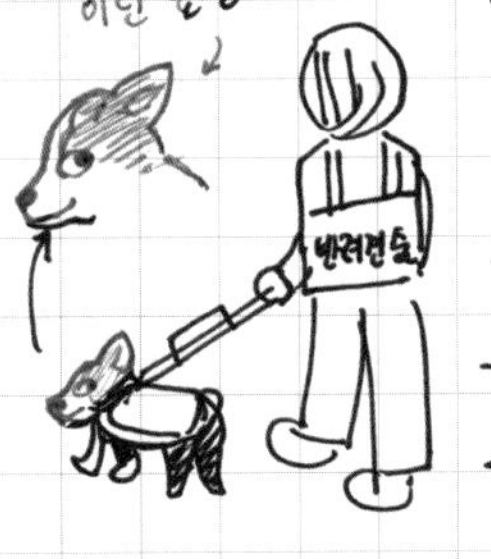

글씨를 흰색으로 쓰고 그위에 노랑 필름
같은걸로 비닐 코팅을 해놨다.
나는 세상에 대해 아무 것도 모른다.
도로위의 글씨도 모두 직접 쓰고 칠한다는
것도. 이세상 구석구석, 인간의 손이 닿지않는건

하나도 없다.

똑같은 빨간색이

가득 차있는

페인트통

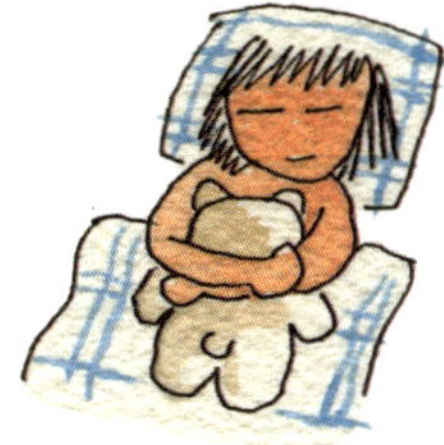

이다의 도시관찰일기

1판 1쇄 펴냄   2025년 6월 18일
1판 3쇄 펴냄   2025년 9월 11일

지은이	이다	출판등록	1997. 3. 24. (제16-1444호)
			(06027) 서울시 강남구
편집	최예원 박아름 최고은		도산대로1길 62
미술	김낙훈 한나은 김혜수		강남출판문화센터
전자책	이미화	대표전화	515-2000 팩시밀리 515-2007
마케팅	정대용 허진호 김채훈 홍수현	편집부	517-4263 팩시밀리 514-2329
	이지원 이지혜 이호정		
홍보	이시윤 김유경	글·그림	ⓒ 이다, 2025.
저작권	남유선 한문숙 송지영		Printed in Seoul, Korea.
제작	임지헌 김한수 임수아 권순택	ISBN	979-11-94087-88-5 03810
관리	박경희 김지현 박성민		
펴낸이	박상준	반비는 민음사출판그룹의	
펴낸곳	반비	인문·교양 브랜드입니다.	

만든 사람들

	책임편집	박아름
	교정교열	모호연
	디자인	강혜림